《故事新编》赏读

刘少影　主编

辽海出版社

图书在版编目（CIP）数据

《故事新编》赏读／刘少影主编. －－沈阳：辽海
出版社，2019. 3
　ISBN 978－7－5451－5268－5

　Ⅰ. ①故… 　Ⅱ. ①刘… 　Ⅲ. ①鲁迅小说－小说评论
Ⅳ. ①I210. 97

中国版本图书馆 CIP 数据核字（2019）第 039581 号

责任编辑：柳海松
责任校对：顾　季
装帧设计：廖　海
成品尺寸：145mm×210mm
印　　张：8
字　　数：223 千字
出版时间：2019 年 3 月第 1 版
印刷时间：2019 年 3 月第 1 次印刷

出 版 者：辽海出版社
印 刷 者：北京中振源印务有限公司

ISBN 978－7－5451－5268－5　　　　定　　价：38. 00 元

目 录

1

故事新编

序　言

　　这一本很小的集子，从开手写起到编成，经过的日子却可以算得很长久了：足足有十三年。

　　第一篇《补天》——原先题作《不周山》——还是一九二二年的冬天写成的。那时的意见，是想从古代和现代都采取题材，来做短篇小说，《不周山》便是取了"女娲炼石补天"的神话，动手试作的第一篇。首先，是很认真的，虽然也不过取了弗罗特①说，来解释创造——人和文学的——的缘起。不记得怎么一来，中途停了笔，去看日报了，不幸正看见了谁——现在忘记了名字——的对于汪静之君的《蕙的风》的批评，他说要含泪哀求，请青年不要再写这样的文字。这可怜的阴险使我感到滑稽，当再写小说时，就无论如何，止不住有一个古衣冠的小丈夫，在女娲的两腿之间出现了。这就是从认真陷入了油滑的开端。油滑是创作的大敌，我对于自己很不满。

　　我决计不再写这样的小说，当编印《呐喊》时，便将它附在卷末，算是一个开始，也就是一个收场。

　　这时我们的批评家成仿吾先生正在创造社门口的"灵魂的冒险"的旗子底下抢板斧。他以"庸俗"的罪名，几斧砍杀了《呐喊》，只推《不周山》为佳作——自然也仍有不好的地方。坦白的说罢，这就是使我不但不能心服，而且还轻视了这位勇士的原因。我是不薄"庸俗"，也自甘"庸俗"的；对于历史小说，则以为博考文献，言必有据者，纵使有人讥为"教授小说"，其实是很难组织之作，至于只取一点因由，随意点染，铺成一篇，倒无需怎样的手腕；况且"如鱼饮水，冷暖自知"，用庸俗的话来说，就是"自家有病自家知"罢：《不周山》的后半是很草率的，决不能称为佳作。倘使读者相信了这冒险家的话，一定自误，而我也成了误人，于是当《呐喊》

―――――――――

　　①　弗罗特：即弗洛伊德，奥地利心理学家，精神分析学说创始人。

3

印行第二版时，即将这一篇删除，向这位"魂灵"回敬了当头一棒——我的集子里，只剩着"庸俗"在跋扈了。

直到一九二六年的秋天，一个人住在厦门的石屋里，对着大海，翻着古书，四近无生人气，心里空空洞洞。而北京的未名社，却不绝的来信，催促杂志的文章。这时我不愿意想到目前；于是回忆在心里出土了，写了十篇《朝花夕拾》；并且仍旧拾取古代的传说之类，预备足成八则《故事新编》。但刚写了《奔月》和《铸剑》——发表的那时题为《眉间尺》——我便奔向广州，这事就又完全搁起了。后来虽然偶尔得到一点题材，作一段速写，却一向不加整理。

现在才总算编成了一本书。其中也还是速写居多，不足称为"文学概论"之所谓小说。叙事有时也有一点旧书上的根据，有时却不过信口开河。而且因为自己的对于古人，不及对于今人的诚敬，所以仍不免时有油滑之处。过了十三年，依然并无长进，看起来真也是"无非《不周山》之流"；不过并没有将古人写得更死，却也许暂时还有存在的余地的罢。

一九三五年十二月二十六日，鲁迅

补 天

一

女娲忽然醒来了。

伊似乎是从梦中惊醒的，然而已经记不清做了什么梦；只是很懊恼，觉得有什么不足，又觉得有什么太多了。煽动的和风，暖暖的将伊的气力吹得弥漫在宇宙里。

伊揉一揉自己的眼睛。

粉红的天空中，曲曲折折的漂着许多条石绿色的浮云，星便在那后面忽明忽灭的眨眼。天边的血红的云彩里有一个光芒四射的太阳，如流动的金球包在荒古的熔岩中；那一边，却是一个生铁一般的冷而且白的月亮。然而伊并不理会谁是下去，和谁是上来。

地上都嫩绿了，便是不很换叶的松柏也显得格外的娇嫩。桃红和青白色的斗大的杂花，在眼前还分明，到远处可就成为斑斓的烟霭了。

"唉唉，我从来没有这样的无聊过！"伊想着，猛然间站立起来了，擎上那非常圆满而精力洋溢的臂膊，向天打一个欠伸，天空便突然失了色，化为神异的肉红，暂时再也辨不出伊所在的处所。

伊在这肉红色的天地间走到海边，全身的曲线都消融在淡玫瑰似的光海里，直到身中央才浓成一段纯白。波涛都惊异，起伏得很有秩序了，然而浪花溅在伊身上。这纯白的影子在海水里动摇，仿佛全体都正在四面八方的迸散。但伊自己并没有见，只是不由的跪下一足，伸手掬起带水的软泥来，同时又揉捏几回，便有一个和自己差不多的小东西在两手里。

"阿，阿！"伊固然以为是自己做的，但也疑心这东西就白薯似的原在泥土里，禁不住很诧异了。

然而这诧异使伊喜欢，以未曾有的勇往和愉快继续着伊的事业，呼吸吹嘘着，汗混和着……

"Nga！nga！"那些小东西可是叫起来了。

"阿，阿！"伊又吃了惊，觉得全身的毛孔中无不有什么东西飞散，于是地上便罩满了乳白色的烟云，伊才定了神，那些小东西也住了口。

"Akon，Agon！"有些东西向伊说。

"阿阿，可爱的宝贝。"伊看定他们，伸出带着泥土的手指去拨他肥白的脸。

"Uvu，Ahaha！"他们笑了。这是伊第一回在天地间看见的笑，于是自己也第一回笑得合不上嘴唇来。

伊一面抚弄他们，一面还是做，被做的都在伊的身边打圈，但他们渐渐的走得远，说得多了，伊也渐渐的懂不得，只觉得耳朵边满是嘈杂的嚷，嚷得颇有些头昏。

伊在长久的欢喜中，早已带着疲乏了。几乎吹完了呼吸，流完了汗，而况又头昏，两眼便蒙胧起来，两颊也渐渐的发了热，自己觉得无所谓了，而且不耐烦。然而伊还是照旧的不歇手，不自觉的只是做。

终于，腰腿的酸痛逼得伊站立起来，倚在一座较为光滑的高山上，仰面一看，满天是鱼鳞样的白云，下面则是黑压压的浓绿。伊自己也不知道怎样，总觉得左右不如意了，便焦躁的伸出手去，信手一拉，拔起一株从山上长到天边的紫藤，一房一房的刚开着大不可言的紫花，伊一挥，那藤便横搭在地面上，遍地散满了半紫半白的花瓣。

伊接着一摆手，紫藤便在泥和水里一翻身，同时也溅出拌着水的泥土来，待到落在地上，就成了许多伊先前做过了一般的小东西，只是大半呆头呆脑，獐头鼠目的有些讨厌。然而伊不暇理会这等事了，单是有趣而且烦躁，夹着恶作剧的将手只是抡，愈抡愈飞速了，那藤便拖泥带水的在地上滚，像一条给沸水烫伤了的赤练蛇。泥点也就暴雨似的从藤身上飞溅开来，还在空中便成了哇哇地啼哭的小东西，爬来爬去的撒得满地。

伊近于失神了，更其抡，但是不独腰腿痛，连两条臂膊也都乏了力，伊于是不由的蹲下身子去，将头靠着高山，头发漆黑的搭在山顶上，喘息一回之后，叹一口气，两眼就合上了。紫藤从伊的手里落了下来，也困顿不堪似的懒洋洋的躺在地面上。

二

轰!!!

在这天崩地塌价的声音中，女娲猛然醒来，同时也就向东南方直溜下去了。伊伸了脚想踏住，然而什么也踹不到，连忙一舒臂揪住了山峰，这才没有再向下滑的形势。

但伊又觉得水和沙石都从背后向伊头上和身边滚泼过去了，略一回头，便灌了一口和两耳朵的水，伊赶紧低了头，又只见地面不住的动摇。幸而这动摇也似乎平静下去了，伊向后一移，坐稳了身子，这才挪出手来拭去额角上和眼睛边的水，细看是怎样的情形。

情形很不清楚，遍地是瀑布般的流水；大概是海里罢，有几处更站起很尖的波浪来。伊只得呆呆的等着。

可是终于大平静了，大波不过高如从前的山，像是陆地的处所便露出棱棱的石骨。伊正向海上看，只见几座山奔流过来，一面又在波浪堆里打旋子。伊恐怕那些山碰了自己的脚，便伸手将他们撮住，望那山坳里，还伏着许多未曾见过的东西。

伊将手一缩，拉近山来仔细的看，只见那些东西旁边的地上吐得很狼藉，似乎是金玉的粉末，又夹杂些嚼碎的松柏叶和鱼肉。他们也慢慢的陆续抬起头来了，女娲圆睁了眼睛，好容易才省悟到这便是自己先前所做的小东西，只是怪模怪样的已经都用什么包了身子，有几个还在脸的下半截长着雪白的毛毛了，虽然被海水粘得像一片尖尖的白杨叶。

"阿，阿！"伊诧异而且害怕的叫，皮肤上都起栗，就像触着一只毛刺虫。

"上真救命……"一个脸的下半截长着白毛的昂了头，一面呕吐，一面断断续续的说，"救命……臣等……是学仙的。谁料坏劫到来，天地分崩了……现在幸而……遇到上真……请救蚁命……并赐仙……仙药……"他于是将头一起一落的做出异样的举动。

伊都茫然，只得又说，"什么？"

他们中的许多也都开口了，一样的是一面呕吐，一面"上真上真"的只是嚷，接着又都做出异样的举动。伊被他们闹得心烦，颇

8

后悔这一拉，竟至于惹了莫名其妙的祸。伊无法可想的向四处看，便看见有一队巨鳌正在海面上游玩，伊不由的喜出望外了，立刻将那些山都搁在他们的脊梁上，嘱咐道，"给我驼到平稳点的地方去罢！"巨鳌们似乎点一点头，成群结队的驼远了。可是先前拉得过于猛，以致从山上摔下一个脸有白毛的来，此时赶不上，又不会凫水，便伏在海边自己打嘴巴。这倒使女娲觉得可怜了，然而也不管，因为伊实在也没有工夫来管这些事。

伊嘘一口气，心地较为轻松了，再转过眼光来看自己的身边，流水已经退得不少，处处也露出广阔的土石，石缝里又嵌着许多东西，有的是直挺挺的了，有的却还在动。伊瞥见有一个正在白着眼睛呆看伊；那是遍身多用铁片包起来的，脸上的神情似乎很失望而且害怕。

"那是怎么一回事呢？"伊顺便的问。

"呜呼，天降丧。"那一个便凄凉可怜的说，"颛顼不道，抗我后，我后躬行天讨，战于郊，天不祐德，我师反走……"

"什么？"伊向来没有听过这类话，非常诧异了。

"我师反走，我后爰以厥首触不周之山，折天柱，绝地维，我后亦殂落。呜呼，是实惟……"

"够了够了，我不懂你的意思。"伊转过脸去了，却又看见一个高兴而且骄傲的脸，也多用铁片包了全身的。

"那是怎么一回事呢？"伊到此时才知道这些小东西竟会变这么花样不同的脸，所以也想问出别样的可懂的答话来。

"人心不古，康回实有豕心，觊天位，我后躬行天讨，战于郊，天实祐德，我师攻战无敌，殛康回于不周之山。"

"什么？"伊大约仍然没有懂。

"人心不古……"

"够了够了，又是这一套！"伊气得从两颊立刻红到耳根，火速背转头，另外去寻觅，好容易才看见一个不包铁片的东西，身子精光，带着伤痕还在流血，只是腰间却也围着一块破布片。他正从别一个直挺挺的东西的腰间解下那破布来，慌忙系上自己的腰，但神色倒也很平淡。

伊料想他和包铁片的那些是别一种，应该可以探出一些头绪了，便问道：

"那是怎么一回事呢？"

"那是怎么一回事呵。"他略一抬头，说。

"那刚才闹出来的是？……"

"那刚才闹出来的么？"

"是打仗罢？"伊没有法，只好自己来猜测了。

"打仗罢？"然而他也问。

女娲倒抽了一口冷气，同时也仰了脸去看天。天上一条大裂纹，非常深，也非常阔。伊站起来，用指甲去一弹，一点不清脆，竟和破碗的声音相差无几了。伊皱着眉心，向四面察看一番，又想了一会，便拧去头发里的水，分开了搭在左右肩膀上，打起精神来向各处拔芦柴：伊已经打定了"修补起来再说"的主意了。

伊从此日日夜夜堆芦柴，柴堆高多少，伊也就瘦多少，因为情形不比先前——仰面是歪斜开裂的天，低头是醒醒破烂的地，毫没有一些可以赏心悦目的东西了。

芦柴堆到裂口，伊才去寻青石头。当初本想用和天一色的纯青石的，然而地上没有这么多，大山又舍不得用，有时到热闹处所去寻些零碎，看见的又冷笑、痛骂，或者抢回去，甚而至于还咬伊的手。伊于是只好搀些白石，再不够，便凑上些红黄的和灰黑的，后来总算将就的填满了裂口，止要一点火，一熔化，事情便完成，然而伊也累得眼花耳响，支持不住了。

"唉唉，我从来没有这样的无聊过。"伊坐在一座山顶上，两手捧着头，上气不接下气的说。

这时昆仑山上的古森林的大火还没有熄，西边的天际都通红。伊向西一瞟，决计从那里拿过一株带火的大树来点芦柴积，正要伸手，又觉得脚趾上有什么东西刺着了。

伊顺下眼去看，照例是先前所做的小东西，然而更异样了，累累坠坠的用什么布似的东西挂了一身，腰间又格外挂上十几条布，头上也罩着些不知什么，顶上是一块乌黑的小小的长方板，手里拿着一片物件，刺伊脚趾的便是这东西。

那顶着长方板的却偏站在女娲的两腿之间向上看，见伊一顺眼，便仓皇的将那小片递上来了。伊接过来看时，是一条很光滑的青竹片，上面还有两行黑色的细点，比榭树叶上的黑斑小得多。伊倒也很佩服这手段的细巧。

"这是什么?"伊还不免于好奇，又忍不住要问了。

顶长方板的便指着竹片，背诵如流的说道，"裸裎淫佚，失德蔑礼败度，禽兽行。国有常刑，惟禁!"

女娲对那小方板瞪了一眼，倒暗笑自己问得太悖了，伊本已知道和这类东西攀谈，照例是说不通的，于是不再开口，随手将竹片搁在那头顶上面的方板上，回手便从火树林里抽出一株烧着的大树来，要向芦柴堆上去点火。

忽而听到呜呜咽咽的声音了，可也是闻所未闻的玩艺，伊姑且向下再一瞟，却见方板底下的小眼睛里含着两粒比芥子还小的眼泪。因为这和伊先前听惯的"nganga"的哭声大不同了，所以竟不知道这也是一种哭。

伊就去点上火而且不止一地方。

火势并不旺，那芦柴是没有干透的，但居然也烘烘的响，很久很久，终于伸出无数火焰的舌头来，一伸一缩的向上舔，又很久，便合成火焰的重台花，又成了火焰的柱，赫赫的压倒了昆仑山上的红光。大风忽地起来，火柱旋转着发吼，青的和杂色的石块都一色通红了，饴糖似的流布在裂缝中间，像一条不灭的闪电。

风和火势卷得伊的头发都四散而且旋转，汗水如瀑布一般奔流，大光焰烘托了伊的身躯，使宇宙间现出最后的肉红色。

火柱逐渐上升了，只留下一堆芦柴灰。伊待到天上一色青碧的时候，才伸手去一摸，指面上却觉得还很有些参差。

"养回了力气，再来罢……"伊自己想。

伊于是弯腰去捧芦灰了，一捧一捧的填在地上的大水里。芦灰还未冷透，蒸得水渐渐的沸涌，灰水泼满了伊的周身。大风又不肯停，夹着灰扑来，使伊成了灰土的颜色。

"吁！……"伊吐出最后的呼吸来。

天边的血红的云彩里有一个光芒四射的太阳，如流动的金球包在荒古的熔岩中；那一边，却是一个生铁一般的冷而且白的月亮。但不知道谁是下去和谁是上来。这时候，伊的以自己用尽了自己一切的躯壳，便在这中间躺倒，而且不再呼吸了。

上下四方是死灭以上的寂静。

三

有一日，天气很寒冷，却听到一点喧嚣，那是禁军终于杀到了。因为他们等候着望不见火光和烟尘的时候，所以到得迟。他们左边一柄黄斧头，右边一柄黑斧头，后面一柄极大极古的大纛①，躲躲闪闪的攻到女娲死尸的旁边，却并不见有什么动静。他们就在死尸的肚皮上扎了寨，因为这一处最膏腴，他们检选这些事是很伶俐的。然而他们却突然变了口风，说惟有他们是女娲的嫡派，同时也就改换了大纛旗上的科斗字，写道"女娲氏之肠"。

落在海岸上的老道士也传了无数代了。他临死的时候，才将仙山被巨鳌背到海上这一件要闻传授徒弟，徒弟又传给徒孙，后来一个方士想讨好，竟去奏闻了秦始皇，秦始皇便教方士去寻去。

方士寻不到仙山，秦始皇终于死掉了；汉武帝又教寻，也一样的没有影。

大约巨鳌们是并没有懂得女娲的话的，那时不过偶而凑巧的点了点头。模模胡胡的背了一程之后，大家便走散去睡觉，仙山也就跟着沉下了，所以直到现在，总没有人看见半座神仙山，至多也不外乎发见了若干野蛮岛。

一九二二年十一月作

【赏读：如果说一个作家不"重复"别人还较容易做到的话，那么，任何时候都不"重复"自己就相当困难了。这对作家的思想、

---

① 大纛（dào）：古代军队大旗。

生活和艺术才华，是一个全面的考验。鲁迅就是一位任何时候都不"重复"自己，篇篇都有艺术创新的伟大文学泰斗。《补天》作为一曲颇具浪漫主义色彩的东方圣母的颂歌，就是他承先启后的崭新的艺术奉献。

《补天》原名《不周山》，写成于1922年11月，由鲁迅收在《呐喊》集中。后来成仿吾认为该集中的其他作品都"拘守着""写实的门户"，唯《不周山》是表示作者"要进而入纯文艺的宫庭"的"杰作"。鲁迅并不以对《不周山》的赞许为然，当《呐喊》再版时，他居然一气之下，偏偏将这篇"杰作"抽出，后改名《补天》，收入1935年结集的《故事新编》并成了该集的开篇。

《补天》就"故"事而言，主要采用了有关女娲的神话传说和共工与颛顼争帝的神话传说；"新"编，即以崭新的手法进行创作，"借古事的躯壳来激发现代人之所应憎和应爱"。另外，作品的改名也不无道理，"不周山"是与共工相关联的事件，"补天"才是女娲流芳千古的伟大创举，可见篇名的改变并非鲁迅的随意之举。女娲是作品的主人公，鲁迅通过浓抹重彩、神采飞扬、气势恢宏的浪漫主义笔触，重新铸造了女娲这个充满青春活力和神奇创造力，具有淳朴、勤劳、智慧和忘我的崇高精神的东方圣母的形象。

作品通过各种富有浪漫色彩的手法的运用，终于完成了一个不朽的艺术形象。尽管炼石补天的传说，曾经悠久广泛地流传于民间，表现了一种崇高的民族精神，但在这里，作者经过自己精心的艺术再创造，注入了自己强烈的感情，从而使它赋予了新鲜的艺术生命，谱写了一首富于创造精神，牺牲精神的人类圣母的颂歌。】

奔 月

一

聪明的牲口确乎知道人意，刚刚望见宅门，那马便立刻放缓脚步了，并且和它背上的主人同时垂了头，一步一顿，像捣米一样。

暮霭笼罩了大宅，邻屋上都腾起浓黑的炊烟，已经是晚饭时候。家将们听得马蹄声，早已迎了出来，都在宅门外垂着手直挺挺地站着。羿在垃圾堆边懒懒地下了马，家将们便接过缰绳和鞭子去。他刚要跨进大门，低头看看挂在腰间的满壶的簇新的箭和网里的三匹乌老鸦和一匹射碎了的小麻雀，心里就非常踌蹰。但到底硬着头皮，大踏步走进去了；箭在壶里豁朗豁朗地响着。

刚到内院，他便见嫦娥在圆窗里探了一探头。他知道她眼睛快，一定早瞧见那几匹乌鸦的了，不觉一吓，脚步登时也一停——但只得往里走。使女们都迎出来，给他卸了弓箭，解下网兜。他仿佛觉得她们都在苦笑。

"太太……"他擦过手脸，走进内房去，一面叫。

嫦娥正在看着圆窗外的暮天，慢慢回过头来，似理不理的向他看了一眼，没有答应。

这种情形，羿倒久已习惯的了，至少已有一年多。他仍旧走近去，坐在对面的铺着脱毛的旧豹皮的木榻上，搔着头皮，支支梧梧地说——

"今天的运气仍旧不见佳，还是只有乌鸦……"

"哼！"嫦娥将柳眉一扬，忽地站起来，风似的往外走，嘴里咕噜着，"又是乌鸦的炸酱面，又是乌鸦的炸酱面！你去问问去，谁家是一年到头只吃乌鸦肉的炸酱面的？我真不知道是走了什么运，竟嫁到这里来，整年的就吃乌鸦的炸酱面！"

"太太，"羿赶紧也站起，跟在后面，低声说，"不过今天倒还好，另外还射了一匹麻雀，可以给你做菜的。女辛！"他大声地叫使女，"你把那一匹麻雀拿过来请太太看！"

野味已经拿到厨房里去了，女辛便跑去挑出来，两手捧着，送在嫦娥的眼前。

"哼!"她瞥了一眼，慢慢地伸手一捏，不高兴地说，"一团糟!不是全都粉碎了么?肉在那里?"

"是的，"羿很惶恐，"射碎的。我的弓太强，箭头太大了。"

"你不能用小一点的箭头的么?"

"我没有小的。自从我射封豕长蛇……"

"这是封豕长蛇么?"她说着，一面回转头去对着女辛道，"放一碗汤罢!"便又退回房里去了。

只有羿呆呆地留在堂屋里，靠壁坐下，听着厨房里柴草爆炸的声音。他回忆当年的封豕是多么大，远远望去就像一座小土冈，如果那时不去射杀它，留到现在，足可以吃半年，又何用天天愁饭菜。还有长蛇，也可以做羹喝……

女乙来点灯了，对面墙上挂着的彤弓，彤矢，卢弓，卢矢，弩机，长剑，短剑，便都在昏暗的灯光中出现。羿看了一眼，就低了头，叹一口气;只见女辛搬进夜饭来，放在中间的案上，左边是五大碗白面;右边两大碗，一碗汤;中央是一大碗乌鸦肉做的炸酱。

羿吃着炸酱面，自己觉得确也不好吃;偷眼去看嫦娥，她炸酱是看也不看，只用汤泡了面，吃了半碗，又放下了。他觉得她脸上仿佛比往常黄瘦些，生怕她生了病。

到二更时，她似乎和气一些了，默坐在床沿上喝水。羿就坐在旁边的木榻上，手摩着脱毛的旧豹皮。

"唉，"他和蔼地说，"这西山的文豹，还是我们结婚以前射得的，那时多么好看，全体黄金光。"他于是回想当年的食物，熊是只吃四个掌，驼留峰，其余的就都赏给使女和家将们。后来大动物射完了，就吃野猪，兔，山鸡;射法又高强，要多少有多少。"唉，"他不觉叹息，"我的箭法真太巧妙了，竟射得遍地精光。那时谁料到只剩下乌鸦做菜……"

"哼。"嫦娥微微一笑。

"今天总还要算运气的，"羿也高兴起来，"居然猎到一只麻雀。

这是远绕了三十里路才找到的。"

"你不能走得更远一点的么?!"

"对。太太。我也这样想。明天我想起得早些。倘若你醒得早，那就叫醒我。我准备再远走五十里，看看可有些獐子兔子……但是，怕也难。当我射封豕长蛇的时候，野兽是那么多。你还该记得罢，丈母的门前就常有黑熊走过，叫我去射了好几回……"

"是么?"嫦娥似乎不大记得。

"谁料到现在竟至于精光的呢。想起来，真不知道将来怎么过日子。我呢，倒不要紧，只要将那道士送给我的金丹吃下去，就会飞升。但是我第一先得替你打算……所以我决计明天再走得远一点……"

"哼。"嫦娥已经喝完水，慢慢躺下，合上眼睛了。

残膏的灯火照着残妆，粉有些褪了，眼圈显得微黄，眉毛的黛色也仿佛两边不一样。但嘴唇依然红得如火；虽然并不笑，颊上也还有浅浅的酒窝。

"唉唉，这样的人，我就整年地只给她吃乌鸦的炸酱面……"羿想着，觉得惭愧，两颊连耳根都热起来。

二

过了一夜就是第二天。

羿忽然睁开眼睛，只见一道阳光斜射在西壁上，知道时候不早了；看看嫦娥，兀自摊开了四肢沉睡着。他悄悄地披上衣服，爬下豹皮榻，蹩出堂前，一面洗脸，一面叫女庚去吩咐王升备马。

他因为事情忙，是早就废止了朝食①的；女乙将五个炊饼，五株葱和一包辣酱都放在网兜里，并弓箭一齐替他系在腰间。他将腰带紧了一紧，轻轻地跨出堂外面，一面告诉那正从对面进来的女庚道——

"我今天打算到远地方去寻食物去，回来也许晚一些。看太太醒后，用过早点心，有些高兴的时候，你便去禀告，说晚饭请她等一等，对不起得很。记得么? 你说：对不起得很。"

他快步出门，跨上马，将站班的家将们扔在脑后，不一会便跑

---

① 朝食：即早饭。

16

出村庄了。前面是天天走熟的高粱田，他毫不注意，早知道什么也没有的。加上两鞭，一径飞奔前去，一气就跑了六十里上下，望见前面有一簇很茂盛的树林，马也喘气不迭，浑身流汗，自然慢下去了。大约又走了十多里，这才接近树林，然而满眼是胡蜂，粉蝶，蚂蚁，蚱蜢，那里有一点禽兽的踪迹。他望见这一块新地方时，本以为至少总可以有一两匹狐儿兔儿的，现在才知道又是梦想。他只得绕出树林，看那后面却又是碧绿的高粱田，远处散点着几间小小的土屋。风和日暖，鸦雀无声。

"倒楣！"他尽量地大叫了一声，出出闷气。

但再前行了十多步，他即刻心花怒放了，远远地望见一间土屋外面的平地上，的确停着一匹飞禽，一步一啄，像是很大的鸽子。他慌忙拈弓搭箭，引满弦，将手一放，那箭便流星般出去了。

这是无须迟疑的，向来有发必中；他只要策马跟着箭路飞跑前去，便可以拾得猎物。谁知道他将要临近，却已有一个老婆子捧着带箭的大鸽子，大声嚷着，正对着他的马头抢过来。

"你是谁哪？怎么把我家的顶好的黑母鸡射死了？你的手怎的有这么闲哪？……"

羿的心不觉跳了一跳，赶紧勒住马。

"阿呀！鸡么？我只道是一只鹁鸪。"他惶恐地说。

"瞎了你的眼睛！看你也有四十多岁了罢。"

"是的。老太太。我去年就有四十五岁了。"

"你真是枉长白大！连母鸡也不认识，会当作鹁鸪！你究竟是谁哪？"

"我就是夷羿。"他说着，看看自己所射的箭，是正贯了母鸡的心，当然死了，末后的两个字便说得不大响亮；一面从马上跨下来。

"夷羿？……谁呢？我不知道。"她看着他的脸，说。

"有些人是一听就知道的。尧爷的时候，我曾经射死过几匹野猪，几条蛇……"

"哈哈，骗子！那是逢蒙老爷和别人合伙射死的。也许有你在内罢；但你倒说是你自己了，好不识羞！"

"阿阿，老太太。逢蒙那人，不过近几年时常到我那里来走走，我并没有和他合伙，全不相干的。"

"说诳。近来常有人说，我一月就听到四五回。"

"那也好。我们且谈正经事罢。这鸡怎么办呢？"

"赔。这是我家最好的母鸡，天天生蛋。你得赔我两柄锄头，三个纺锤。"

"老太太，你瞧我这模样，是不耕不织的，那里来的锄头和纺锤。我身边又没有钱，只有五个炊饼，倒是白面做的，就拿来赔了你的鸡，还添上五株葱和一包甜辣酱。你以为怎样？……"他一只手去网兜里掏炊饼，伸出那一只手去取鸡。

老婆子看见白面的炊饼，倒有些愿意了，但是定要十五个。磋商的结果，好容易才定为十个，约好至迟明天正午送到，就用那射鸡的箭作抵押。羿这时才放了心，将死鸡塞进网兜里，跨上鞍鞯，回马就走，虽然肚饿，心里却很喜欢，他们不喝鸡汤实在已经有一年多了。

他绕出树林时，还是下午，于是赶紧加鞭向家里走；但是马力乏了，刚到走惯的高粱田近旁，已是黄昏时候。只见对面远处有人影子一闪，接着就有一支箭忽地向他飞来。

羿并不勒住马，任它跑着，一面却也拈弓搭箭，只一发，只听得铮的一声，箭尖正触着箭尖，在空中发出几点火花，两支箭便向上挤成一个"人"字，又翻身落在地上了。第一箭刚刚相触，两面立刻又来了第二箭，还是铮的一声，相触在半空中。这样地射了九箭，羿的箭都用尽了；但他这时已经看清逢蒙得意地站在对面，却还有一支箭搭在弦上，正在瞄准他的咽喉。

"哈哈，我以为他早到海边摸鱼去了，原来还在这些地方干这些勾当，怪不得那老婆子有那些话……"羿想。

那时快，对面是弓如满月，箭似流星。飕的一声，径向羿的咽喉飞过来。也许是瞄准差了一点了，却正中了他的嘴；一个筋斗，他带箭掉下马去了，马也就站住。

逢蒙见羿已死，便慢慢地蹩过来，微笑着去看他的死脸，当作喝一杯胜利的白干。

刚在定睛看时，只见羿张开眼，忽然直坐起来。

"你真是白来了一百多回。"他吐出箭，笑着说，"难道连我的'啮镞法'①都没有知道么？这怎么行。你闹这些小玩艺儿是不行的，偷去的拳头打不死本人，要自己练练才好。"

"即以其人之道，反诸其人之身……"胜者低声说。

"哈哈哈！"他一面大笑，一面站了起来，"又是引经据典。但这些话你只可以哄哄老婆子，本人面前捣什么鬼？俺向来就只是打猎，没有弄过你似的剪径的玩艺儿……"他说着，又看看网兜里的母鸡，倒并没有压坏，便跨上马，径自走了。

"……你打了丧钟！……"远远地还送来叫骂。

"真不料有这样没出息。青青年纪，倒学会了诅咒，怪不得那老婆子会那么相信他。"羿想着，不觉在马上绝望地摇了摇头。

三

还没有走完高粱田，天色已经昏黑；蓝的空中现出明星来，长庚在西方格外灿烂。马只能认着白色的田塍走，而且早已筋疲力竭，自然走得更慢了。幸而月亮却在天际渐渐吐出银白的清辉。

"讨厌！"羿听到自己的肚子里骨碌骨碌地响了一阵，便在马上焦躁了起来。"偏是谋生忙，便偏是多碰到些无聊事，白费工夫！"他将两腿在马肚子上一磕，催它快走，但马却只将后半身一扭，照旧地慢腾腾。

"嫦娥一定生气了，你看今天多么晚。"他想。"说不定要装怎样的脸给我看哩。但幸而有这一只小母鸡，可以引她高兴。我只要说：太太，这是我来回跑二百里路才找来的。不，不好，这话似乎太逞能。"

他望见人家的灯火已在前面，一高兴便不再想下去了。马也不待鞭策，自然飞奔。圆的雪白的月亮照着前途，凉风吹脸，真是比大猎回来时还有趣。

马自然而然地停在垃圾堆边；羿一看，仿佛觉得异样，不知怎

---

① 啮镞（niè zú）法：古代武术名。咬住对方射来的箭。

地似乎家里乱蓬蓬①。迎出来的也只有一个赵富。

"怎的？王升呢？"他奇怪地问。

"王升到姚家找太太去了。"

"什么？太太到姚家去了么？"羿还呆坐在马上，问。

"喳……"他一面答应着，一面去接马缰和马鞭。

羿这才爬下马来，跨进门，想了一想，又回过头去问道——

"不是等不送了，自己上饭馆去了么？"

"喳。三个饭馆，小的都去问过了，没有在。"

羿低了头，想着，往里面走，三个使女都惶惑地聚在堂前。他便很诧异，大声的问道——

"你们都在家么？姚家，太太一个人不是向来不去的么？"

她们不回答，只看看他的脸，便来给他解下弓袋和箭壶和装着小母鸡的网兜。羿忽然心惊肉跳起来，觉得嫦娥是因为气忿寻了短见了，便叫女庚去叫赵富来，要他到后园的池里树上去看一遍。但他一跨进房，便知道这推测是不确的了：房里也很乱，衣箱是开着，向床里一看，首先就看出失少了首饰箱。他这时正如头上淋了一盆冷水，金珠自然不算什么，然而那道士送给他的仙药，也就放在这首饰箱里的。

羿转了两个圆圈，才看见王升站在门外面。

"回老爷，"王升说，"太太没有到姚家去；他们今天也不打牌。"

羿看了他一眼，不开口。王升就退出去了。

"老爷叫？……"赵富上来，问。

羿将头一摇，又用手一挥，叫他也退出去。

羿又在房里转了几个圈子，走到堂前，坐下，仰头看着对面壁上的彤弓，彤矢，卢弓，卢矢，弩机，长剑，短剑，想了些时，才问那呆立在下面的使女们道——

"太太是什么时候不见的？"

"掌灯时候就不看见了，"女乙说，"可是谁也没见她走出去。"

"你们可见太太吃了那箱里的药没有？"

---

① 蓬蓬（sān）：形容毛发、枝条等细长的样子。

"那倒没有见。但她下午要我倒水喝是有的。"

羿急得站了起来，他似乎觉得，自己一个人被留在地上了。

"你们看见有什么向天上飞升的么?"他问。

"哦!"女辛想了一想，大悟似的说，"我点了灯出去的时候，的确看见一个黑影向那边飞去的，但我那时万想不到是太太……"于是她的脸色苍白了。

"一定是了!"羿在膝上一拍，即刻站起，走出屋外去，回头问着女辛道，"那边?"

女辛用手一指，他跟着看去时，只见那边是一轮雪白的圆月，挂在空中，其中还隐约现出楼台、树木;当他还是孩子时候祖母讲给他听的月宫中的美景，也依稀记得起来了。他对着浮游在碧海里似的月亮，觉得自己的身子非常沉重。

他忽然愤怒了。从愤怒里又发了杀机，圆睁着眼睛，大声向使女们叱咤道——

"拿我的射日弓来! 和三支箭!"

女乙和女庚从堂屋中央取下那强大的弓，拂去尘埃，并三支长箭都交在他手里。

他一手拈弓，一手捏着三支箭，都搭上去，拉了一个满弓，正对着月亮。身子是岩石一般挺立着，眼光直射，闪闪如岩下电，须发开张飘动，像黑色火，这一瞬息，使人仿佛想见他当年射日的雄姿。

飕的一声——只一声，已经连发了三支箭，刚发便搭，一搭又发，眼睛不及看清那手法，耳朵也不及分别那声音。本来对面是虽然受了三支箭，应该都聚在一处的，因为箭箭相衔，不差丝发。但他为必中起见，这时却将手微微一动，使箭到时分成三点，有三个伤。

使女们发一声喊，大家都看见月亮只一抖，以为要掉下来了——但却还是安然地悬着，发出和悦的更大的光辉，似乎毫无伤损。

"呔!"羿仰天大喝一声，看了片刻;然而月亮不理他。他前进三步，月亮便退了三步;他退三步，月亮却又照数前进了。

他们都默着，各人看各人的脸。

羿懒懒地将射日弓靠在堂门上，走进屋里去。使女们也一齐跟着他。

"唉，"羿坐下，叹一口气，"那么，你们的太太就永远一个人快乐了。她竟忍心撇了我独自飞升？莫非看得我老起来了？但她上月还说：并不算老，若以老人自居，是思想的堕落。"

"那一定不是的。"女乙说，"有人说老爷还是一个战士。"

"有时看去简直好像艺术家。"女辛说。

"放屁！——不过乌老鸦的炸酱面确也不好吃，难怪她忍不住……"

"那豹皮褥子脱毛的地方，我去剪一点靠墙的脚上的皮来补一补罢，怪不好看的。"女辛就往房里走。

"且慢，"羿说着，想了一想，"那倒不忙。我实在饿极了，还是赶快去做一盘辣子鸡，烙五斤饼来，给我吃了好睡觉。明天再去找那道士要一服仙药，吃了追上去罢。女庚，你去吩咐王升，叫他量四升白豆喂马！"

一九二六年十二月作

【赏读：《奔月》的题材选取，主题表达，形象塑造以及寓孤寂、悲凉、愤懑于讽刺戏谑之中的艺术格调，都与作家这种特定的心境及力图超越这种心境的努力密切相关。

在《奔月》中，羿是作家重点刻画的人物。羿的形象刻画，有着鲁迅自身的浓重投影。鲁迅之所以选择英雄夷羿在完成历史功绩后的悲剧性遭遇和心态为描写对象，渲染主人公陷入琐屑生活的困扰而无用武之地，突出农妇对他的奚落、门徒对他的陷害、妻子对他的背弃，表现他渴望复仇又无可报复的悲哀，在很大程度上源于鲁迅其时主观抒情的需要。借助羿的悲剧遭遇和心态，鲁迅曲折地表现了自己在世界观转变前夜孤独、寂寞、愤懑，渴望新的战斗生活的情怀。

与《故事新编》总体艺术特征相一致，《奔月》中喜剧穿插人物逢蒙、嫦娥、使女等形象的设计，采用了融今入古、古今交融的方式。鲁迅有意识地模拟现实人物的言行，让对象穿古人的衣冠而具现代人的灵魂。《奔月》的问世记录了鲁迅世界观转变前夜的复杂心境，显示了鲁迅在喜剧和讽刺艺术领域的新探索。】

22

理　水

一

这时候是"汤汤洪水方割，浩浩怀山襄陵"；舜爷的百姓，倒并不都挤在露出水面的山顶上，有的捆在树顶，有的坐着木排，有些木排上还搭有小小的板棚，从岸上看起来，很富于诗趣。

远地里的消息，是从木排上传过来的。大家终于知道鲧①大人因为治了九整年的水，什么效验也没有，上头龙心震怒，把他充军到羽山去了，接任的好像就是他的儿子文命少爷，乳名叫作阿禹。

灾荒得久了，大学早已解散，连幼稚园也没有地方开，所以百姓们都有些混混沌沌。只在文化山上，还聚集着许多学者，他们的食粮，是都从奇肱国用飞车运来的，因此不怕缺乏，因此也能够研究学问。然而他们里面，大抵是反对禹的，或者简直不相信世界上真有这个禹。

每月一次，照例的半空中要簌簌的发响，愈响愈厉害，飞车看得清楚了，车上插一张旗，画着一个黄圆圈在发毫光。离地五尺，就挂下几只篮子来，别人可不知道里面装的是什么，只听得上下在讲话：

"古貌林！"

"好杜有图！"

"古鲁几哩……"

"OK！"

飞车向奇肱国疾飞而去，天空中不再留下微声，学者们也静悄悄，这是大家在吃饭。独有山周围的水波，撞着石头，不住的澎湃的在发响。午觉醒来，精神百倍，于是学说也就压倒了涛声了。

"禹来治水，一定不成功，如果他是鲧的儿子的话，"一个拿拄杖的学者说，"我曾经搜集了许多王公大臣和豪富人家的家谱，很下过一番研究工夫，得到一个结论：阔人的子孙都是阔人，坏人的子

---

① 鲧（gǔn）：中国神话人物，禹的父亲，因治水失败，被刑罚致死。

孙都是坏人——这就叫作‘遗传’。所以，鲧不成功，他的儿子禹一定也不会成功，因为愚人是生不出聪明人来的！”

“OK！”一个不拿拄杖的学者说。

“不过您要想想咱们的太上皇，”别一个不拿拄杖的学者道，“他先前虽然有些‘顽’，现在可是改好了。倘是愚人，就永远不会改好……”

“OK！”

“这这些些都是费话，”又一个学者吃吃的说，立刻把鼻尖涨得通红，“你们是受了谣言的骗的。其实并没有所谓禹，‘禹’是一条虫，虫虫会治水的吗？我看鲧也没有的，‘鲧’是一条鱼，鱼鱼会治水水水的吗？”他说到这里，把两脚一蹬，显得非常用劲。

“不过鲧却的确是有的，七年以前，我还亲眼看见他到昆仑山脚下去赏梅花的。”

“那么，他的名字弄错了，他大概不叫‘鲧’，他的名字应该叫‘人’！至于禹，那可一定是一条虫，我有许多证据，可以证明他的乌有，叫大家来公评……”

于是他勇猛的站了起来，摸出削刀，刮去了五株大松树皮，用吃剩的面包末屑和水研成浆，调了炭粉，在树身上用很小的蝌蚪文写上抹杀阿禹的考据，足足化掉了三九廿七天工夫。但是凡有要看的人，得拿出十片嫩榆叶，如果住在木排上，就改给一贝壳鲜水苔。

横竖到处都是水，猎也不能打，地也不能种，只要还活着，所有的是闲工夫，来看的人倒也很不少。松树下挨挤了三天，到处都发出叹息的声音，有的是佩服，有的是疲劳。但到第四天的正午一个乡下人终于说话了，这时那学者正在吃炒面。

“人里面，是有叫作阿禹的，”乡下人说。“况且‘禹’也不是虫，这是我们乡下人的简笔字，老爷们都写作‘禹’，是大猴子……”

“人有叫作大大猴子的吗？……”学者跳起来了，连忙咽下没有嚼烂的一口面，鼻子红到发紫，吆喝道。

“有的呀，连叫阿狗阿猫的也有。”

"鸟头先生，您不要和他去辩论了，"拿拄杖的学者放下面包，拦在中间，说。"乡下人都是愚人。拿你的家谱来，"他又转向乡下人，大声道，"我一定会发见你的上代都是愚人……"

"我就从来没有过家谱……"

"呸，使我的研究不能精密，就是你们这些东西可恶！"

"不过这这也用不着家谱，我的学说是不会错的。"鸟头先生更加愤愤的说。"先前，许多学者都写信来赞成我的学说，那些信我都带在这里……"

"不不，那可应该查家谱……"

"但是我竟没有家谱，"那"愚人"说。"现在又是这么的人荒马乱，交通不方便，要等您的朋友们来信赞成，当作证据，真也比螺蛳壳里做道场还难。证据就在眼前：您叫鸟头先生，莫非真的是一个鸟儿的头，并不是人吗？"

"哼！"鸟头先生气忿到连耳轮都发紫了。"你竟这样的侮辱我！说我不是人！我要和你到皋陶大人那里去法律解决！如果我真的不是人，我情愿大辟——就是杀头呀，你懂了没有？要不然，你是应该反坐的。你等着罢，不要动，等我吃完了炒面。"

"先生，"乡下人麻木而平静的回答道，"您是学者，总该知道现在已是午后，别人也要肚子饿的。可恨的是愚人的肚子却和聪明人的一样：也要饿。真是对不起得很，我要捞青苔去了，等您上了呈子之后，我再来投案罢。"于是他跳上木排，拿起网兜，捞着水草，泛泛的远开去了。看客也渐渐的走散，鸟头先生就红着耳轮和鼻尖从新吃炒面，拿拄杖的学者在摇头。

然而"禹"究竟是一条虫，还是一个人呢，却仍然是一个大疑问。

二

禹也真好像是一条虫。

大半年过去了，奇肱国的飞车已经来过八回，读过松树身上的文字的木排居民，十个里面有九个生了脚气病，治水的新官却还没有消息。直到第十回飞车来过之后，这才传来了新闻，说禹是确有这么一个人的，正是鲧的儿子，也确是简放了水利大臣，三年之前，已从冀州启节，不久就要到这里了。

大家略有一点兴奋，但又很淡漠，不大相信，因为这一类不甚可靠的传闻，是谁都听得耳朵起茧了的。

然而这一回却又像消息很可靠，十多天之后，几乎谁都说大臣的确要到了，因为有人出去捞浮草，亲眼看见过官船；他还指着头上一块乌青的疙瘩，说是为了回避得太慢一点了，吃了一下官兵的飞石：这就是大臣确已到来的证据。这人从此就很有名，也很忙碌，大家都争先恐后的来看他头上的疙瘩，几乎把木排踏沉；后来还经学者们召了他去，细心研究，决定了他的疙瘩确是真疙瘩，于是使鸟头先生也不能再执成见，只好把考据学让给别人，自己另去搜集民间的曲子了。

一大阵独木大舟的到来，是在头上打出疙瘩的大约二十多天之后，每只船上，有二十名官兵打桨，三十名官兵持矛，前后都是旗帜；刚靠山顶，绅士们和学者们已在岸上列队恭迎，过了大半天，这才从最大的船里，有两位中年的胖胖的大员出现，约略二十个穿虎皮的武士簇拥着，和迎接的人们一同到最高巅的石屋里去了。

大家在水陆两面，探头探脑的悉心打听，才明白原来那两位只是考察的专员，却并非禹自己。

大员坐在石屋的中央，吃过面包，就开始考察。

"灾情倒并不算重，粮食也还可敷衍，"一位学者们的代表，苗民言语学专家说，"面包是每月会从半空中掉下来的；鱼也不缺，虽然未免有些泥土气，可是很肥，大人。至于那些下民，他们有的是榆叶和海苔，他们'饱食终日，无所用心'——就是并不劳心，原只要吃这些就够。我们也尝过了，味道倒并不坏，特别得很……"

"况且，"别一位研究《神农本草》的学者抢着说，"榆叶里面是含有维他命 W 的；海苔里有碘质，可医瘰疬病①，两样都极合于卫生。"

"OK！"又一个学者说。大员们瞪了他一眼。

_____

① 瘰疬（luǒ lì）病：颈部淋巴结核病。

26

“饮料呢，”那《神农本草》学者接下去道，“他们要多少有多少，一万代也喝不完。可惜含一点黄土，饮用之前，应该蒸馏一下的。敝人指导过许多次了，然而他们冥顽不灵，绝对的不肯照办，于是弄出数不清的病人来……”

　　“就是洪水，也还不是他们弄出来的吗？”一位五绺长须，身穿酱色长袍的绅士又抢着说，“水还没来的时候，他们懒着不肯填，洪水来了的时候，他们又懒着不肯戽①……”

　　“是之谓失其性灵，”坐在后一排，八字胡子的伏羲朝小品文学家笑道，“吾尝登帕米尔之原，天风浩然，梅花开矣，白云飞矣，金价涨矣，耗子眠矣，见一少年，口衔雪茄，面有蚩尤氏之雾……哈哈哈！没有法子……”

　　“OK！”

　　这样的谈了小半天。大员们都十分用心的听着，临末是叫他们合拟一个公呈，最好还有一种条陈，沥述着善后的方法。

　　于是大员们下船去了。第二天，说是因为路上劳顿，不办公，也不见客；第三天是学者们公请在最高峰上赏偃盖古松，下半天又同往山背后钓黄鳝，一直玩到黄昏。第四天，说是因为考察劳顿了，不办公，也不见客；第五天的午后，就传见下民的代表。

　　下民的代表，是四天以前就在开始推举的，然而谁也不肯去，说是一向没有见过官。于是大多数就推定了头有疙瘩的那一个，以为他曾有见过官的经验。已经平复下去的疙瘩，这时忽然针刺似的痛起来了，他就哭着一口咬定：做代表，毋宁死！大家把他围起来，连日连夜的责以大义，说他不顾公益，是利己的个人主义者，将为华夏所不容；激烈点的，还至于捏起拳头，伸在他的鼻子跟前，要他负这回的水灾的责任。他渴睡得要命，心想与其逼死在木排上，还不如冒险去做公益的牺牲，便下了绝大的决心，到第四天，答应了。

　　大家就都称赞他，但几个勇士，却又有些妒忌。

---

　　① 戽（hù）：灌田汲水用的旧式农具，亦称“戽斗”。这里是指用戽汲水。

就是这第五天的早晨，大家一早就把他拖起来，站在岸上听呼唤。果然，大员们呼唤了。他两腿立刻发抖，然而又立刻下了绝大的决心，决心之后，就又打了两个大呵欠，肿着眼眶，自己觉得好像脚不点地，浮在空中似的走到官船上去了。

奇怪得很，持矛的官兵，虎皮的武士，都没有打骂他，一直放进了中舱。舱里铺着熊皮、豹皮，还挂着几副弩箭，摆着许多瓶罐，弄得他眼花缭乱。定神一看，才看见在上面，就是自己的对面，坐着两位胖大的官员。什么相貌，他不敢看清楚。

"你是百姓的代表吗?"大员中的一个问道。

"他们叫我上来的。"他眼睛看着铺在舱底上的豹皮的艾叶一般的花纹，回答说。

"你们怎么样?"

"……"他不懂意思，没有答。

"你们过得还好么?"

"托大人的鸿福，还好……"他又想了一想，低低的说道，"敷敷衍衍……混混……"

"吃的呢?"

"有，叶子呀，水苔呀……"

"都还吃得来吗?"

"吃得来的。我们是什么都弄惯了的，吃得来的。只有些小畜生还要嚷，人心在坏下去哩，妈的，我们就揍他。"

大人们笑起来了，有一个对别一个说道:"这家伙倒老实。"

这家伙一听到称赞，非常高兴，胆子也大了，滔滔的讲述道:

"我们总有法子想。比如水苔，顶好是做滑溜翡翠汤，榆叶就做一品当朝羹。剥树皮不可剥光，要留下一道，那么，明年春天树枝梢还是长叶子，有收成。如果托大人的福，钓到了黄鳝……"

然而大人好像不大爱听了，有一位也接连打了两个大呵欠，打断他的讲演:"你们还是合具一个公呈来罢，最好是还带一个贡献善后方法的条陈。"

"我们可是谁也不会写……"他惴惴的说。

"你们不识字吗？这真叫作不求上进！没有法子，把你们吃的东西拣一份来就是！"

他又恐惧又高兴的退了出来，摸一摸疙瘩疤，立刻把大人的吩咐传给岸上，树上和排上的居民，并且大声叮嘱道："这是送到上头去的，要做得干净、细致、体面呀！……"

所有居民就同时忙碌起来，洗叶子，切树皮，捞青苔，乱作一团。他自己是锯木板，来做进呈的盒子。有两片磨得特别光，连夜跑到山顶上请学者去写字，一片是做盒子盖的，求写"寿山福海"，一片是给自己的木排做匾额，以志荣幸的，求写"老实堂"。但学者却只肯写了"寿山福海"的一块。

三

当两位大员回到京都的时候，别的考察员也大抵陆续回来了，只有禹还在外。他们在家里休息了几天，水利局的同事们就在局里大排筵宴，替他们接风，份子分福禄寿三种，最少也得出五十枚大贝壳。这一天真是车水马龙，不到黄昏时候，主客就全都到齐了，院子里却已经点起庭燎来，鼎中的牛肉香，一直透到门外虎贲①的鼻子跟前，大家就一齐咽口水。酒过三巡，大员们就讲了一些水乡沿途的风景，芦花似雪，泥水如金，黄鳝膏腴，青苔滑溜……微醺之后，才取出大家采集了来的民食来，都装着细巧的木匣子，盖上写着文字，有的是伏羲八卦体，有的是仓颉②鬼哭体，大家就先来赏鉴这些字，争论得几乎打架之后，才决定以写着"国泰民安"的一块为第一，因为不但文字质朴难识，有上古淳厚之风，而且立言也很得体，可以宣付史馆的。

评定了中国特有的艺术之后，文化问题总算告一段落，于是来考察盒子的内容了：大家一致称赞着饼样的精巧。然而大约酒也喝得太多了，便议论纷纷：有的咬一口松皮饼，极口叹赏它的清香，说自己明天就要挂冠归隐，去享这样的清福；咬了柏叶糕的，却道

---

① 虎贲（bēn）：卫兵。
② 仓颉（jié）：黄帝时期的造字官，传说仓颉造字，夜有鬼哭。

质粗味苦，伤了他的舌头，要这样与下民共患难，可见为君难，为臣亦不易。有几个又扑上去，想抢下他们咬过的糕饼来，说不久就要开展览会募捐，这些都得去陈列，咬得太多是很不雅观的。

局外面也起了一阵喧嚷。一群乞丐似的大汉，面目黧黑，衣服破旧，竟冲破了断绝交通的界线，闯到局里来了。卫兵们大喝一声，连忙左右交叉了明晃晃的戈，挡住他们的去路。

"什么？——看明白！"当头是一条瘦长的莽汉，粗手粗脚的，怔了一下，大声说。

卫兵们在昏黄中定睛一看，就恭恭敬敬的立正，举戈，放他们进去了，只拦住了气喘吁吁的从后面追来的一个身穿深蓝土布袍子，手抱孩子的妇女。

"怎么？你们不认识我了吗？"她用拳头揩着额上的汗，诧异的问。

"禹太太，我们怎会不认识您家呢？"

"那么，为什么不放我进去的？""禹太太，这个年头儿，不大好，从今年起，要端风俗而正人心，男女有别了。现在那一个衙门里也不放娘儿们进去，不但这里，不但您。这是上头的命令，怪不着我们的。"

禹太太呆了一会，就把双眉一扬，一面回转身，一面嚷叫道：

"这杀千刀的！奔什么丧！走过自家的门口，看也不进来看一下，就奔你的丧！做官做官，做官有什么好处，仔细像你的老子，做到充军，还掉在池子里变大忘八！这没良心的杀千刀！……"

这时候，局里的大厅上也早发生了扰乱。大家一望见一群莽汉们奔来，纷纷都想躲避，但看不见耀眼的兵器，就又硬着头皮，定睛夫看。奔来的也临近了，头一个虽然面貌黑瘦，但从神情上，也就认识他正是禹；其余的自然是他的随员。

这一吓，把大家的酒意都吓退了，沙沙的一阵衣裳声，立刻都在下面。禹便一径跨到席上，在上面坐下，大约是大模大样，或者生了鹤膝风罢，并不屈膝而坐，却伸开了两脚，把大脚底对着大员们，又不穿袜子，满脚底都是栗子一般的老茧。随员们就分坐在他

的左右。

"大人是今天回京的?"一位大胆的属员,膝行而前了一点,恭敬的问。

"你们坐近一点来!"禹不答他的询问,只对大家说。"查的怎么样?"

大员们一面膝行而前,一面面面相觑,列坐在残筵的下面,看见咬过的松皮饼和啃光的牛骨头。非常不自在——却又不敢叫膳夫来收去。

"禀大人,"一位大员终于说,"倒还像个样子——印象甚佳。松皮水草,出产不少;饮料呢,那可丰富得很。百姓都很老实,他们是过惯了的。禀大人,他们都是以善于吃苦,驰名世界的人们。"

"卑职可是已经拟好了募捐的计划,"又一位大员说,"准备开一个奇异食品展览会,另请女隗小姐来做时装表演。只卖票,并且声明会里不再募捐,那么,来看的可以多一点。"

"这很好。"禹说着,向他弯一弯腰。

"不过第一要紧的是赶快派一批大木筏去,把学者们接上高原来。"第三位大员说,"一面派人去通知奇肱国,使他们知道我们的尊崇文化,接济也只要每月送到这边来就好。学者们有一个公呈在这里,说的倒也很有意思,他们以为文化是一国的命脉,学者是文化的灵魂,只要文化存在,华夏也就存在,别的一切,倒还在其次……"

"他们以为华夏的人口太多了,"第一位大员道,"减少一些倒也是致太平之道。况且那些不过是愚民,那喜怒哀乐,也决没有智者所推想的那么精微。知人论事,第一要凭主观。例如莎士比亚……"

"放他妈的屁!"禹心里想,但嘴上却大声的说道:"我经过查考,知道先前的方法:'湮'①,确是错误了。以后应该用'导'!不知道诸位的意见怎么样?"

静得好像坟山;大员们的脸上也显出死色,许多人还觉得自己生了病,明天恐怕要请病假了。

---

① 湮(yān):淤塞,是鲧的治水方法。

“这是蚩尤的法子!”一个勇敢的青年官员悄悄的愤激着。

“卑职的愚见,窃以为大人是似乎应该收回成命的。”一位白须白发的大员,这时觉得天下兴亡,系在他的嘴上了,便把心一横,置死生于度外,坚决的抗议道:“湮是老大人的成法。'三年无改于父之道,可谓孝矣。'——老大人升天还不到三年。”

禹一声也不响。

“况且老大人化过多少心力呢。借了上帝的息壤,来湮洪水,虽然触了上帝的恼怒,洪水的深度可也浅了一点了。这似乎还是照例的治下去。”另一位花白须发的大员说,他是禹的母舅的干儿子。

禹一声也不响。

“我看大人还不如'干父之蛊'①,”一位胖大官员看得禹不作声,以为他就要折服了,便带些轻薄的大声说,不过脸上还流出着一层油汗。“照着家法,挽回家声。大人大约未必知道人们在怎么讲说老大人罢……”

“要而言之,'湮'是世界上已有定评的好法子,”白须发的老官恐怕胖子闹出岔子来,就抢着说道,“别的种种,所谓'摩登'者也,昔者蚩尤氏就坏在这一点上。”

禹微微一笑:“我知道的。有人说我的爸爸变了黄熊,也有人说他变了三足鳖,也有人说我在求名,图利。说就是了。我要说的是我查了山泽的情形,征了百姓的意见,已经看透实情,打定主意,无论如何,非'导'不可!这些同事,也都和我同意的。”

他举手向两旁一指。白须发的,花须发的,小白脸的,胖而流着油汗的,胖而不流油汗的官员们,跟着他的指头看过去,只见一排黑瘦的乞丐似的东西,不动,不言,不笑,像铁铸的一样。

四

禹爷走后,时光也过得真快,不知不觉间,京师的景况日见其繁盛了。首先是阔人们有些穿了茧绸袍,后来就看见大水果铺里卖

---

① 干父之蛊:语出《周易·蛊卦》,指儿子能继承父志,完成父亲未完成的事业。

着橘子和柚子，大绸缎店里挂着华丝葛；富翁的筵席上有了好酱油、清炖鱼翅、凉拌海参；再后来他们竟有熊皮褥子狐皮褂，那太太也戴上赤金耳环银手镯了。

只要站在大门口，也总有什么新鲜的物事看：今天来一车竹箭，明天来一批松板，有时抬过了做假山的怪石，有时提过了做鱼生的鲜鱼；有时是一大群一尺二寸长的大乌龟，都缩了头装着竹笼，载在车子上，拉向皇城那面去。

"妈妈，你瞧呀，好大的乌龟！"孩子们一看见，就嚷起来，跑上去，围住了车子。

"小鬼，快滚开！这是万岁爷的宝贝，当心杀头！"

然而关于禹爷的新闻，也和珍宝的入京一同多起来了。百姓的檐前，路旁的树下，人家都在谈他的故事；最多的是他怎样夜里化为黄熊，用嘴和爪子，一拱一拱的疏通了九河，以及怎样请了天兵天将，捉住兴风作浪的妖怪无支祁，镇在龟山的脚下。皇上舜爷的事情，可是谁也不再提起了，至多，也不过谈谈丹朱太子的没出息。

禹要回京的消息，原已传布得很久了，每天总有一群人站在关口，看可有他的仪仗的到来。并没有。然而消息却愈传愈紧，也好像愈真。一个半阴半晴的上午，他终于在百姓们的万头攒动之间，进了冀州的帝都了。前面并没有仪仗，不过一大批乞丐似的随员。临末是一个粗手粗脚的大汉，黑脸黄须，腿弯微曲，双手捧着一片乌黑的尖顶的大石头——舜爷所赐的"玄圭"，连声说道"借光，借光，让一让，让一让"，从人丛中挤进皇宫里去了。

百姓们就在宫门外欢呼，议论，声音正好像浙水的涛声一样。

舜爷坐在龙位上，原已有了年纪，不免觉得疲劳，这时又似乎有些惊骇。禹一到，就连忙客气的站起来，行过礼，皋陶先去应酬了几句，舜才说道：

"你也讲几句好话我听呀。"

"哼，我有什么说呢？"禹简洁的回答道。"我就是想，每天孳孳！"

“什么叫作‘孳孳①’？”皋陶问。

“洪水滔天，”禹说，“浩浩怀山襄陵，下民都浸在水里。我走旱路坐车，走水路坐船，走泥路坐橇，走山路坐轿。到一座山，砍一通树，和益俩给大家有饭吃，有肉吃。放田水入川，放川水入海，和稷俩给大家有难得的东西吃。东西不够，就调有余，补不足。搬家。大家这才静下来了，各地方成了个样子。”

“对啦对啦，这些话可真好！”皋陶称赞道。

“唉！”禹说。“做皇帝要小心，安静。对天有良心，天才会仍旧给你好处！”

舜爷叹一口气，就托他管理国家大事，有意见当面讲，不要背后说坏话。看见禹都答应了，又叹一口气，道：“莫像丹朱的不听话，只喜欢游荡，旱地上要撑船，在家里又捣乱，弄得过不了日子，这我可真看的不顺眼！”

“我讨过老婆，四天就走，”禹回答说。“生了阿启，也不当他儿子看。所以能够治了水，分作五圈，简直有五千里，计十二州，直到海边，立了五个头领，都很好。只是有苗可不行，你得留心点！”

“我的天下，真是全仗你的功劳弄好的！”舜爷也称赞道。

于是皋陶也和舜爷一同肃然起敬，低了头；退朝之后，他就赶紧下一道特别的命令，叫百姓都要学禹的行为，倘不然，立刻就算是犯了罪。

这使商家首先起了大恐慌。但幸而禹爷自从回京以后，态度也改变一点了：吃喝不考究，但做起祭祀和法事来，是阔绰的；衣服很随便，但上朝和拜客时候的穿著，是要漂亮的。所以市面仍旧不很受影响，不多久，商人们就又说禹爷的行为真该学，皋爷的新法令也很不错；终于太平到连百兽都会跳舞，凤凰也飞来凑热闹了。

一九三五年十一月作

【赏读：《理水》与那种“博考文献，言必有据”的历史小说不

————————

① 孳孳（zī）：滋生，繁殖。

同，这是一篇融古代生活与现代生活为一体，既有历史人物的真实描绘，又有社会现实的广角讽喻的作品。在《理水》中，鲁迅一方面依据史有所载的神话传说，塑造了上古时代治水英雄大禹的形象，同时又大胆突破传统历史小说的形式规范，将30年代中国社会形形色色的丑陋乖讹现象披上历史的外衣，讽刺性地嵌入上古时代的神话氛围里，刻画了文化山上的学者教授、视察大员、水利局官吏等众多喜剧角色，组成了一个古今杂糅的怪诞世界。这种奇诡的艺术构思最典型地体现了作家在《故事新编》中所追求的"故"事"新"编的独特艺术风貌。

大禹形象的塑造，体现了鲁迅在20世纪30年代中国内忧外患、灾难频仍的严峻形势下对弘扬民族优秀文化精神、增强民族自信心的高度重视。其时，国内政局黑暗、民生凋敝，日军加紧侵略，国土不断沦丧，舆论界弥漫着悲观失望的调子。为此，鲁迅写作《非攻》、《理水》，讴歌埋头实干、胸怀天下的墨子，赞颂大智大勇、自苦实干、公而忘私的大禹，意在借古代的英雄人物及其所代表的民族精神的展现，激励国民的民族自豪感和自强意识，启发国民直面现实灾难，从民族优秀文化传统和精英人物身上吸取力量。

《理水》最引人注目的特色是它那古代与现代错综交融的奇诡构思。鲁迅从反顾历史和讽喻现实的目的出发，打破时间和空间的界限，在上古时代的神话世界里插入大量的现代人事，使作品逸出了传统历史小说的范围，呈现出鲜明的怪诞性和讽刺喜剧情调。这在历史小说的写法上，无疑是一个大胆的创造。如果将这种融今入古、古今杂糅的艺术表现方式放在喜剧美学的范畴中考察，则不难发现它有一种使叙述描写对象"陌生化"的艺术功能，是制造喜剧性讽刺效果的有力手段。】

采 薇

一

　　这半年来，不知怎的连养老堂里也不大平静了，一部分的老头子，也都交头接耳，跑进跑出的很起劲。只有伯夷最不留心闲事，秋凉到了，他又老的很怕冷，就整天的坐在阶沿上晒太阳，纵使听到匆忙的脚步声，也决不抬起头来看。

　　"大哥！"

　　一听声音自然就知道是叔齐。伯夷是向来最讲礼让的，便在抬头之前，先站起身，把手一摆，意思是请兄弟在阶沿上坐下。

　　"大哥，时局好像不大好！"叔齐一面并排坐下去，一面气喘吁吁的说，声音有些发抖。

　　"怎么了呀？"伯夷这才转过脸去看，只见叔齐的原是苍白的脸色，好像更加苍白了。

　　"您听到过从商王那里，逃来两个瞎子的事了罢。"

　　"唔，前几天，散宜生好像提起过。我没有留心。"

　　"我今天去拜访过了。一个是太师疵，一个是少师强，还带来许多乐器。听说前几时还开过一个展览会，参观者都'啧啧称美'——不过好像这边就要动兵了。"

　　"为了乐器动兵，是不合先王之道的。"伯夷慢吞吞的说。

　　"也不单为了乐器。您不早听到过商王无道，砍早上渡河不怕水冷的人的脚骨，看看他的骨髓，挖出比干王爷的心来，看它可有七窍吗？先前还是传闻，瞎子一到，可就证实了。况且还切切实实的证明了商王的变乱旧章。变乱旧章，原是应该征伐的。不过我想，以下犯上，究竟也不合先王之道……"

　　"近来的烙饼，一天一天的小下去了，看来确也像要出事情，"伯夷想了一想，说，"但我看你还是少出门，少说话，仍旧每天练你的太极拳的好！"

　　"是……"叔齐是很悌的，应了半声。

"你想想看，"伯夷知道他心里其实并不服气，便接着说。"我们是客人，因为西伯肯养老，呆在这里的。烙饼小下去了，固然不该说什么，就是事情闹起来了，也不该说什么的。"

"那么，我们可就成了为养老而养老了。"

"最好是少说话。我也没有力气来听这些事。"

伯夷咳了起来，叔齐也不再开口。咳嗽一止，万籁寂然，秋末的夕阳，照着两部白胡子，都在闪闪的发亮。

二

然而这不平静，却总是滋长起来，烙饼不但小下去，粉也粗起来了。养老堂的人们更加交头接耳，外面只听得车马行走声，叔齐更加喜欢出门，虽然回来也不说什么话，但那不安的神色，却惹得伯夷也很难闲适了，他似乎觉得这碗平稳饭快要吃不稳。

十一月下旬，叔齐照例一早起了床，要练太极拳，但他走到院子里，听了一听，却开开堂门，跑出去了。约摸有烙十张饼的时候，这才气急败坏的跑回来，鼻子冻得通红，嘴里一阵一阵的喷着白蒸气。

"大哥！你起来！出兵了！"他恭敬的垂手站在伯夷的床前，大声说，声音有些比平常粗。

伯夷怕冷，很不愿意这么早就起身，但他是非常友爱的，看见兄弟着急，只好把牙齿一咬，坐了起来，披上皮袍，在被窝里慢吞吞的穿裤子。

"我刚要练拳，"叔齐等着，一面说。"却听得外面有人马走动，连忙跑到大路上去看时——果然，来了。首先是一乘白彩的大轿，总该有八十一人抬着罢，里面一座木主，写的是'大周文王之灵位'；后面跟的都是兵。我想：这一定是要去伐纣了。现在的周王是孝子，他要做大事，一定要把文王抬在前面的。看了一会，我就跑回来，不料我们养老堂的墙外就贴着告示……"

伯夷的衣服穿好了，弟兄俩走出屋子，就觉得一阵冷气，赶紧缩紧了身子。伯夷向来不大走动，一出大门，很看得有些新鲜。不几步，叔齐就伸手向墙上一指，可真的贴着一张大告示：

"照得今殷王纣，乃用婞妇人之言，自绝于天，毁坏其三正，离逷①其王父母弟。乃断弃其先祖之乐；乃为淫声，用变乱正声，怡说妇人。故今予发，维共行天罚。勉哉夫子，不可再，不可三！此示。"

　　两人看完之后，都不作声，径向大路走去。只见路边都挤满了民众，站得水泄不通。两人在后面说一声"借光"，民众回头一看，见是两位白须老者，便照文王敬老的上谕，赶忙闪开，让他们走到前面。这时打头的木主早已望不见了，走过去的都是一排一排的甲士，约有烙三百五十二张大饼的工夫，这才见别有许多兵丁，肩着九旒②云罕旗，仿佛五色云一样。接着又是甲士，后面一大队骑着高头大马的文武官员，簇拥着一位王爷，紫糖色脸，络腮胡子，左捏黄斧头，右拿白牛尾，威风凛凛：这正是"恭行天罚"的周王发。

　　大路两旁的民众，个个肃然起敬，没有人动一下，没有人响一声。在百静中，不提防叔齐却拖着伯夷直扑上去，钻过几个马头，拉住了周王的马嚼子，直着脖子嚷起来道：

　　"老子死了不葬，倒来动兵，说得上'孝'吗？臣子想要杀主子，说得上'仁'吗？……"

　　开初，是路旁的民众，驾前的武将，都吓得呆了；连周王手里的白牛尾巴也歪了过去。但叔齐刚说了四句话，却就听得一片哗啷声响，有好几把大刀从他们的头上砍下来。

　　"且住！"

　　谁都知道这是姜太公的声音，岂敢不听，便连忙停了刀，看着这也是白须白发，然而胖得圆圆的脸。

　　"义士呢。放他们去罢！"

　　武将们立刻把刀收回，插在腰带上。一面是走上四个甲士来，恭敬的向伯夷和叔齐立正，举手，之后就两个挟一个，开正步向路

---

① 离逷（tì）：远远离开。

② 旒（liú）：旗帜上的飘带。

旁走过去。民众们也赶紧让开道，放他们走到自己的背后去。

到得背后，甲士们便又恭敬的立正，放了手，用力在他们俩的脊梁上一推。两人只叫得一声"阿呀"，跄跄踉踉的颠了周尺一丈路远近，这才扑通的倒在地面上。叔齐还好，用手支着，只印了一脸泥；伯夷究竟比较的有了年纪，脑袋又恰巧磕在石头上，便晕过去了。

三

大军过去之后，什么也不再望得见，大家便换了方向，把躺着的伯夷和坐着的叔齐围起来。有几个是认识他们的，当场告诉人们，说这原是辽西的孤竹君的两位世子，因为让位，这才一同逃到这里，进了先王所设的养老堂。这报告引得众人连声赞叹，几个人便蹲下身子，歪着头去看叔齐的脸，几个人回家去烧姜汤，几个人去通知养老堂，叫他们快抬门板来接了。

大约过了烙好一百零三四张大饼的工夫，现状并无变化，看客也渐渐的走散；又好久，才有两个老头子抬着一扇门板，一拐一拐的走来，板上面还铺着一层稻草：这还是文王定下来的敬老的老规矩。板在地上一放，空咙一声，震得伯夷突然张开了眼睛：他苏醒了。叔齐惊喜的发一声喊，帮那两个人一同轻轻的把伯夷扛上门板，抬向养老堂里去；自己是在旁边跟定，扶住了挂着门板的麻绳。

走了六七十步路，听得远远地有人在叫喊：

"您哪！等一下！姜汤来哩！"望去是一位年青的太太，手里端着一个瓦罐子，向这面跑来了，大约怕姜汤泼出罢，她跑得不很快。

大家只得停住，等候她的到来。叔齐谢了她的好意。她看见伯夷已经自己醒来了，似乎很有些失望，但想了一想，就劝他仍旧喝下去，可以暖暖胃。然而伯夷怕辣，一定不肯喝。

"这怎么办好呢？还是八年陈的老姜熬的呀。别人家还拿不出这样的东西来呢。我们的家里又没有爱吃辣的人……"她显然有点不高兴。

叔齐只得接了瓦罐，做好做歹的硬劝伯夷喝了一口半，余下的还很多，便说自己也正在胃气痛，统统喝掉了。眼圈通红的，恭敬的夸赞了姜汤的力量，谢了那太太的好意之后，这才解决了这一场大纠纷。

他们回到养老堂里，倒也并没有什么余病，到第三天，伯夷就能够起床了，虽然前额上肿着一大块——然而胃口坏。

官民们都不肯给他们超然，时时送来些搅扰他们的消息，或者是官报，或者是新闻。十二月底，就听说大军已经渡了盟津，诸侯无一不到。不久也送了武王的《太誓》的钞本来。这是特别钞给养老堂看的，怕他们眼睛花，每个字都写得有核桃一般大。不过伯夷还是懒得看，只听叔齐朗诵了一遍，别的倒也并没有什么，但是"自弃其先祖肆祀不答，昏弃其家国……"这几句，断章取义，却好像很伤了自己的心。

传说也不少：有的说，周师到了牧野，和纣王的兵大战，杀得他们尸横遍野，血流成河，连木棍也浮起来，仿佛水上的草梗一样；有的却道纣王的兵虽然有七十万，其实并没有战，一望见姜太公带着大军前来，便回转身，反替武王开路了。

这两种传说，同然略有些不同，但打了胜仗，却似乎确实的。此后又时时听到运来了鹿台的宝贝，巨桥的白米，就更加证明了得胜的确实。伤兵也陆陆续续的回来了，又好像还是打过大仗似的。凡是能够勉强走动的伤兵，大抵在茶馆、酒店、理发铺以及人家的檐前或门口闲坐，讲述战争的故事，无论那里，总有一群人眉飞色舞的在听他。春天到了，露天下也不再觉得怎么凉，往往到夜里还讲得很起劲。

伯夷和叔齐都消化不良，每顿总是吃不完应得的烙饼；睡觉还照先前一样，天一暗就上床，然而总是睡不着。伯夷只在翻来覆去，叔齐听了，又烦躁，又心酸，这时候，他常是重行起来，穿好衣服，到院子里去走走，或者练一套太极拳。

有一夜，是有星无月的夜。大家都睡得静静的了，门口却还有人在谈天。叔齐是向来不偷听人家谈话的，这一回可不知怎的，竟停了脚步，同时也侧着耳朵。

"妈的纣王，一败，就奔上鹿台去了，"说话的大约是回来的伤兵。"妈的，他堆好宝贝，自己坐在中央，就点起火来。"

"阿唷，这可多么可惜呀！"这分明是管门人的声音。

"不慌！只烧死了自己，宝贝可没有烧哩。咱们大王就带着诸侯，进了商国。他们的百姓都在郊外迎接，大王叫大人们招呼他们道：'纳福呀！'他们就都磕头。一直进去，但见门上都贴着两个大字道：'顺民'。大王的车子一径走向鹿台，找到纣王自寻短见的处所，射了三箭……"

"为什么呀？怕他没有死吗？"别一人问道。

"谁知道呢。可是射了三箭，又拔出轻剑来，一砍，这才拿了黄斧头，嚓！砍下他的脑袋来，挂在大白旗上。"

叔齐吃了一惊。

"之后就去找纣王的两个小老婆。哼，早已统统吊死了。大王就又射了三箭，拔出剑来，一砍，这才拿了黑斧头，割下她们的脑袋，挂在小白旗上。这么一来……"

"那两个姨太太真的漂亮吗？"管门人打断了他的话。

"知不清。旗杆子高，看的人又多，我那时金创还很疼，没有挤近去看。"

"他们说那一个叫作妲己的是狐狸精，只有两只脚变不成人样，便用布条子裹起来：真的？"

"谁知道呢。我也没有看见她的脚。可是那边的娘儿们却真有许多把脚弄得好像猪蹄子的。"

叔齐是正经人，一听到他们从皇帝的头，谈到女人的脚上去了，便双眉一皱，连忙掩住耳朵，返身跑进房里去。伯夷也还没有睡着，轻轻的问道：

"你又去练拳了么？"

叔齐不回答，慢慢的走过去，坐在伯夷的床沿上，弯下腰，告诉了他刚才听来的一些话。这之后，两人都沉默了许多时，终于是叔齐很困难的叹一口气，悄悄的说道：

"不料竟全改了文王的规矩……你瞧罢，不但不孝，也不仁……这样看来，这里的饭是吃不得了。"

"那么，怎么好呢？"伯夷问。

"我看还是走……"

于是两人商量了几句，就决定明天一早离开这养老堂，不再吃周家的大饼；东西是什么也不带。兄弟俩一同走到华山去，吃些野果和树叶来送自己的残年。况且"天道无亲，常与善人"，或者竟会有苍术和茯苓之类也说不定。

打定主意之后，心地倒十分轻松了。叔齐重复解衣躺下，不多久，就听到伯夷讲梦话；自己也觉得很有兴致，而且仿佛闻到茯苓的清香，接着也就在这茯苓的清香中，沉沉睡去了。

四

第二天，兄弟俩都比平常醒得早，梳洗完毕，毫不带什么东西，其实也并无东西可带，只有一件老羊皮长袍舍不得，仍旧穿在身上，拿了拄杖，和留下的烙饼，推称散步，一径走出养老堂的大门；心里想，从此要长别了，便似乎还不免有些留恋似的，回过头来看了几眼。

街道上行人还不多；所遇见的不过是睡眼惺忪的女人，在井边打水。将近郊外，太阳已经高升，走路的也多起来了，虽然大抵昂着头，得意洋洋的，但一看见他们，却还是照例的让路。树木也多起来了，不知名的落叶树上，已经吐着新芽，一望好像灰绿的轻烟，其间夹着松柏，在朦胧中仍然显得很苍翠。

满眼是阔大、自由、好看，伯夷和叔齐觉得仿佛年青起来，脚步轻松，心里也很舒畅了。

到第二天的午后，迎面遇见了几条岔路，他们决不定走那一条路近，便捡了一个对面走来的老头子，很和气的去问他。

"阿呀，可惜，"那老头子说。"您要是早一点，跟先前过去的那队马跑就好了。现在可只得先走这条路。前面岔路还多，再问罢。"

叔齐就记得了正午时分，他们的确遇见过几个废兵，赶着一大批老马，瘦马，跛脚马，癞皮马，从背后冲上来，几乎把他们踏死，这时就趁便问那老人，这些马是赶去做什么的。

"您还不知道吗？"那人答道。"我们的大王已经'恭行天罚'，用不着再来兴师动众，所以把马放到华山脚下去。这就是'归马于华山之阳'呀，您懂了没有？我们还在'放牛于桃林之野'哩！吓，这回可真是大家要吃太平饭了。"

然而这竟是兜头一桶冷水，使两个人同时打了一个寒噤，但仍然不动声色，谢过老人，向着他所指示的路前行。无奈这"归马于华山之阳"，竟踏坏了他们的梦境，使两个人的心里，从此都有些七上八下起来。

心里忐忑，嘴里不说，仍是走，到得傍晚，临近了一座并不很高的黄土冈，上面有一些树林，几间土屋，他们便在途中议定，到这里去借宿。

离土冈脚还有十几步，林子里便窜出五个彪形大汉来，头包白布，身穿破衣，为首的拿一把大刀，另外四个都是木棍。一到冈下，便一字排开，拦住去路，一同恭敬的点头，大声吆喝道：

"老先生，您好哇！"

他们俩都吓得倒退了几步，伯夷竟发起抖来，还是叔齐能干，索性走上前，问他们是什么人，有什么事。

"小人就是华山大王小穷奇，"那拿刀的说，"带了兄弟们在这里，要请您老赏一点买路钱！"

"我们那里有钱呢，大王。"叔齐很客气的说。"我们是从养老堂里出来的。"

"阿呀！"小穷奇吃了一惊，立刻肃然起敬，"那么，您两位一定是'天下之大老也'了。小人们也遵先王遗教，非常敬老，所以要请您老留下一点纪念品……"他看见叔齐没有回答，便将大刀一挥，提高了声音道："如果您老还要谦让，那可小人们只好恭行天搜，瞻仰一下您老的贵体了！"

伯夷叔齐立刻擎起了两只手；一个拿木棍的就来解开他们的皮袍，棉袄，小衫，细细搜检了一遍。

"两个穷光蛋，真的什么也没有！"他满脸显出失望的颜色，转过头去，对小穷奇说。

小穷奇看出了伯夷在发抖，便上前去，恭敬的拍拍他肩膀，说道：

"老先生，请您不要怕。海派会'剥猪猡'，我们是文明人，不干这玩意儿的。什么纪念品也没有，只好算我们自己晦气。现在您只要滚您的蛋就是了！"

伯夷没有话好回答，连衣服也来不及穿好，和叔齐迈开大步，眼看着地，向前便跑。这时五个人都已经站在旁边，让出路来了。看见他们在面前走过，便恭敬的垂下双手，同声问道：

"您走了？您不喝茶了么？"

"不喝了，不喝了……"伯夷和叔齐且走且说，一面不住的点着头。

五

"归马于华山之阳"和华山大王小穷奇，都使两位义士对华山害怕，于是从新商量，转身向北，讨着饭，晓行夜宿，终于到了首阳山。

这确是一座好山。既不高，又不深，没有大树林，不愁虎狼，也不必防强盗：是理想的幽栖之所。两人到山脚下一看，只见新叶嫩碧，土地金黄，野草里开着些红红白白的小花，真是连看看也赏心悦目。他们就满心高兴，用拄杖点着山径，一步一步的挨上去，找到上面突出一片石头，好像岩洞的处所，坐了下来，一面擦着汗，一面喘着气。

这时候，太阳已经西沉，倦鸟归林，啾啾唧唧的叫着，没有上山时候那么清静了，但他们倒觉得也还新鲜，有趣。在铺好羊皮袍，准备就睡之前，叔齐取出两个大饭团，和伯夷吃了一饱。这是沿路讨来的残饭，因为两人曾经议定，"不食周粟"，只好进了首阳山之后开始实行，所以当晚把它吃完，从明天起，就要坚守主义，绝不通融了。

他们一早就被乌老鸦闹醒，后来重又睡去，醒来却已是上午时分。伯夷说腰痛腿酸，简直站不起；叔齐只得独自去走走，看可有可吃的东西。他走了一些时，竟发见这山的不高不深，没有虎狼盗贼，固然是其所长，然而因此也有了缺点：下面就是首阳村，所以不但常有砍柴的老人或女人，并且有进来玩耍的孩子，可吃的野果子之类，一颗也找不出，大约早被他们摘去了。

他自然就想到茯苓。但山上虽然有松树，却不是古松，都好像根上未必有茯苓；即使有，自己也不带锄头，没有法子想。接着又想到苍术，然而他只见过苍术的根，毫不知道那叶子的形状，又不能把满山的草都拔起来看一看，即使苍术生在眼前，也不能认识。心里一暴躁，满脸发热，就乱抓了一通头皮。

但是他立刻平静了，似乎有了主意，接着就走到松树旁边，摘了一衣兜的松针，又往溪边寻了两块石头，砸下松针外面的青皮，洗过，又细细的砸得好像面饼，另寻一片很薄的石片，拿着回到石洞去了。

"三弟，有什么捞儿没有？我是肚子饿的咕噜咕噜响了好半天了。"伯夷一望见他，就问。

"大哥，什么也没有。试这玩意儿罢。"

他就近拾了两块石头，支起石片来，放上松针面，聚些枯枝，在下面生了火。实在是许多工夫，才听得湿的松针面有些吱吱作响，可也发出一点清香，引得他们俩咽口水。叔齐高兴得微笑起来了，这是姜太公做八十五岁生日的时候，他去拜寿，在寿筵上听来的方法。

发香之后，就发泡，眼见它渐渐的干下去，正是一块糕。叔齐用皮袍袖子裹着手，把石片笑嘻嘻的端到伯夷的面前。伯夷一面吹，一面拗，终于拗下一角来，连忙塞进嘴里去。

他愈嚼，就愈皱眉，直着脖子咽了几咽，倒哇的一声吐出来了！诉苦似的看着叔齐道：

"苦……粗……"

这时候，叔齐真好像落在深潭里，什么希望也没有了。抖抖的也拗了一角，咀嚼起来，可真也毫没有可吃的样子：苦……粗……

叔齐一下子失了锐气，坐倒了，垂了头。然而还在想，挣扎的想，仿佛是在爬出一个深潭去。爬着爬着，只向前。终于似乎自己变了孩子，还是孤竹君的世子，坐在保姆的膝上了。这保姆是乡下人，在和他讲故事：黄帝打蚩尤，大禹捉无支祁，还有乡下人荒年吃薇菜。

他又记得了自己问过薇菜的样子，而且山上正见过这东西。他忽然觉得有了气力，立刻站起身，跨进草丛，一路寻过去。

果然，这东西倒不算少，走不到一里路，就摘了半衣兜。

他还是在溪水里洗了一洗，这才拿回来；还是用那烙过松针面的石片，来烤薇菜。叶子变成暗绿，熟了。但这回再不敢先去敬他的大哥了，撮起一株来，放在自己的嘴里，眏着眼睛，只是嚼。

"怎么样？"伯夷焦急的问。

"鲜的！"

两人就笑嘻嘻的来尝烤薇菜；伯夷多吃了两撮，因为他是大哥。

他们从此天天采薇菜。先前是叔齐一个人去采，伯夷煮；后来伯夷觉得身体健壮了一些，也出去采了。做法也多起来：薇汤，薇羹，薇酱，清炖薇，原汤焖薇芽，生晒嫩薇叶……

然而近地的薇菜，却渐渐的采完，虽然留着根，一时也很难生长，每天非走远路不可了。搬了几回家，后来还是一样的结果。而且新住处也逐渐的难找了起来，因为既要薇菜多，又要溪水近，这样的便当之处，在首阳山上实在也不可多得的。叔齐怕伯夷年纪太大了，一不小心会中风，便竭力劝他安坐在家里，仍旧单是担任煮，让自己独自去采薇。

伯夷逊让了一番之后，倒也应允了，从此就较为安闲自在，然而首阳山上是有人迹的，他没事做，脾气又有些改变，从沉默成了多话，便不免和孩子去搭讪，和樵夫去扳谈。也许是因为一时高兴，或者有人叫他老乞丐的缘故罢，他竟说出了他们俩原是辽西的孤竹君的儿子，他老大，那一个是老三。父亲在日原是说要传位给老三的，一到死后，老三却一定向他让。他遵父命，省得麻烦，逃走了。不料老三也逃走了。两人在路上遇见，便一同来找西伯——文王，进了养老堂。又不料现在的周王竟"以臣弑君"起来，所以只好不食周粟，逃上首阳山，吃野菜活命……等到叔齐知道，怪他多嘴的时候，已经传播开去，没法挽救了。但也不敢怎么埋怨他；只在心里想：父亲不肯把位传给他，可也不能不说很有些眼力。

叔齐的预料也并不错：这结果坏得很，不但村里时常讲到他们的事，也常有特地上山来看他们的人。有的当他们名人，有的当他们怪物，有的当他们古董。甚至于跟着看怎样采，围着看怎样吃，指手画脚，问长问短，令人头昏。而且对付还须谦虚，倘使略不小心，皱一皱眉，就难免有人说是"发脾气"。

不过舆论还是好的方面多。后来连小姐、太太，也有几个人来看了，回家去都摇头，说是"不好看"，上了一个大当。

终于还引动了首阳村的第一等高人小丙君。他原是妲己的舅公的干女婿，做着祭酒，因为知道天命有归，便带着五十车行李和八百个奴婢，来投明主了。可惜已在会师盟津的前几天，兵马事忙，来不及好好的安插，便留下他四十车货物和七百五十个奴婢，另外给予两顷首阳山下的肥田，叫他在村里研究八卦学。他也喜欢弄文学，村中都是文盲，不懂得文学概论，气闷已久，便叫家丁打轿，找那两个老头子，谈谈文学去了；尤其是诗歌，因为他也是诗人，已经做好一本诗集子。

　　然而谈过之后，他一上轿就摇头，回了家，竟至于很有些气愤。他以为那两个家伙是谈不来诗歌的。第一，是穷：谋生之不暇，怎么做得出好诗？第二，是"有所为"，失了诗的"敦厚"；第三，是有议论，失了诗的"温柔"。尤其可议的是他们的品格，通体都是矛盾。于是他大义凛然的斩钉截铁地说道：

　　"'普天之下，莫非王土'，难道他们在吃的薇，不是我们圣上的吗！"

　　这时候，伯夷和叔齐也在一天一天的瘦下去了。这并非为了忙于应酬，因为参观者倒在逐渐的减少。所苦的是薇菜也已经逐渐的减少，每天要找一捧，总得费许多力，走许多路。

　　然而祸不单行。掉在井里面的时候，上面偏又来了一块大石头。

　　有一天，他们俩正在吃烤薇菜，不容易找，所以这午餐已在下午了。忽然走来了一个二十来岁的女人，先前是没有见过的，看她模样，好像是阔人家里的婢女。

　　"您吃饭吗？"她问。

　　叔齐仰起脸来，连忙赔笑，点点头。

　　"这是什么玩意儿呀？"她又问。

　　"薇。"伯夷说。

　　"怎么吃着这样的玩意儿的呀？"

　　"因为我们是不食周粟……"

　　伯夷刚刚说出口，叔齐赶紧使一个眼色，但那女人好像聪明得很，已经懂得了。她冷笑了一下，于是大义凛然地斩钉截铁地说道：

　　"'普天之下，莫非王土'；你们在吃的薇，难道不是我们圣上的吗！"

伯夷和叔齐听得清清楚楚，到了末一句，就好像一个大霹雳，震得他们发昏；待到清醒过来，那鸦头已经不见了。薇，自然是不吃，也吃不下去了，而且连看看也害羞，连要去搬开它，也抬不起手来，觉得仿佛有好几百斤重。

六

樵夫偶然发见了伯夷和叔齐都缩做一团，死在山背后的石洞里，是大约这之后的二十天。并没有烂，虽然因为瘦，但也可见死的并不久；老羊皮袍却没有垫着，不知道弄到那里去了。这消息一传到村子里，又哄动了一大批来看的人，来来往往，一直闹到夜。结果是有几个多事的人，就地用黄土把他们埋起来，还商量立一块石碑，刻上几个字，给后来好做古迹。

然而合村里没有人能写字，只好去求小丙君。

然而小丙君不肯写。

"他们不配我来写，"他说。"都是昏蛋。跑到养老堂里来，倒也罢了，可又不肯超然；跑到首阳山里来，倒也罢了，可是还要做诗；做诗倒也罢了，可是还要发感慨，不肯安分守己，'为艺术而艺术'。你瞧，这样的诗，可是有永久性的：

> '上那西山呀采它的薇菜，
> 强盗来代强盗呀不知道这的不对。
> 神农、虞、夏一下子过去了，我又那里去呢？
> 唉唉死罢，命里注定的晦气！'

"你瞧，这是什么话？温柔敦厚的才是诗。他们的东西，却不但'怨'，简直'骂'了。没有花，只有刺，尚且不可，何况只有骂。即使放开文学不谈，他们撒下祖业，也不是什么孝子，到这里又讥诮朝政，更不像一个良民……我不写！……"

文盲们不大懂得他的议论，但看见声势汹汹，知道一定是反对的意思，也只好作罢了。伯夷和叔齐的丧事，就这样的算是告了一段落。

然而夏夜纳凉的时候，有时还谈起他们的事情来。有人说是老死的，有人说是病死的，有人说是给抢羊皮袍子的强盗杀死的。后来又有人说其实恐怕是故意饿死的，因为他从小丙君府上的鸦头阿金姐那里听来：这之前的十多天，她曾经上山去奚落他们了几句，傻瓜总是脾气大，大约就生气了，绝了食撒赖，可是撒赖只落得一个自己死。

　　于是许多人就非常佩服阿金姐，说她很聪明，但也有些人怪她太刻薄。

　　阿金姐却并不以为伯夷叔齐的死掉，是和她有关系的。自然，她上山去开了几句玩笑，是事实，不过这仅仅是玩笑。那两个傻瓜发脾气，因此不吃薇菜了，也是事实，不过并没有死，倒招来了很大的运气。

　　"老天爷的心肠是顶好的，"她说。"他看见他们的撒赖，快要饿死了，就吩咐母鹿，用它的奶去喂他们。您瞧，这不是顶好的福气吗？用不着种地，用不着砍柴，只要坐着，就天天有鹿奶自己送到你嘴里来。可是贱骨头不识抬举，那老三，他叫什么呀，得步进步，喝鹿奶还不够了。他喝着鹿奶，心里想，'这鹿有这么胖，杀它来吃，味道一定是不坏的。'一面就慢慢的伸开臂膊，要去拿石片。可不知道鹿是通灵的东西，它已经知道了人的心思，立刻一溜烟逃走了。老天爷也讨厌他们的贪嘴，叫母鹿从此不要去。您瞧，他们还不只好饿死吗？那里是为了我的话，倒是为了自己的贪心，贪嘴呵！……"

　　听到这故事的人们，临末都深深的叹一口气，不知怎的，连自己的肩膀也觉得轻松不少了。即使有时会想起伯夷叔齐来，但恍恍忽忽，好像看见他们蹲在石壁下，正在张开白胡子的大口，拼命的吃鹿肉。

一九三五年十二月作

　　【赏读：《采薇》在收入《故事新编》前未发表过。文末注，作于 1935 年 12 月，具体的时间，《鲁迅日记》当月 3 日致孟十环的信中提到"目前在做几个短篇"，就包括着《采薇》在内。

　　《采薇》中主要人物是伯夷、叔齐，通过对他们行为思想的分析，可以看出作者的主要创作意图。作品在塑造人物形象的时候，注意采用对比对照的方式来显示各人的性格面貌。伯夷叔齐是具有相同的礼教道德伦理观念的，但性格却有明显的差异。一般说来，伯夷显得稳重，迂腐和木讷，面对急剧变化的社会现实，往往束手无策而求助于"超然"、"闲适"、不问世事逃避现实；而叔齐则显得较为急切、精明、能干，而且有较强的决策力。

对小丙君和阿金的描写，也有对照性质。小丙君是一个见风使舵的帮闲。他的言行，既发自他见风使舵的本性，又有他急于讨好新王的用心，而阿金所说的话，则不过是对主子腔调的学舌，她只不过是奴才的奴才，但她也有她的特点，即她不能像小丙君那样有那一套"高深"的《文学概论》指导下的"诗论"，而长于制造流言，这正显示了长舌妇的特点。

在作品中，对于"先王之道"的揭露和攻击，并不仅止于在伯夷、叔齐形象的塑造上。作品中刻画周武王的笔墨虽不多，但却也刻画出了其残忍的性格面貌。而"归马于华山之阳"马队的肆虐，也都出现在周武王的治下。更有意思的是华山大王小穷奇，这个拦路抢劫的强盗头子，虽然"仁义道德"满口："小人们也遵先王遗教，非常敬老，所以要请您老留下一点纪念品……"；甚至称搜身抢劫为"恭行天搜"；无论语言如何变化，目的只有一个；抢钱抢东西。这里所表现的，也正是"先王之道"的实质，满口仁义道德，一肚子男盗女娼。正是在周武王和穷奇的对照中，揭穿了"先王之道"的虚伪和欺骗性。

综上所述，可以看出，《采薇》批判锋芒所向，是多方面的，具体说就是针对20世纪30年代中国社会的形形色色的复古主义思潮以及国民党提倡的所谓"新生活运动"、标榜中国封建社会的固有道德"礼义廉耻"和"忠孝仁爱""信义和平"的"以道德的复活，来求民族复兴的运动"，以及日本帝国主义所鼓吹的"王道"等等。】

铸 剑

一

眉间尺①刚和他的母亲睡下，老鼠便出来咬锅盖，使他听得发烦。他轻轻地叱了几声，最初还有些效验，后来是简直不理他了，格支格支地径自咬。他又不敢大声赶，怕惊醒了白天做得劳乏，晚上一躺就睡着了的母亲。

许多时光之后，平静了；他也想睡去。忽然，扑通一声，惊得他又睁开眼。同时听到沙沙地响，是爪子抓着瓦器的声音。

"好！该死！"他想着，心里非常高兴，一面就轻轻地坐起来。

他跨下床，借着月光走向门背后，摸到钻火家伙，点上松明，向水瓮里一照。果然，一匹很大的老鼠落在那里面了；但是，存水已经不多，爬不出来，只沿着水瓮内壁，抓着，团团地转圈子。

"活该！"他一想到夜夜咬家具，闹得他不能安稳睡觉的便是它们，很觉得畅快。他将松明插在土墙的小孔里，赏玩着；然而那圆睁的小眼睛，又使他发生了憎恨，伸手抽出一根芦柴，将它直按到水底去。过了一会，才放手，那老鼠也随着浮了上来，还是抓着瓮壁转圈子。只是抓劲已经没有先前似的有力，眼睛也淹在水里面，单露出一点尖尖的通红的小鼻子，咻咻地急促地喘气。

他近来很有点不大喜欢红鼻子的人。但这回见了这尖尖的小红鼻子，却忽然觉得它可怜了，就又用那芦柴，伸到它的肚下去，老鼠抓着，歇了一回力，便沿着芦干爬了上来。待到他看见全身——湿淋淋的黑毛，大的肚子，蚯蚓似的尾巴——便又觉得可恨可憎得很，慌忙将芦柴一抖，扑通一声，老鼠又落在水瓮里，他接着就用芦柴在它头上捣了几下，叫它赶快沉下去。

换了六回松明之后，那老鼠已经不能动弹，不过沉浮在水中间，

---

① 眉间尺：该故事见于《列异传》《搜神记》等多种古籍。"眉间尺"因两眉间距较宽得名。

有时还向水面微微一跳。眉间尺又觉得很可怜，随即折断芦柴，好容易将它夹了出来，放在地面上。老鼠先是丝毫不动，后来才有一点呼吸；又许多时，四只脚运动了，一翻身，似乎要站起来逃走。这使眉间尺大吃一惊，不觉提起左脚，一脚踏下去。只听得吱的一声，他蹲下去仔细看时，只见口角上微有鲜血，大概是死掉了。

他又觉得很可怜，仿佛自己作了大恶似的，非常难受。他蹲着，呆看着，站不起来。

"尺儿，你在做什么？"他的母亲已经醒来了，在床上问。

"老鼠……"他慌忙站起，回转身去，却只答了两个字。

"是的，老鼠。这我知道。可是你在做什么？杀它呢，还是在救它？"

他没有回答。松明烧尽了；他默默地立在暗中，渐看见月光的皎洁。

"唉！"他的母亲叹息说，"一交子时，你就是十六岁了，性情还是那样，不冷不热地，一点也不变。看来，你的父亲的仇是没有人报的了。"

他看见他的母亲坐在灰白色的月影中，仿佛身体都在颤动；低微的声音里，含着无限的悲哀，使他冷得毛骨悚然，而一转眼间，又觉得热血在全身中忽然沸腾。

"父亲的仇？父亲有什么仇呢？"他前进几步，惊急地问。

"有的。还要你去报。我早想告诉你的了；只因为你太小，没有说。现在你已经成人了，却还是那样的性情。这教我怎么办呢？你似的性情，能行大事的么？"

"能。说罢，母亲。我要改过……"

"自然。我也只得说。你必须改过……那么，走过来罢。"

他走过去；他的母亲端坐在床上，在暗白的月影里，两眼发出闪闪的光芒。

"听哪！"她严肃地说，"你的父亲原是一个铸剑的名工，天下第一。他的工具，我早已都卖掉了来救了穷了，你已经看不见一点遗迹；但他是一个世上无二的铸剑的名工。二十年前，王妃生下了一块铁，听说是抱了一回铁柱之后受孕的，是一块纯青透明的铁。大王知道是异宝，便决计用来铸一把剑。想用它保国，用它杀敌，用它防身。不幸你的父亲那时偏偏入了选，便将铁捧回家里来，日日夜夜地锻炼，费了整三年的精神，炼成两把剑。

"当最末次开炉的那一日，是怎样地骇人的景象呵！哗拉拉地腾上一道白气的时候，地面也觉得动摇。那白气到天半便变成白云，罩住了这处所，渐渐现出绯红颜色，映得一切都如桃花。我家的漆黑的炉子里，是躺着通红的两把剑。你父亲用井华水①慢慢地滴下去，那剑嘶嘶地吼着，慢慢转成青色了。这样地七日七夜，就看不见了剑，仔细看时，却还在炉底里，纯青的，透明的，正像两条冰。

"大欢喜的光采，便从你父亲的眼睛里四射出来；他取起剑，拂拭着，拂拭着。然而悲惨的皱纹，却也从他的眉头和嘴角出现了。他将那两把剑分装在两个匣子里。

"'你只要看这几天的景象，就明白无论是谁，都知道剑已炼就的了。'他悄悄地对我说。'一到明天，我必须去献给大王。但献剑的一天，也就是我命尽的日子。怕我们从此要长别了。'

"'你……'我很骇异，猜不透他的意思，不知怎么说的好。我只是这样地说：'你这回有了这么大的功劳……'

"'唉！你怎么知道呢！'他说。'大王是向来善于猜疑，又极残忍的。这回我给他炼成了世间无二的剑，他一定要杀掉我，免得我再去给别人炼剑，来和他匹敌，或者超过他。'

"我掉泪了。

"'你不要悲哀。这是无法逃避的。眼泪决不能洗掉运命。我可是早已有准备在这里了！'他的眼里忽然发出电火似的光芒，将一个剑匣放在我膝上。'这是雄剑。'他说。'你收着。明天，我只将这雌剑献给大王去。倘若我一去竟不回来了呢，那是我一定不再在人间了。你不是怀孕已经五六个月了么？不要悲哀；待生了孩子，好好地抚养。一到成人之后，你便交给他这雄剑，教他砍在大王的颈子

---

①　井华水：清晨第一次汲取的井水。

54

上，给我报仇！'"

"那天父亲回来了没有呢？"眉间尺赶紧问。

"没有回来！"她冷静地说。"我四处打听，也杳无消息。后来听得人说，第一个用血来饲你父亲自己炼成的剑的人，就是他自己——你的父亲。还怕他鬼魂作怪，将他的身首分埋在前门和后苑了！"

眉间尺忽然全身都如烧着猛火，自己觉得每一支毛发上都仿佛闪出火星来。他的双拳，在暗中捏得格格地作响。

他的母亲站起了，揭去床头的木板，下床点了松明，到门背后取过一把锄，交给眉间尺道："掘下去！"

眉间尺心跳着，但很沉静的一锄一锄轻轻地掘下去。掘出来的都是黄土，约到五尺多深，土色有些不同了，似乎是烂掉的木材。

"看罢！要小心！"他的母亲说。

眉间尺伏在掘开的洞穴旁边，伸手下去，谨慎小心地撮开烂树，待到指尖一冷，有如触着冰雪的时候，那纯青透明的剑也出现了。他看清了剑靶，捏着，提了出来。

窗外的星月和屋里的松明似乎都骤然失了光辉，惟有青光充塞宇内。那剑便溶在这青光中，看去好像一无所有。眉间尺凝神细视，这才仿佛看见长五尺余，却并不见得怎样锋利，剑口反而有些浑圆，正如一片韭叶。

"你从此要改变你的优柔的性情，用这剑报仇去！"他的母亲说。

"我已经改变了我的优柔的性情，要用这剑报仇去！"

"但愿如此。你穿了青衣，背上这剑，衣剑一色，谁也看不分明的。衣服我已经做在这里，明天就上你的路去罢。不要记念我！"她向床后的破衣箱一指，说。

眉间尺取出新衣，试去一穿，长短正很合式。他便重行叠好，裹了剑，放在枕边，沉静地躺下。他觉得自己已经改变了优柔的性情；他决心要并无心事一般，倒头便睡，清晨醒来，毫不改变常态，从容地去寻他不共戴天的仇雠①。

---

① 仇雠（chóu）：仇敌。

但他醒着。他翻来覆去，总想坐起来。他听到他母亲的失望的轻轻的长叹。他听到最初的鸡鸣；他知道已交子时，自己是上了十六岁了。

二

当眉间尺肿着眼眶，头也不回的跨出门外，穿着青衣，背着青剑，迈开大步，径奔城中的时候，东方还没有露出阳光。杉树林的每一片叶尖，都挂着露珠，其中隐藏着夜气。但是，待到走到树林的那一头，露珠里却闪出各样的光辉，渐渐幻成晓色了。远望前面，便依稀看见灰黑色的城墙和雉堞①。

和挑葱卖菜的一同混入城里，街市上已经很热闹。男人们一排一排的呆站着；女人们也时时从门里探出头来。她们大半也肿着眼眶；蓬着头；黄黄的脸，连脂粉也不及涂抹。

眉间尺豫觉到将有巨变降临，他们便都是焦躁而忍耐地等候着这巨变的。

他径自向前走；一个孩子突然跑过来，几乎碰着他背上的剑尖，使他吓出了一身汗。转出北方，离王宫不远，人们就挤得密密层层，都伸着脖子。人丛中还有女人和孩子哭嚷的声音。他怕那看不见的雄剑伤了人，不敢挤进去；然而人们却又在他背后拥上来。他只得宛转地退避；面前只看见人们的背脊和伸长的脖子。

忽然，前面的人们都陆续跪倒了；远远地有两匹马并着跑过来。此后是拿着木棍，戈，刀，弓弩，旌旗的武人，走得满路黄尘滚滚。又来了一辆四匹马拉的大车，上面坐着一队人，有的打钟击鼓，有的嘴上吹着不知道叫什么名目的劳什子。此后又是车，里面的人都穿画衣，不是老头子，便是矮胖子，个个满脸油汗。接着又是一队拿刀，枪，剑，戟的骑士。跪着的人们便都伏下去了。这时眉间尺正看见一辆黄盖的大车驰来，正中坐着一个画衣的胖子，花白胡子，小脑袋；腰间还依稀看见佩着和他背上一样的青剑。

他不觉全身一冷，但立刻又灼热起来，像是猛火焚烧着。他一

---

① 雉堞（zhì dié）：古代城墙上修筑的墙，用于掩护。

面伸手向肩头捏住剑柄，一面提起脚，便从伏着的人们的脖子的空处跨出去。

但他只走得五六步，就跌了一个倒栽葱，因为有人突然捏住了他的一只脚。这一跌又正压在一个干瘪脸的少年身上；他正怕剑尖伤了他，吃惊地起来看的时候，肋下就挨了很重的两拳。他也不暇计较，再望路上，不但黄盖车已经走过，连拥护的骑士也过去了一大阵了。

路旁的一切人们也都爬起来。干瘪脸的少年却还扭住了眉间尺的衣领，不肯放手，说被他压坏了贵重的丹田，必须保险，倘若不到八十岁便死掉了，就得抵命。闲人们又即刻围上来，呆看着，但谁也不开口；后来有人从旁笑骂了几句，却全是附和干瘪脸少年的。眉间尺遇到了这样的敌人，真是怒不得，笑不得，只觉得无聊，却又脱身不得。这样地经过了煮熟一锅小米的时光，眉间尺早已焦躁得浑身发火，看的人却仍不见减，还是津津有味似的。

前面的人圈子动摇了，挤进一个黑色的人来，黑须黑眼睛，瘦得如铁。他并不言语，只向眉间尺冷冷地一笑，一面举手轻轻地一拨干瘪脸少年的下巴，并且看定了他的脸。那少年也向他看了一会，不觉慢慢地松了手，溜走了；那人也就溜走了；看的人们也都无聊地走散。只有几个人还来问眉间尺的年纪，住址，家里可有姊姊。眉问尺都不理他们。

他向南走着；心里想，城市中这么热闹，容易误伤，还不如在南门外等候他回来，给父亲报仇罢，那地方是地旷人稀，实在很便于施展。这时满城都议论着国王的游山，仪仗，威严，自己得见国王的荣耀，以及俯伏得有怎么低，应该采作国民的模范等等，很像蜜蜂的排衙①。直至将近南门，这才渐渐地冷静。

他走出城外，坐在一株大桑树下，取出两个馒头来充了饥；吃着的时候忽然记起母亲来，不觉眼鼻一酸，然而此后倒也没有什么。周围是一步一步地静下去了，他至于很分明地听到自己的呼吸。

天色愈暗，他也愈不安，尽目力望着前方，毫不见有国王回来

---

① 排衙：官员出席的排场。

的影子。上城卖菜的村人，一个个挑着空担出城回家去了。

人迹绝了许久之后，忽然从城里闪出那一个黑色的人来。

"走罢，眉间尺！国王在捉你了！"他说，声音好像鸱鸮①。

眉间尺浑身一颤，中了魔似的，立即跟着他走；后来是飞奔。他站定了喘息许多时，才明白已经到了杉树林边。后面远处有银白的条纹，是月亮已从那边出现；前面却仅有两点磷火一般的那黑色人的眼光。

"你怎么认识我？……"他极其惶骇地问。

"哈哈！我一向认识你。"那人的声音说。"我知道你背着雄剑，要给你的父亲报仇，我也知道你报不成。岂但报不成；今天已经有人告密，你的仇人早从东门还宫，下令捕拿你了。"

眉间尺不觉伤心起来。

"唉唉，母亲的叹息是无怪的。"他低声说。

"但她只知道一半。她不知道我要给你报仇。"

"你么？你肯给我报仇么，义士？"

"阿，你不要用这称呼来冤枉我。"

"那么，你同情于我们孤儿寡妇？……"

"唉，孩子，你再不要提这些受了污辱的名称。"他严冷地说，"仗义，同情，那些东西，先前曾经干净过，现在却都成了放鬼债的资本。我的心里全没有你所谓的那些。我只不过要给你报仇！"

"好。但你怎么给我报仇呢？"

"只要你给我两件东西。"两粒磷火下的声音说。"那两件么？你听着：一是你的剑，二是你的头！"

眉间尺虽然觉得奇怪，有些狐疑，却并不吃惊。他一时开不得口。

"你不要疑心我将骗取你的性命和宝贝。"暗中的声音又严冷地说。"这事全由你。你信我，我便去；你不信，我便住。"

"但你为什么给我去报仇的呢？你认识我的父亲么？"

---

① 鸱鸮 (chī xiāo)：猫头鹰。

"我一向认识你的父亲，也如一向认识你一样。但我要报仇，却并不为此。聪明的孩子，告诉你罢。你还不知道么，我怎么地善于报仇。你的就是我的；他也就是我。我的魂灵上是有这么多的，人我所加的伤，我已经憎恶了我自己！"

暗中的声音刚刚停止，眉间尺便举手向肩头抽取青色的剑，顺手从后项窝向前一削，头颅坠在地面的青苔上，一面将剑交给黑色人。

"呵呵！"他一手接剑，一手捏着头发，提起眉间尺的头来，对着那热的死掉的嘴唇，接吻两次，并且冷冷地尖利地笑。

笑声即刻散布在杉树林中，深处随着有一群磷火似的眼光闪动，倏忽临近，听到咻咻的饿狼的喘息。第一口撕尽了眉间尺的青衣，第二口便身体全都不见了，血痕也顷刻舔尽，只微微听得咀嚼骨头的声音。

最先头的一匹大狼就向黑色人扑过来。他用青剑一挥，狼头便坠在地面的青苔上。别的狼们第一口撕尽了它的皮，第二口便身体全都不见了，血痕也顷刻舔尽，只微微听得咀嚼骨头的声音。

他已经掣起地上的青衣，包了眉间尺的头，和青剑都背在背脊上，回转身，在暗中向王城扬长地走去。

狼们站定了，耸着肩，伸出舌头，咻咻地喘着，放着绿的眼光看他扬长地走。

他在暗中向王城扬长地走去，发出尖利的声音唱着歌：

> 哈哈爱兮爱乎爱乎！
> 爱青剑兮一个仇人自屠。
> 伙颐连翩兮多少一夫。
> 一夫爱青剑兮呜呼不孤。
> 头换头兮两个仇人自屠。
> 一夫则无兮爱乎呜呼！
> 爱乎呜呼兮呜呼阿呼，
> 阿呼呜呼兮呜呼呜呼！

三

　　游山并不能使国王觉得有趣；加上了路上将有刺客的密报，更使他扫兴而还。那夜他很生气，说是连第九个妃子的头发，也没有昨天那样的黑得好看了。幸而她撒娇坐在他的御膝上，特别扭了七十多回，这才使龙眉之间的皱纹渐渐地舒展。

　　午后，国王一起身，就又有些不高兴，待到用过午膳，简直现出怒容来。

　　"唉唉！无聊！"他打一个大呵欠之后，高声说。

　　上自王后，下至弄臣，看见这情形，都不觉手足无措。白须老臣的讲道，矮胖侏儒的打诨，王是早已听厌的了；近来便是走索，缘竿，抛丸，倒立，吞刀，吐火等等奇妙的把戏，也都看得毫无意味。他常常要发怒；一发怒，便按着青剑，总想寻点小错处，杀掉几个人。

　　偷空在宫外闲游的两个小宦官，刚刚回来，一看见宫里面大家的愁苦的情形，便知道又是照例的祸事临头了，一个吓得面如土色；一个却像是大有把握一般，不慌不忙，跑到国王的面前，俯伏着，说道：

　　"奴才刚才访得一个异人，很有异术，可以给大王解闷，因此特来奏闻。"

　　"什么?！"王说。他的话是一向很短的。

　　"那是一个黑瘦的，乞丐似的男子。穿一身青衣，背着一个圆圆的青包裹；嘴里唱着胡诌的歌。人问他。他说善于玩把戏，空前绝后，举世无双，人们从来就没有看见过；一见之后，便即解烦释闷，天下太平。但大家要他玩，他却又不肯。说是第一须有一条金龙，第二须有一个金鼎……"

　　"金龙？我是的。金鼎？我有。"

　　"奴才也正是这样想……"

　　"传进来！"

　　话声未绝，四个武士便跟着那小宦官疾趋而出。上自王后，下至弄臣，个个喜形于色。他们都愿意这把戏玩得解愁释闷，天下太平；即使玩不成，这回也有了那乞丐似的黑瘦男子来受祸，他们只

要能挨到传了进来的时候就好了。

　　并不要许多工夫，就望见六个人向金阶趋进。先头是宦官，后面是四个武士，中间夹着一个黑色人。待到近来时，那人的衣服却是青的，须、眉、头发都黑；瘦得颧骨、眼圈骨、眉棱骨都高高地突出来。他恭敬地跪着俯伏下去时，果然看见背上有一个圆圆的小包袱，青色布，上面还画上一些暗红色的花纹。

　　"奏来！"王暴躁地说。他见他家伙简单，以为他未必会玩什么好把戏。

　　"臣名叫宴之敖者；生长汶汶乡。少无职业；晚遇明师，教臣把戏，是一个孩子的头。这把戏一个人玩不起来，必须在金龙之前，摆一个金鼎，注满清水，用兽炭煎熬。于是放下孩子的头去，一到水沸，这头便随波上下，跳舞百端，且发妙音，欢喜歌唱。这歌舞为一人所见，便解愁释闷，为万民所见，便天下太平。"

　　"玩来！"王大声命令说。

　　并不要许多工夫，一个煮牛的大金鼎便摆在殿外，注满水，下面堆了兽炭，点起火来。那黑色人站在旁边，见炭火一红，便解下包袱，打开，两手捧出孩子的头来，高高举起。那头是秀眉长眼，皓齿红唇；脸带笑容；头发蓬松，正如青烟一阵。黑色人捧着向四面转一圈，便伸手擎到鼎上，动着嘴唇说了几句不知什么话，随即将手一松，只听得扑通一声，坠入水中去了。水花同时溅起，足有五尺多高，此后是一切平静。

　　许多工夫，还无动静。国王首先暴躁起来，接着是王后和妃子，大臣，宦官们也都有些焦急，矮胖的侏儒们则已经开始冷笑了。王一见他们的冷笑，便觉自己受愚，回顾武士，想命令他们就将那欺君的莠民掷入牛鼎里去煮杀。

　　但同时就听得水沸声；炭火也正旺，映着那黑色人变成红黑，如铁的烧到微红。王刚又回过脸来，他也已经伸起两手向天，眼光向着无物，舞蹈着，忽地发出尖利的声音唱起歌来：

　　　　哈哈爱兮爱乎爱乎！

62

爱兮血兮兮谁乎独无。

民萌冥行兮一夫壶卢。

彼用百头颅，千头颅兮用万头颅！

我用一头颅兮而无万夫。

爱一头颅兮血乎呜呼！

血乎呜呼兮呜呼阿呼，

阿呼呜呼兮呜呼呜呼！

　　随着歌声，水就从鼎口涌起，上尖下广，像一座小山，但自水尖至鼎底，不住地回旋运动。那头即随水上上下下，转着圈子，一面又滴溜溜自己翻筋斗，人们还可以隐约看见他玩得高兴的笑容。过了些时，突然变了逆水的游泳，打旋子夹着穿梭，激得水花向四面飞溅，满庭洒下一阵热雨来。一个侏儒忽然叫了一声，用手摸着自己的鼻子。他不幸被热水烫了一下，又不耐痛，终于免不得出声叫苦了。

　　黑色人的歌声才停，那头也就在水中央停住，面向王殿，颜色转成端庄。这样的有十余瞬息之久，才慢慢地上下抖动；从抖动加速而为起伏的游泳，但不很快，态度很雍容。绕着水边一高一低地游了三匝，忽然睁大眼睛，漆黑的眼珠显得格外精彩，同时也开口唱起歌来：

王泽流兮浩洋洋；

克服怨敌，怨敌克服兮，赫兮强！

宇宙有穷止兮万寿无疆。

幸我来也兮青其光！

青其光兮永不相忘。

异处异处兮堂哉皇！

堂哉皇哉兮嗳嗳唷，

嗟来归来，嗟来赔来兮青其光！

　　头忽然升到水的尖端停住；翻了几个筋斗之后，上下升降起来，眼珠向着左右瞥视，十分秀媚，嘴里仍然唱着歌：

阿呼呜呼兮呜呼呜呼，

爱乎呜呼兮呜呼阿呼！

血一头颅兮爱乎呜呼。

我用一头颅兮而无万夫！

彼用百头颅，千头颅……

唱到这里，是沉下去的时候，但不再浮上来了；歌词也不能辨别。涌起的水，也随着歌声的微弱，渐渐低落，像退潮一般，终至到鼎口以下，在远处什么也看不见。

"怎了？"等了一会，王不耐烦地问。

"大王，"那黑色人半跪着说。"他正在鼎底里作最神奇的团圆舞，不临近是看不见的。臣也没有法术使他上来，因为作团圆舞必须在鼎底里。"

王站起身，跨下金阶，冒着炎热立在鼎边，探头去看。只见水平如镜，那头仰面躺在水中间，两眼正看着他的脸。待到王的眼光射到他脸上时，他便嫣然一笑。这一笑使王觉得似曾相识，却又一时记不起是谁来。刚在惊疑，黑色人已经擎出了背着的青色的剑，只一挥，闪电般从后项窝直劈下去，扑通一声，王的头就落在鼎里了。

仇人相见，本来格外眼明，况且是相逢狭路。王头刚到水面，眉间尺的头便迎上来，狠命在他耳轮上咬了一口。鼎水即刻沸涌，澎湃有声；两头即在水中死战。约有二十回合，王头受了五个伤，眉间尺的头上却有七处。王又狡猾，总是设法绕到他的敌人的后面去。眉间尺偶一疏忽，终于被他咬住了后项窝，无法转身。这一回王的头可是咬定不放了，他只是连连蚕食进去；连鼎外面也仿佛听到孩子的失声叫痛的声音。

上自王后，下至弄臣，骇得凝结着的神色也应声活动起来，似乎感到暗无天日的悲哀，皮肤上都一粒一粒地起栗；然而又夹着秘密的欢喜，瞪了眼，像是等候着什么似的。

黑色人也仿佛有些惊慌，但是面不改色。他从从容容地伸开那捏着看不见的青剑的臂膊，如一段枯枝；伸长颈子，如在细看鼎底。臂膊忽然一弯，青剑便蓦地从他后面劈下，剑到头落，坠入鼎中，砰的一声，雪白的水花向着空中同时四射。

他的头一入水，即刻直奔王头，一口咬住了王的鼻子，几乎要咬下来。王忍不住叫一声"阿唷"，将嘴一张，眉间尺的头就乘机挣脱了，一转脸倒将王的下巴下死劲咬住。他们不但都不放，还用全力上下一撕，撕得王头再也合不上嘴。于是他们就如饿鸡啄米一般，一顿乱咬，咬得王头眼歪鼻塌，满脸鳞伤。先前还会在鼎里面四处乱滚，后来只能躺着呻吟，到底是一声不响，只有出气，没有进气了。

黑色人和眉间尺的头也慢慢地住了嘴，离开王头，沿鼎壁游了一匝，看他可是装死还是真死。待到知道了王头确已断气，便四目相视，微微一笑，随即合上眼睛，仰面向天，沉到水底里去了。

四

烟消火灭；水波不兴。特别的寂静倒使殿上殿下的人们警醒。他们中的一个首先叫了一声，大家也立刻迭连惊叫起来；一个迈开腿向金鼎走去，大家便争先恐后地拥上去了。有挤在后面的，只能从人脖子的空隙间向里面窥探。

热气还炙得人脸上发烧。鼎里的水却一平如镜，上面浮着一层油，照出许多人脸孔：王后，王妃，武士，老臣，侏儒，太监……

"阿呀，天哪！咱们大王的头还在里面哪，唉唉唉！"第六个妃子忽然发狂似的哭嚷起来。

上自王后，下至弄臣，也都恍然大悟，仓皇散开，急得手足无措，各自转了四五个圈子。一个最有谋略的老臣独又上前，伸手向鼎边一摸，然而浑身一抖，立刻缩了回来，伸出两个指头，放在口边吹个不住。

大家定了定神，便在殿门外商议打捞办法。约略费去了煮熟三锅小米的工夫，总算得到一种结果，是：到大厨房去调集了铁丝勺子，命武士协力捞起来。

器具不久就调集了，铁丝勺、漏勺、金盘、擦桌布，都放在鼎旁边。武士们便揎起衣袖，有用铁丝勺的，有用漏勺的，一齐恭行打捞。有勺子相触的声音，有勺子刮着金鼎的声音；水是随着勺子的搅动而旋绕着。好一会，一个武士的脸色忽而很端庄了，极小心地两手慢慢举起了勺子，水滴从勺孔中珠子一般漏下，勺里面便显出雪白的头骨来。大家惊叫了一声；他便将头骨倒在金盘里。

"阿呀！我的大王呀！"王后，妃子，老臣，以至太监之类，都放声哭起来。但不久就陆续停止了，因为武士又捞起了一个同样的头骨。

他们泪眼模胡地四顾，只见武士们满脸油汗，还在打捞。此后捞出来的是一团糟的白头发和黑头发；还有几勺很短的东西，似乎是白胡须和黑胡须。此后又是一个头骨。此后是三支簪。

直到鼎里面只剩下清汤，才始住手；将捞出的物件分盛了三金盘：一盘头骨，一盘须发，一盘簪。

"咱们大王只有一个头。那一个是咱们大王的呢？"第九个妃子焦急地问。

"是呵……"老臣们都面面相觑。

"如果皮肉没有煮烂，那就容易辨别了。"一个侏儒跪着说。

大家只得平心静气，去细看那头骨，但是黑白大小，都差不多，连那孩子的头，也无从分辨。王后说王的右额上有一个疤，是做太子时候跌伤的，怕骨上也有痕迹。果然，侏儒在一个头骨上发见了；大家正在欢喜的时候，另外的一个侏儒却又在较黄的头骨的右额上看出相仿的瘢痕来。

"我有法子。"第三个王妃得意地说，"咱们大王的龙准是很高的。"

太监们即刻动手研究鼻准骨，有一个确也似乎比较地高，但究竟相差无几；最可惜的是右额上却并无跌伤的瘢痕。

"况且，"老臣们向太监说，"大王的后枕骨是这么尖的么？"

"奴才们向来就没有留心看过大王的后枕骨……"

王后和妃子们也各自回想起来，有的说是尖的，有的说是平的。叫梳头太监来问的时候，却一句话也不说。

当夜便开了一个王公大臣会议，想决定那一个是王的头，但结果还同白天一样。并且连须、发也发生了问题。白的自然是王的，然而因为花白，所以黑的也很难处置。讨论了小半夜，只将几根红色的胡子选出；接着因为第九个王妃抗议，说她确曾看见王有几根通黄的胡子，现在怎么能知道决没有一根红的呢。于是也只好重行归并，作为疑案了。

到后半夜，还是毫无结果。大家却居然一面打呵欠，一面继续讨论，直到第二次鸡鸣，这才决定了一个最慎重妥善的办法，是：只能将三个头骨都和王的身体放在金棺里落葬。

七天之后是落葬的日期，合城很热闹。城里的人民，远处的人民，都奔来瞻仰国王的"大出丧"。天一亮，道上已经挤满了男男女女；中间还夹着许多祭桌。待到上午，清道的骑士才缓辔而来。又过了不少工夫，才看见仪仗，什么旌旗、木棍、戈戟、弓弩、黄钺之类；此后是四辆鼓吹车。再后面是黄盖随着路的不平而起伏着，并且渐渐近来了，于是现出灵车，上载金棺，棺里面藏着三个头和一个身体。

百姓都跪下去，祭桌便一列一列地在人丛中出现。几个义民很忠愤，咽着泪，怕那两个大逆不道的逆贼的魂灵，此时也和王一同享受祭礼，然而也无法可施。

此后是王后和许多王妃的车。百姓看她们，她们也看百姓，但哭着。此后是大臣、太监、侏儒等辈，都装着哀戚的颜色。只是百姓已经不看他们，连行列也挤得乱七八糟，不成样子了。

一九二六年十月作

【赏读：从整体上看，《铸剑》是忠于它所依据的传说，"只给铺排，没有改动的"。但在某些地方，作者也恰当地织入了想象，对传说进行了丰富和补充。如开头对眉间尺性格的刻画，大王杀干将原因的剖析，黑色人玩戏法，以及"三头大战"的情节，就是作者加进去的。

《铸剑》等小说的主要艺术成就，也在于它们"塑造了不平凡环境中的理想人物"。黑色人在现实生活中是不可能有的，但作者把普通人的品德、勇气，概括到他身上，予以理想化，就使这一形象产生了更为强烈的感人力量。

末了，还要指明一点，在《铸剑》中所要揭示的战斗复仇的主题还体现了鲁迅的"不克厥敌，战则不止"的精神，这种精神贯穿了鲁迅的一生，在鲁迅早期的论文乃至散文、杂文中都有这种思想的闪光。】

出　关

老子毫无动静的坐着，好像一段呆木头。

"先生，孔丘又来了！"他的学生庚桑楚，不耐烦似的走进来，轻轻的说。

"请……"

"先生，您好吗？"孔子极恭敬的行着礼，一面说。

"我总是这样子，"老子答道。"你怎么样？所有这里的藏书，都看过了罢？"

"都看过了。不过……"孔子很有些焦躁模样，这是他从来所没有的。"我研究《诗》《书》《礼》《乐》《易》《春秋》六经，自以为很长久了，够熟透了。去拜见了七十二位主子，谁也不采用。人可真是难得说明白呵。还是'道'的难以说明白呢？"

"你还算运气的哩，"老子说，"没有遇着能干的主子。六经这玩艺儿，只是先王的陈迹呀。那里是弄出迹来的东西呢？你的话，可是和迹一样的。迹是鞋子踏成的，但迹难道就是鞋子吗？"停了一会，又接着说道："白鹢①们只要瞧着，眼珠子动也不动，然而自然有孕；虫呢，雄的在上风叫，雌的在下风应，自然有孕；类是一身上兼具雌雄的，所以自然有孕。性，是不能改的；命，是不能换的；时，是不能留的；道，是不能塞的。只要得了道，什么都行，可是如果失掉了，那就什么都不行。"

孔子好像受了当头一棒，亡魂失魄的坐着，恰如一段呆木头。

大约过了八分钟，他深深的倒抽了一口气，就起身要告辞，一面照例很客气的致谢着老子的教训。

老子也并不挽留他，站起来扶着拄杖，一直送他到图书馆的大门外。孔子就要上车了，他才留声机似的说道：

"您走了？您不喝点儿茶去吗？……"

---

① 鹢（yì）：古书上说的一种像鹭的水鸟。

孔子答应着"是是"，上了车，拱着两只手极恭敬的靠在横板上；冉有把鞭子在空中一挥，嘴里喊一声"都"，车子就走动了。待到车子离开了大门十几步，老子才回进自己的屋里去。

　　"先生今天好像很高兴，"庚桑楚看老子坐定了，才站在旁边，垂着手，说："话说的很不少……"

　　"你说的对。"老子微微的叹一口气，有些颓唐似的回答道。"我的话真也说的太多了。"他又仿佛突然记起一件事情来，"哦，孔丘送我的一只雁鹅，不是晒了腊鹅了吗？你蒸蒸吃去罢。我横竖没有牙齿，咬不动。"

　　庚桑楚出去了。老子就又静下来，合了眼。图书馆里很寂静。只听得竹竿子碰着屋檐响，这是庚桑楚在取挂在檐下的腊鹅。

　　一过就是三个月。老子仍旧毫无动静的坐着，好像一段呆木头。

　　"先生，孔丘来了哩！"他的学生庚桑楚，诧异似的走进来，轻轻的说。"他不是长久没来了吗？这的来，不知道是怎的？……"

　　"请……"老子照例只说了这一个字。

　　"先生，您好吗？"孔子极恭敬的行着礼，一面说。

　　"我总是这样子，"老子答道。"长久不看见了，一定是躲在寓里用功罢？"

　　"那里那里，"孔子谦虚的说。"没有出门，在想着。想通了一点：鸦鹊亲嘴；鱼儿涂口水；细腰蜂儿化别个；怀了弟弟，做哥哥的就哭。我自己久不投在变化里了，这怎么能够变化别人呢！……"

　　"对对！"老子道。"您想通了！"

　　大家都从此没有话，好像两段呆木头。

　　大约过了八分钟，孔子这才深深的呼出了一口气，就起身要告辞，一面照例很客气的致谢着老子的教训。

　　老子也并不挽留他。站起来扶着拄杖，一直送他到图书馆的大门外。孔子就要上车了，他才留声机似的说道：

　　"您走了？您不喝点儿茶去吗？……"

　　孔子答应着"是是"，上了车，拱着两只手极恭敬的靠在横板上；冉有把鞭子在空中一挥，嘴里喊一声"都"，车子就走动了。待到车子离开了大门十几步，老子才回进自己的屋里去。

"先生今天好像不大高兴，"庚桑楚看老子坐定了，才站在旁边，垂着手，说："话说的很少……"

"你说的对。"老子微微的叹一口气，有些颓唐的回答道。"可是你不知道：我看我应该走了。"

"这为什么呢？"庚桑楚大吃一惊，好像遇着了晴天的霹雳。

"孔丘已经懂得了我的意思。他知道能够明白他的底细的，只有我，一定放心不下。我不走，是不大方便的……"

"那么，不正是同道了吗？还走什么呢？"

"不，"老子摆一摆手，"我们还是道不同。譬如同是一双鞋子罢，我的是走流沙，他的是上朝庭的。"

"但您究竟是他的先生呵！"

"你在我这里学了这许多年，还是这么老实，"老子笑了起来，"这真是性不能改，命不能换了。你要知道孔丘和你不同：他以后就不再来，也再不叫我先生，只叫我老头子，背地里还要玩花样了呀。"

"我真想不到。但先生的看人是不会错的……"

"不，开头也常常看错。"

"那么，"庚桑楚想了一想，"我们就和他干一下……"

老子又笑了起来，向庚桑楚张开嘴。

"您看：我牙齿还有吗？"他问。

"没有了。"庚桑楚回答说。

"舌头还在吗？"

"在的。"

"懂了没有？"

"先生的意思是说：硬的早掉，软的却在吗？"

"你说的对。我看你也还不如收拾收拾，回家看看你的老婆去罢。但先给我的那匹青牛刷一下，鞍鞯晒一下。我明天一早就要骑的。"

老子到了函谷关，没有直走通到关口的大道，却把青牛一勒，转入岔路，在城根下慢慢的绕着。他想爬城。城墙倒并不高，只要站在牛背上，将身一耸，是勉强爬得上的；但是青牛留在城里，却没法搬出城外去。倘要搬，得用起重机，无奈这时鲁班和墨翟还都没有出世，老子自己也想不到会有这玩意。总而言之：他用尽哲学的脑筋，只是一个没有法。

然而他更料不到当他弯进岔路的时候，已经给探子望见，立刻去报告了关官。所以绕不到七八丈路，一群人马就从后面追来了。那个探子跃马当先，其次是关官，就是关尹喜，还带着四个巡警和两个签子手。

"站住！"几个人大叫着。

老子连忙勒住青牛，自己是一动也不动，好象一段呆木头。

"阿呀！"关官一冲上前，看见了老子的脸，就惊叫了一声，即刻滚鞍下马，打着拱，说道："我道是谁，原来是老聃①馆长。这真是万想不到的。"

老子也赶紧爬下牛背来，细着眼睛，看了那人一看，含含胡胡的说："我记性坏……"

"自然，自然，先生是忘记了的。我是关尹喜，先前因为上图书馆去查《税收精义》，曾经拜访过先生……"

这时签子手便翻了一通青牛上的鞍鞯，又用签子刺一个洞，伸进指头去掏了一下，一声不响，噘着嘴走开了。

"先生在城圈边溜溜？"关尹喜问。

"不，我想出去，换换新鲜空气……"

"那很好！那好极了！现在谁都讲卫生，卫生是顶要紧的。不过机会难得，我们要请先生到关上去住几天，听听先生的教训……"

老子还没有回答，四个巡警就一拥上前，把他扛在牛背上，签子手用签子在牛屁股上刺了一下，牛把尾巴一卷，就放开脚步，一同向关口跑去了。

到得关上，立刻开了大厅来招待他。这大厅就是城楼的中一间，

---

① 老聃（dān）：即老子，姓李名耳，字聃。

临窗一望，只见外面全是黄土的平原，愈远愈低；天色苍苍，真是好空气。这雄关就高踞峻坂之上，门外左右全是土坡，中间一条车道，好像在峭壁之间。实在是只要一丸泥就可以封住的。

大家喝过开水，再吃饽饽。让老子休息一会之后，关尹喜就提议要他讲学了。老子早知道这是免不掉的，就满口答应。于是轰轰了一阵，屋里逐渐坐满了听讲的人们。同来的八人之外，还有四个巡警，两个签子手，五个探子，一个书记，账房和厨房。有几个还带着笔，刀，木札，预备抄讲义。

老子像一段呆木头似的坐在中央，沉默了一会，这才咳嗽几声，白胡子里面的嘴唇在动起来了。大家即刻屏住呼吸，侧着耳朵听。只听得他慢慢的说道：

"道可道，非常道；名可名，非常名。无名，天地之始；有名，万物之母……"

大家彼此面面相觑，没有抄。

"故常无欲以观其妙，"老子接着说，"常有欲以观其窍。此两者，同出而异名。同，谓之玄，玄之又玄，众妙之门……"

大家显出苦脸来了，有些人还似乎手足失措。一个签子手打了一个大呵欠，书记先生竟打起瞌睡来，哗啷一声，刀，笔，木札，都从手里落在席子上面了。

老子仿佛并没有觉得，但仿佛又有些觉得似的，因为他从此讲得详细了一点。然而他没有牙齿，发音不清，打着陕西腔，夹上湖南音，"哩""呢"不分，又爱说什么"咧"：大家还是听不懂。可是时间加长了，来听他讲学的人，倒格外的受苦。

为面子起见，人们只好熬着，但后来总不免七倒八歪斜，各人想着自己的事，待到讲到"圣人之道，为而不争"，住了口了，还是谁也不动弹。老子等了一会，就加上一句道：

"咧，完了！"

大家这才如大梦初醒，虽然因为坐得太久，两腿都麻木了，一时站不起身，但心里又惊又喜，恰如遇到大赦的一样。

于是老子也被送到厢房里，请他去休息。他喝过几口白开水，就毫无动静的坐着，好像一段呆木头。

人们却还在外面纷纷议论。过不多久，就有四个代表进来见老子，大意是说他的话讲的太快了，加上国语不大纯粹，所以谁也不能笔记。没有记录，可惜非常，所以要请他补发些讲义。

"来笃话啥西，俺实直头听弗懂！"账房说。

"还是耐自家写出来末哉。写子出来末，总算弗白嚼蛆一场哉喔。阿是？"书记先生道。

老子也不十分听得懂，但看见别的两个把笔，刀，木札，都摆在自己的面前了，就料是一定要他编讲义。他知道这是免不掉的，于是满口答应；不过今天太晚了，要明天才开手。

代表们认这结果为满意，退出去了。

第二天早晨，天气有些阴沉沉，老子觉得心里不舒适，不过仍须编讲义，因为他急于要出关，而出关，却须把讲义交卷。他看一眼面前的一大堆木札，似乎觉得更加不舒适了。

然而他还是不动声色，静静的坐下去，写起来。回忆着昨天的话，想一想，写一句。那时眼镜还没有发明，他的老花眼睛细得好像一条线，很费力；除去喝白开水和吃饽饽的时间，写了整整一天半，也不过五千个大字。

"为了出关，我看这也敷衍得过去了。"他想。

于是取了绳子，穿起木札来，计两串，扶着拄杖，到关尹喜的公事房里去交稿，并且声明他立刻要走的意思。

关尹喜非常高兴，非常感谢，又非常惋惜，坚留他多住一些时，但看见留不住，便换了一副悲哀的脸相，答应了，命令巡警给青牛加鞍。一面自己亲手从架子上挑出一包盐，一包胡麻，十五个饽饽来，装在一个充公的白布口袋里送给老子做路上的粮食。并且声明：这是因为他是老作家，所以非常优待，假如他年纪轻，饽饽就只能有十个了。

老子再三称谢，收了口袋，和大家走下城楼，到得关口，还要牵着青牛走路；关尹喜竭力劝他上牛，逊让一番之后，终于也骑上去了。作过别，拨转牛头，便向峻坂的大路上慢慢的走去。

不多久，牛就放开了脚步。大家在关口目送着，去了两三丈远，还辨得出白发，黄袍，青牛，白口袋，接着就尘头逐步而起，罩着人和牛，一律变成灰色，再一会，已只有黄尘滚滚，什么也看不见了。

大家回到关上，好像卸下了一副担子，伸一伸腰，又好像得了什么货色似的，咂一咂嘴，好些人跟着关尹喜走进公事房里去。

"这就是稿子?"账房先生提起一串木札来，翻着，说。"字倒写得还干净。我看到市上去卖起来，一定会有人要的。"

书记先生也凑上去，看着第一片，念道：

"'道可道，非常道'……哼，还是这些老套。真叫人听得头痛，讨厌……"

"医头痛最好是打打盹。"账房放下了木札，说。

"哈哈哈! ……我真只好打盹了。老实说，我是猜他要讲自己的恋爱故事，这才去听的。要是早知道他不过这么胡说八道，我就压根儿不去坐这么大半天受罪……"

"这可只能怪您自己看错了人，"关尹喜笑道，"他那里会有恋爱故事呢? 他压根儿就没有过恋爱。"

"您怎么知道?"书记诧异的问。

"这也只能怪您自己打了瞌睡，没有听到他说'无为而无不为'。这家伙真是'心高于天，命薄如纸'，想'无不为'，就只好'无为'。一有所爱，就不能无不爱，那里还能恋爱，敢恋爱? 您看看您自己就是：现在只要看见一个大姑娘，不论好丑，就眼睛甜腻腻的都像是您自己的老婆。将来娶了太太，恐怕就要像我们的账房先生一样，规矩一些了。"

窗外起了一阵风，大家都觉得有些冷。

"这老头子究竟是到那里去，去干什么的?"书记先生趁势岔开了关尹喜的话。

"自说是上流沙去的，"关尹喜冷冷的说，"看他走得到。外面不但没有盐，面，连水也难得。肚子饿起来，我看是后来还要回到我们这里来的。"

"那么，我们再叫他著书。"账房先生高兴了起来。"不过馎馎真也太费。那时候，我们只要说宗旨已经改为提拔新作家，两串稿子，给他五个馎馎也足够了。"

"那可不见得行。要发牢骚，闹脾气的。"

"饿过了肚子，还要闹脾气？"

"我倒怕这种东西，没有人要看。"书记摇着手，说。"连五个馎馎的本钱也捞不回。譬如罢，倘使他的话是对的，那么，我们的头儿就得放下关官不做，这才是无不做，是一个了不起的大人……"

"那倒不要紧，"账房先生说，"总有人看的。交卸了的关官和还没有做关官的隐士，不是多得很吗？……"

窗外起了一阵风，括上黄尘来，遮得半天暗。这时关尹喜向门外一看，只见还站着许多巡警和探子，在呆听他们的闲谈。

"呆站在这里干什么？"他吆喝道。"黄昏了，不正是私贩子爬城偷税的时候了吗？巡逻去！"

门外的人们，一溜烟跑下去了。屋里的人们，也不再说什么话，账房和书记都走出去了。关尹喜才用袍袖子把案上的灰尘拂了一拂，提起两串木札来，放在堆着充公的盐，胡麻，布，大豆，馎馎等类的架子上。

一九三五年十二月作

【赏读：《出关》写的是古代先哲老子西出函谷关的故事。老子提倡无为主义，主张依循自然的规律来立身处世，以至于治理国家。他的主张抹杀了人的主观能动作用，造就了虚无主义的消极思想。鲁迅《出关的"关"》一文认为这种人是"一事不做，徒作大言的空谈家"。于是在作品中写了老子被孔子逼走，在现实中碰壁，对他消极无为的思想进行了讽刺。作品通过对古代历史人物的嘲讽，揭露出现实生活中形形色色古老哲学虚妄的幽灵。

作品行文层次明晰，先写老子以先哲身份向孔子布道，再写孔子将老子学说攻破，第三步写落荒西走的老子函谷关"受难"，最后笔触停在老子哲学被人们所不耻上。通过层层深入的解剖，老子被从神圣的先哲、头上闪着智慧的光环的宝座上拉下来，揭示出他的清静无为学说与现实生活的格格不入，为想躲避社会责任的世人撞响了警钟：逃避现实，崇尚空谈，一害自己，二害国家。小说实现了文学服务于现实的创作原则。当时的中国国难当头，日本帝国主义占领了我东北地区，人民生活日益贫困，国民党政府对外卖国投降，对内残酷镇压。一些学者在紧要关头，不是为人民呐喊，而是消极地躲进"书斋"，更有一些做了反动政府的"帮闲"清客。鲁迅这时已经完成了思想转变，运用马克思主义世界观分析社会现象，用手中的笔做刀枪，与反动政府和买办文人展开了斗争。1935年初，他在给萧军、萧红的信中说："近几时我想看看古书，再来做点什么书，把那些坏种的祖坟刨一下。"年底遂写成《出关》等新编历史小说。他借用春秋笔法，通过描写老子及其学说在现实生活中的幻灭，使帮闲文人鼓吹的"以自我为中心，以闲适为格调"的论调不攻自破，达到教育人民、鼓舞人民的目的。

　　纵观这篇小说，我们不难看出鲁迅一面保持着他在小说创作中谨严的现实主义原则，忠实地反映历史人物的根本面貌；另一方面又在艺术概括中大胆地驰骋浪漫主义的想象。在批判性的形象上，使用他在杂文里常用的讽刺手法，并大量吸收现代生活的某些细节，有力地突出了作品的现实批判性。】

非　攻

一

　　子夏的徒弟公孙高来找墨子，已经好几回了，总是不在家，见不着。大约是第四或者第五回罢，这才恰巧在门口遇见，因为公孙高刚一到，墨子也适值回家来。他们一同走进屋子里。

　　公孙高辞让了一通之后，眼睛看着席子的破洞，和气的问道：

　　"先生是主张非战的？"

　　"不错！"墨子说。

　　"那么，君子就不斗么？"

　　"是的！"墨子说。

　　"猪狗尚且要斗，何况人……"

　　"唉唉，你们儒者，说话称着尧舜，做事却要学猪狗，可怜，可怜！"墨子说着，站了起来，匆匆的跑到厨下去了，一面说："你不懂我的意思……"

　　他穿过厨下，到得后门外的井边，绞着辘轳，汲起半瓶井水来，捧着吸了十多口，于是放下瓦瓶，抹一抹嘴，忽然望着园角上叫了起来道：

　　"阿廉！你怎么回来了？"

　　阿廉也已经看见，正在跑过来，一到面前，就规规矩矩的站定，垂着手，叫一声"先生"，于是略有些气愤似的接着说：

　　"我不干了。他们言行不一致。说定给我一千盆粟米的，却只给了我五百盆。我只得走了。"

　　"如果给你一千多盆，你走么？"

　　"不。"阿廉答。

　　"那么，就并非因为他们言行不一致，倒是因为少了呀！"

　　墨子一面说，一面又跑进厨房里，叫道：

　　"耕柱子！给我和起玉米粉来！"

　　耕柱子恰恰从堂屋里走到，是一个很精神的青年。

"先生，是做十多天的干粮罢?"他问。

"对咧。"墨子说。"公孙高走了罢?"

"走了，"耕柱子笑道。"他很生气，说我们兼爱无父，象禽兽一样。"

墨子也笑了一笑。

"先生到楚国去?"

"是的。你也知道了?"墨子让耕柱子用水和着玉米粉，自己却取火石和艾绒打了火，点起枯枝来沸水，眼睛看火焰，慢慢的说道："我们的老乡公输般①，他总是倚着自己的一点小聪明，兴风作浪的。造了钩拒，教楚王和越人打仗还不够，这回是又想出了什么云梯，要怂恿楚王攻宋去了。宋是小国，怎禁得这么一攻。我去按他一下罢。"

他看得耕柱子已经把窝窝头上了蒸笼，便回到自己的房里，在壁厨里摸出一把盐渍藜菜干，一柄破铜刀，另外找了一张破包袱，等耕柱子端进蒸熟的窝窝头来，就一起打成一个包裹。衣服却不打点，也不带洗脸的手巾，只把皮带紧了一紧，走到堂下，穿好草鞋，背上包裹，头也不回的走了。从包裹里，还一阵一阵的冒着热蒸气。

"先生什么时候回来呢?"耕柱子在后面叫喊道。

"总得二十来天罢。"墨子答着，只是走。

二

墨子走进宋国的国界的时候，草鞋带已经断了三四回，觉得脚底上很发热，停下来一看，鞋底也磨成了大窟窿，脚上有些地方起茧，有些地方起泡了。他毫不在意，仍然走；沿路看看情形，人口倒很不少，然而历来的水灾和兵灾的痕迹，却到处存留，没有人民的变换得飞快。走了三天，看不见一所大屋，看不见一棵大树，看不见一个活泼的人，看不见一片肥沃的田地，就这样的到了都城。

城墙也很破旧，但有几处添了新石头；护城沟边看见烂泥堆，象是有人淘掘过，但只见有几个闲人坐在沟沿上似乎钓着鱼。

"他们大约也听到消息了。"墨子想。细看那些钓鱼人，却没有

---

① 公输般：即鲁班，民间奉他为木匠的祖师爷。

78

自己的学生在里面。

他决计穿城而过，于是走近北关，顺着中央的一条街，一径向南走。城里面也很萧条，但也很平静；店铺都贴着减价的条子，然而并不见买主，可是店里也并无怎样的货色；街道上满积着又细又粘的黄尘。

"这模样了，还要来攻它！"墨子想。

他在大街上前行，除看见了贫弱而外，也没有什么异样。楚国要来进攻的消息，是也许已经听到了的，然而大家被攻得习惯了，自认是活该受攻的了，竟并不觉得特别，况且谁都只剩了一条性命，无衣无食，所以也没有什么人想搬家。待到望见南关的城楼了，这才看见街角上聚着十多个人，好像在听一个人讲故事。

当墨子走得临近时，只见那人的手在空中一挥，大叫道：

"我们给他们看看宋国的民气！我们都去死！"

墨子知道，这是自己的学生曹公子的声音。

然而他并不挤进去招呼他，匆匆的出了南关，只赶自己的路。又走了一天和大半夜，歇下来，在一个农家的檐下睡到黎明，起来仍复走。草鞋已经碎成一片一片，穿不住了，包袱里还有窝窝头，不能用，便只好撕下一块布裳来，包了脚。

不过布片薄，不平的村路梗着他的脚底，走起来就更艰难。到得下午，他坐在一株小小的槐树下，打开包裹来吃午餐，也算是歇歇脚。远远的望见一个大汉，推着很重的小车，向这边走过来了。到得临近，那人就歇下车子，走到墨子面前，叫了一声"先生"，一面撩起衣角来揩脸上的汗，喘着气。

"这是沙么？"墨子认识他是自己的学生管黔敖，便问。

"是的，防云梯的。"

"别的准备怎么样？"

"也已经募集了一些麻，灰，铁。不过难得很：有的不肯，肯的没有。还是讲空话的多……"

"昨天在城里听见曹公子在讲演，又在玩一股什么'气'，嚷什么'死'了。你去告诉他：不要弄玄虚；死并不坏，也很难，但要死得于民有利!"

"和他很难说，"管黔敖怅怅的答道。"他在这里做了两年官，不大愿意和我们说话了……"

"禽滑厘呢?"

"他可是很忙。刚刚试验过连弩①；现在恐怕在西关外看地势，所以遇不着先生。先生是到楚国去找公输般的罢?"

"不错，"墨子说，"不过他听不听我，还是料不定的。你们仍然准备着，不要只望着口舌的成功。"

管黔敖点点头，看墨子上了路，目送了一会，便推着小车，吱吱嘎嘎的进城去了。

三

楚国的郢城可是不比宋国：街道宽阔，房屋也整齐，大店铺里陈列着许多好东西，雪白的麻布，通红的辣椒，斑斓的鹿皮，肥大的莲子。走路的人，虽然身体比北方短小些，却都活泼精悍，衣服也很干净，墨子在这里一比，旧衣破裳，布包着两只脚，真好象一个老牌的乞丐了。

再向中央走是一大块广场，摆着许多摊子，拥挤着许多人，这是闹市，也是十字路交叉之处。墨子便找着一个好象士人的老头子，打听公输般的寓所，可惜言语不通，缠不明白，正在手掌心上写字给他看，只听得轰的一声，大家都唱了起来，原来是有名的赛湘灵已经开始在唱她的"下里巴人"，所以引得全国中许多人，同声应和了。不一会，连那老士人也在嘴里发出哼哼声，墨子知道他决不会再来看他手心上的字，便只写了半个"公"字，拔步再往远处跑。然而到处都在唱，无隙可乘，许多工夫，大约是那边已经唱完了，这才逐渐显得安静。他找到一家木匠店，去探问公输般的住址。

"那位山东老，造钩拒的公输先生么?"店主是一个黄脸黑须的胖子，果然很知道。"并不远。你回转去，走过十字街，从右手第二条小道上朝东向南，再往北转角，第三家就是他。"

---

① 连弩：利用机械力量一发多箭的连弩车。

墨子在手心上写着字，请他看了有无听错之后，这才牢牢的记在心里，谢过主人，迈开大步，径奔他所指点的处所。果然也不错的：第三家的大门上，钉着一块雕镂极工的楠木牌，上刻六个大篆道："鲁国公输般寓。"

墨子拍着红铜的兽环，当当的敲了几下，不料开门出来的却是一个横眉怒目的门丁。他一看见，便大声的喝道：

"先生不见客！你们同乡来告帮的太多了！"

墨子刚看了他一眼，他已经关了门，再敲时，就什么声息也没有。然而这目光的一射，却使那门丁安静不下来，他总觉得有些不舒服，只得进去禀他的主人。公输般正捏着曲尺，在量云梯的模型。

"先生，又有一个你的同乡来告帮①了……这人可是有些古怪……"门丁轻轻的说。

"他姓什么？"

"那可还没有问……"门丁惶恐着。

"什么样子的？"

"像一个乞丐。三十来岁。高个子，乌黑的脸……"

"阿呀！那一定是墨翟了！"

公输般吃了一惊，大叫起来，放下云梯的模型和曲尺，跑到阶下去。门丁也吃了一惊，赶紧跑在他前面，开了门。墨子和公输般，便在院子里见了面。

"果然是你。"公输般高兴的说，一面让他进到堂屋去。"你一向好么？还是忙？"

"是的。总是这样……"

"可是先生这么远来，有什么见教呢？"

"北方有人侮辱了我，"墨子很沉静的说。"想托你去杀掉他……"

公输般不高兴了。

"我送你十块钱！"墨子又接着说。

这一句话，主人可真是忍不住发怒了；他沉了脸，冷冷的回答道：

---

① 告帮：托关系求资助。

"我是义不杀人的！"

"那好极了！"墨子很感动的直起身来，拜了两拜，又很沉静的说道："可是我有几句话。我在北方，听说你造了云梯，要去攻宋。宋有什么罪过呢？楚国有余的是地，缺少的是民。杀缺少的来争有余的，不能说是智；宋没有罪，却要攻他，不能说是仁；知道着，却不争，不能说是忠；争了，而不得，不能说是强；义不杀少，然而杀多，不能说是知类。先生以为怎样？……"

"那是……"公输般想着，"先生说得很对的。"

"那么，不可以歇手了么？"

"这可不成，"公输般怅怅的说。"我已经对王说过了。"

"那么，带我见王去就是。"

"好的。不过时候不早了，还是吃了饭去罢。"

然而墨子不肯听，欠着身子，总想站起来，他是向来坐不住的。公输般知道拗不过，便答应立刻引他去见王；一面到自己的房里，拿出一套衣裳和鞋子来，诚恳的说道：

"不过这要请先生换一下。因为这里是和俺家乡不同，什么都讲阔绰的。还是换一换便当……"

"可以可以，"墨子也诚恳的说。"我其实也并非爱穿破衣服的……只因为实在没有工夫换……"

四

楚王早知道墨翟是北方的圣贤，一经公输般绍介，立刻接见了，用不着费力。

墨子穿着太短的衣裳，高脚鹭鸶似的，跟公输般走到便殿里，向楚王行过礼，从从容容的开口道：

"现在有一个人，不要轿车，却想偷邻家的破车子；不要锦绣，却想偷邻家的短毡袄；不要米、肉，却想偷邻家的糠屑饭：这是怎样的人呢？"

"那一定是生了偷摸病了。"楚王率直的说。

"楚的地面，"墨子道，"方五千里，宋的却只方五百里，这就像轿车的和破车子；楚有云梦，满是犀兕麋鹿，江汉里的鱼鳖鼋鼍之多，那里都赛不过，宋却是所谓连雉兔鲫鱼也没有的，这就象米肉的和糠屑饭；楚有长松文梓楠木豫章，宋却没有大树，这就象锦绣的和短毡袄。所以据臣看来，王吏的攻宋，和这是同类的。"

"确也不错！"楚王点头说。"不过公输般已经给我在造云梯，总得去攻的了。"

"不过成败也还是说不定的。"墨子道。"只要有木片，现在就可以试一试。"

楚王是一位爱好新奇的王，非常高兴，便教侍臣赶快去拿木片来。墨子却解下自己的皮带，弯作弧形，向着公输子，算是城；把几十片木片分作两份，一份留下，一份交与公输子，便是攻和守的器具。

于是他们俩各各拿着木片，像下棋一般，开始斗起来了，攻的木片一进，守的就一架，这边一退，那边就一招。不过楚王和侍臣，却一点也看不懂。

只见这样的一进一退，一共有九回，大约是攻守各换了九种的花样。这之后，公输般歇手了。墨子就把皮带的弧形改向了自己，好象这回是由他来进攻。也还是一进一退的支架着，然而到第三回，墨子的木片就进了皮带的弧线里面了。

楚王和侍臣虽然莫明其妙，但看见公输般首先放下木片，脸上露出扫兴的神色，就知道他攻守两面，全都失败了。

楚王也觉得有些扫兴。

"我知道怎么赢你的，"停了一会，公输般讪讪的说，"但是我不说。"

"我也知道你怎么赢我的，"墨子却镇静的说，"但是我不说。"

"你们说的是些什么呀？"楚王惊讶着问道。

"公输子的意思，"墨子旋转身去，回答道，"不过想杀掉我，以为杀掉我，宋就没有人守，可以攻了。然而我的学生禽滑厘等三百人，已经拿了我的守御的器械，在宋城上，等候着楚国来的敌人。就是杀掉我，也还是攻不下的！"

"真好法子！"楚王感动的说。"那么，我也就不去攻宋罢。"

五

墨子说停了攻宋之后，原想即刻回往鲁国的，但因为应该换还公输般借他的衣裳，就只好再到他的寓里去。时候已是下午，主客都很觉得肚子饿，主人自然坚留他吃午饭——或者已经是夜饭，还劝他宿一宵。

"走是总得今天就走的，"墨子说。"明年再来，拿我的书来请楚王看一看。"

"你还不是讲些行义么？"公输般道。"劳形苦心，扶危济急，是贱人的东西，大人们不取的。他可是君王呀，老乡！"

"那倒也不。丝麻米谷，都是贱人做出来的东西，大人们就都要。何况行义呢。"

"那可也是的，"公输般高兴的说。"我没有见你的时候，想取宋；一见你，即使白送我宋国，如果不义，我也不要了……"

"那可是我真送了你宋国了。"墨子也高兴的说。"你如果一味行义，我还要送你天下哩！"

当主客谈笑之间，午餐也摆好了，有鱼，有肉，有酒。墨子不喝酒，也不吃鱼，只吃了一点肉。公输般独自喝着酒，看见客人不大动刀匕，过意不去，只好劝他吃辣椒：

"请呀请呀！"他指着辣椒酱和大饼，恳切的说，"你尝尝，这还不坏。大葱可不及我们那里的肥……"

公输般喝过几杯酒，更加高兴了起来。

"我舟战有钩拒，你的义也有钩拒么？"他问道。

"我这义的钩拒，比你那舟战的钩拒好。"墨子坚决的回答说。"我用爱来钩，用恭来拒。不用爱钩，是不相亲的，不用恭拒，是要油滑的，不相亲而又油滑，马上就离散。所以互相爱，互相恭，就等于互相利。现在你用钩去钩人，人也用钩来钩你，你用拒去拒人，人也用拒来拒你，互相钩，互相拒，也就等于互相害了。所以我这义的钩拒，比你那舟战的钩拒好。"

"但是，老乡，你一行义，可真几乎把我的饭碗敲碎了！"公输般碰了一个钉子之后，改口说，但也大约很有了一些酒意：他其实是不会喝酒的。

"但也比敲碎宋国的所有饭碗好。"

"可是我以后只好做玩具了。老乡,你等一等,我请你看一点玩意儿。"

他说着就跳起来,跑进后房去,好象是在翻箱子。不一会,又出来了,手里拿着一只木头和竹片做成的喜鹊,交给墨子,口里说道:

"只要一开,可以飞三天。这倒还可以说是极巧的。"

"可是还不及木匠的做车轮,"墨子看了一看,就放在席子上,说,"他削三寸的木头,就可以载重五十石。有利于人的,就是巧,就是好,不利于人的,就是拙,也就是坏的。"

"哦,我忘记了,"公输般又碰了一个钉子,这才醒过来。"早该知道这正是你的话。"

"所以你还是一味的行义,"墨子看着他的眼睛,诚恳的说,"不但巧,连天下也是你的了。真是打扰了你大半天。我们明年再见罢。"

墨子说着,便取了小包裹,向主人告辞;公输般知道他是留不住的,只得放他走。送他出了大门之后,回进屋里来,想了一想,便将云梯的模型和木鹊都塞在后房的箱子里。

墨子在归途上,是走得较慢了,一则力乏,二则脚痛,三则干粮已经吃完,难免觉得肚子饿,四则事情已经办妥,不象来时的匆忙。然而比来时更晦气:一进宋国界,就被搜检了两回;走近都城,又遇到募捐救国队,募去了破包袱;到得南关外,又遭着大雨,到城门下想避避雨,被两个执戈的巡兵赶开了,淋得一身湿,从此鼻子塞了十多天。

一九三四年八月作

【赏读:《非攻》这篇新型的历史小说,无论在主题思想上,还是在艺术表现手法上,都不同于鲁迅早期的小说创作。从思想观念上来说,这篇小说是鲁迅完成由民主主义向共产主义转变之后的第一篇小说创作，因而在主题思想的开掘与表现上，自然与《呐喊》《彷徨》有所差异。从艺术表现方式上来说，这篇小说取材不是现实斗争的生活，而是写古人古事，借助历史生活原型或传说的原型，来表达主题思想，以使人们从历史的经验教训中，汲取教益，在现实的人生搏击中，掌握主动权。

基于一种新世界观之上的对于历史事件的审视，鲁迅在这篇小说的创作当中，并没有完全拘泥于历史史实，而是在尊重历史本质真实的前提下，着重开掘历史精神，寻求古今"神似"的一些带规律性的因素，以给执着于现实斗争的人们一种启示、一种借鉴和一种新的认识感受。正是出于这样一种创作的意图，鲁迅在这篇小说的创作过程中，一反以往惯用的小说创作方法，直接以革命现实主义的笔触，塑造了一个反抗侵略的"中国的脊梁"式的古代英雄形象，表达了中国人民传统的御侮图强的坚定信心和"明战术""重实力"的战略思想及智慧。

真正地认识历史，把握历史，并让史实服从于艺术的需要，那么，这种糅进现代人生活的细节的艺术表现方式，就不可能使人感到是"虚假"的，而是让人们在历史——现实的自然联想中，完成对历史——现实——未来的三位一体的把握，从而真正地获得一种历史的整体感、现实的整体感和未来的整体感。可以说，这是鲁迅在这篇小说，以至于在整个的历史小说创作中所表示出来的一种艺术独创性。】

起 死

（一大片荒地。处处有些土冈，最高的不过六七尺。没有树木。遍地都是杂乱的蓬草；草间有一条人马踏成的路径。离路不远，有一个水溜。远处望见房屋。）

庄子——（黑瘦面皮，花白的络腮胡子，道冠，布袍，拿着马鞭，上。）出门没有水喝，一下子就觉得口渴。口渴可不是玩意儿呀，真不如化为蝴蝶。可是这里也没有花儿呀……哦！海子在这里了，运气，运气！（他跑到水溜旁边，拨开浮萍，用手掬起水来，喝了十几口。）唔，好了。慢慢的上路。（走着，向四处看，）阿呀！一个髑髅。这是怎的？（用马鞭在蓬草间拨了一拨，敲着，说:）

您是贪生怕死，倒行逆施，成了这样的呢？（橐橐。）还是失掉地盘，吃着板刀，成了这样的呢？（橐橐。）还是闹得一榻胡涂，对不起父母妻子，成了这样的呢？（橐橐。）您不知道自杀是弱者的行为吗？（橐橐橐！）还是您没有饭吃，没有衣穿，成了这样的呢？（橐橐。）还是年纪老了，活该死掉，成了这样的呢？（橐橐。）还是……唉，这倒是我胡涂，好象在做戏了。那里会回答。好在离楚国已经不远，用不着忙，还是请司命大神复他的形，生他的肉，和他谈谈闲天，再给他重回家乡，骨肉团聚罢。

（放下马鞭，朝着东方，拱两手向天，提高了喉咙，大叫起来:）

至心朝礼，司命大天尊！……

（一阵阴风，许多蓬头的，秃头的，瘦的，胖的，男的，女的，老的，少的鬼魂出现。）

鬼魂——庄周，你这胡涂虫！花白了胡子，还是想不通。死了没有四季，也没有主人公。天地就是春秋，做皇帝也没有这么轻松。

还是莫管闲事罢，快到楚国去干你自家的运动……

庄子——你们才是胡涂鬼，死了也还是想不通。要知道活就是死，死就是活呀，奴才也就是主人公。我是达性命之源的，可不受你们小鬼的运动。

鬼魂——那么，就给你当场出丑……

庄子——楚王的圣旨在我头上，更不怕你们小鬼的起哄！

（又拱两手向天，提高了喉咙，大叫起来：）

至心朝礼，司命大天尊！

天地玄黄，宇宙洪荒。日月盈昃，辰宿列张。①

赵钱孙李，周吴郑王。冯陈褚卫，蒋沈韩杨。②

太上老君急急如律令！敕！敕！敕！

（一阵清风，司命大神道冠布袍，黑瘦面皮，花白的络腮胡子，手执马鞭，在东方的朦胧中出现。鬼魂全都隐去。）

司命——庄周，你找我，又要闹什么玩意儿了？喝够了水，不安分起来了吗？

庄子——臣是见楚王去的，路经此地，看见一个空髑髅，却还存着头样子。该有父母妻子的罢，死在这里了，真是呜呼哀哉，可怜得很。所以恳请大神复他的形，还他的肉，给他活转来，好回家乡去。

司命——哈哈！这也不是真心话，你是肚子还没饱就找闲事做。认真不象认真，玩耍又不象玩耍。还是走你的路罢，不要和我来打岔。要知道"死生有命"，我也碍难随便安排。

庄子——大神错矣。其实那里有什么死生。我庄周曾经做梦变了蝴蝶，是一只飘飘荡荡的蝴蝶，醒来成了庄周，是一个忙忙碌碌的庄周。究竟是庄周做梦变了蝴蝶呢，还是蝴蝶做梦变了庄周呢，可是到现在还没有弄明白。这样看来，又安知道这髑髅不是现在正活着，所谓活了转来之后，倒是死掉了呢？请大神随随便便，通融一点罢。做人要圆滑，做神也不必迂腐的。

司命——（微笑，）你也还是能说不能行，是人而非神……那么，也好，给你试试罢。

（司命用马鞭向蓬中一指。同时消失了。所指的地方，发出一道

---

① 天地玄黄，宇宙洪荒。日月盈昃（zè），辰宿列张：语出《千字文》。

② 赵钱孙李，周吴郑王。冯陈褚卫，蒋沈韩杨：语出《百家姓》。

火光，跳起一个汉子来。）

汉子——（大约三十岁左右，体格高大，紫色脸，象是乡下人，全身赤条条的一丝不挂。用拳头揉了一通眼睛之后，定一定神，看见了庄子，）唉？

庄子——唉？（微笑着走近去，看定他，）你是怎么的？

汉子——唉唉，睡着了。你是怎么的？（向两边看，叫了起来，）阿呀，我的包裹和伞子呢？（向自己的身上看，）阿呀呀，我的衣服呢？（蹲了下去。）

庄子——你静一静，不要着慌罢。你是刚刚活过来的。你的东西，我看是早已烂掉，或者给人拾去了。

汉子——你说什么？

庄子——我且问你：你姓甚名谁，那里人？

汉了——我是杨家庄的杨大呀。学名叫必恭。

庄子——那么，你到这里是来干什么的呢？

汉子——探亲去的呀，不提防在这里睡着了。（着急起来，）我的衣服呢？我的包裹和伞子呢？

庄子——你静一静，不要着慌罢……我且问你：你是什么时候的人？

汉子——（诧异，）什么？……什么叫作"什么时候的人"？……我的衣服呢？……

庄子——啧啧，你这人真是胡涂得要死的角儿——专管自己的衣服，真是一个彻底的利己主义者。你这"人"尚且没有弄明白，那里谈得到你的衣服呢？所以我首先要问你：你是什么时候的人？唉唉，你不懂……那么，（想了一想，）我且问你：你先前活着的时候，村子里出了什么故事？

汉子——故事吗？有的。昨天，阿二嫂就和七太婆吵嘴。

庄子——还欠大！

汉子——还欠大？……那么，杨小三旌表了孝子……

庄子——旌表①了孝子，确也是一件大事情……不过还是很难查考……（想了一想，）再没有什么更大的事情，使大家因此闹了起来的了吗？

汉子——闹了起来？……（想着，）哦，有有！那还是三四个月前头，因为孩子们的魂灵，要摄去垫鹿台脚了，真吓得大家鸡飞狗走，赶忙做起符袋来，给孩子们带上……

庄子——（出惊，）鹿台？什么时候的鹿台？

汉子——就是三四个月前头动工的鹿台。

庄子——那么，你是纣王的时候死的？这真了不得，你已经死了五百多年了。

汉子——（有点发怒，）先生，我和你还是初会，不要开玩笑罢。我不过在这儿睡了一忽，什么死了五百多年。我是有正经事，探亲去的。快还我的衣服，包裹和伞子。我没有陪你玩笑的工夫。

庄子——慢慢的，慢慢的，且让我来研究一下。你是怎么睡着的呀？

汉子——怎么睡着的吗？（想着，）我早上走到这地方，好象头顶上轰的一声，眼前一黑，就睡着了。

庄子——疼吗？

汉子——好象没有疼。

庄子——哦……（想了一想，）哦……我明白了。一定是你在商朝的纣王的时候，独个儿走到这地方，却遇着了断路强盗，从背后给你一面棍，把你打死，什么都抢走了。现在我们是周朝，已经隔了五百多年，还那里去寻衣服。你懂了没有？

汉子——（瞪了眼睛，看着庄子，）我一点也不懂。先生，你还是不要胡闹，还我衣服，包裹和伞子罢。我是有正经事，探亲去的，没有陪你玩笑的工夫！

庄子——你这人真是不明道理……

———————————

① 旌（jīng）表：官府为忠孝节义的人立牌坊赐匾额，以示表彰。

90

汉子——谁不明道理？我不见了东西，当场捉住了你，不问你要，问谁要？（站起来。）

庄子——（着急，）你再听我讲：你原是一个髑髅，是我看得可怜，请司命大神给你活转来的。你想想看：你死了这许多年，那里还有衣服呢！我现在并不要你的谢礼，你且坐下，和我讲讲纣王那时候……

汉子——胡说！这话，就是三岁小孩子也不会相信的。我可是三十三岁了！（走开来，）你……

庄子——我可真有这本领。你该知道漆园的庄周的罢。

汉子——我不知道。就是你真有这本领，又值什么鸟？你把我弄得精赤条条的，活转来又有什么用？叫我怎么去探亲？包裹也没有了……（有些要哭，跑开来拉住了庄子的袖子，）我不相信你的胡说。这里只有你，我当然问你要！我扭你见保甲去！

庄子——慢慢的，慢慢的，我的衣服旧了，很脆，拉不得。你且听我几句话：你先不要专想衣服罢，衣服是可有可无的，也许是有衣服对，也许是没有衣服对。鸟有羽，兽有毛，然而王瓜、茄子赤条条。此所谓"彼亦一是非，此亦一是非"，你固然不能说没有衣服对，然而你又怎么能说有衣服对呢？……

汉子——（发怒，）放你妈的屁！不还我的东西，我先揍死你！（一手捏了拳头，举起来，一手去揪庄子。）

庄子——（窘急，招架着，）你敢动粗！放手！要不然，我就请司命大神来还你一个死！

汉子——（冷笑着退开，）好，你还我一个死罢。要不然，我就要你还我的衣服，伞子和包裹，里面是五十二个圜钱，斤半白糖，二斤南枣……

庄子——（严正地，）你不反悔？

汉子——小舅子才反悔！

庄子——（决绝地，）那就是了。既然这么胡涂，还是送你还原罢。（转脸朝着东方，拱两手向天，提高了喉咙，大叫起来：）

至心朝礼，司命大天尊！

天地玄黄，宇宙洪荒。日月盈昃，辰宿列张。

赵钱孙李，周吴郑王。冯陈褚卫，蒋沈韩杨。

太上老君急急如律令！敕！敕！敕！

（毫无影响，好一会。）

天地玄黄！

太上老君！敕！敕！敕！……敕！

（毫无影响，好一会。）

（庄子向周围四顾，慢慢的垂下手来。）

汉子——死了没有呀？

庄子——（颓唐地，）不知怎的，这回可不灵……

汉子——（扑上前，）那么，不要再胡说了。赔我的衣服！

庄子——（退后，）你敢动手？这不懂哲理的野蛮！

汉子——（揪住他，）你这贼骨头！你这强盗军师！我先剥你的道袍，拿你的马，赔我……

（庄子一面支撑着，一面赶紧从道袍的袖子里摸出警笛来，狂吹了三声。汉子愕然，放慢了动作。不多久，从远处跑来一个巡士。）

巡士——（且跑且喊，）带住他！不要放！（他跑近来，是一个鲁国大汉，身材高大，制服制帽，手执警棍，面赤无须。）带住他！这舅子！……

汉子——（又揪紧了庄子，）带住他！这舅子！……

（巡士跑到，抓住庄子的衣领，一手举起警棍来。汉子放手，微弯了身子，两手掩着小肚。）

庄子——（托住警棍，歪着头，）这算什么？

巡士——这算什么？哼！你自己还不明白？

庄子——（愤怒，）怎么叫了你来，你倒来抓我？

巡士——什么？

庄子——我吹了警笛……

巡士——你抢了人家的衣服，还自己吹警笛，这昏蛋！

庄子——我是过路的，见他死在这里，救了他，他倒缠住我，说我拿了他的东西了。你看看我的样子，可是抢人东西的？

巡士——（收回警棍，）"知人知面不知心"，谁知道。到局里去罢。

庄子——那可不成。我得赶路，见楚王去。

巡士——（吃惊，松手，细看了庄子的脸，）那么，您是漆……

庄子——（高兴起来，）不错！我正是漆园吏庄周。您怎么知道的？

巡士——咱们的局长这几天就常常提起您老，说您老要上楚国发财去了，也许从这里经过的。敝局长也是一位隐士，带便兼办一点差使，很爱读您老的文章，读《齐物论》，什么"方生方死，方死方生，方可方不可，方不可方可"，真写得有劲，真是上流的文章，真好！您老还是到敝局里去歇歇罢。

（汉子吃惊，退进蓬草丛中，蹲下去。）

庄子——今天已经不早，我要赶路，不能耽搁了。还是回来的时候，再去拜访贵局长罢。

（庄子且说且走，爬在马上，正想加鞭，那汉子突然跳出草丛，跑上去拉住了马嚼子。巡士也追上去，拉住汉子的臂膊。）

庄子——你还缠什么？

汉子——你走了，我什么也没有，叫我怎么办？（看着巡士，）您瞧，巡士先生……

巡士——（搔着耳朵背后，）这模样，可真难办……但是，先生……我看起来，（看着庄子，）还是您老富裕一点，赏他一件衣服，给他遮遮羞……

庄子——那自然可以的，衣服本来并非我有。不过我这回要去见楚王，不穿袍子，不行，脱了小衫，光穿一件袍子，也不行……

巡士——对啦，这实在少不得。（向汉子，）放手！

汉子——我要去探亲……

巡士——胡说！再麻烦，看我带你到局里去！（举起警棍，）滚开！

（汉子退走，巡士追着，一直到乱蓬里。）

庄子——再见再见。

巡士——再见再见。您老走好哪！

（庄子在马上打了一鞭，走动了。巡士反背着手，看他渐跑渐远，没入尘头中，这才慢慢的回转身，向原来的路上踱去。）

（汉子突然从草丛中跳出来，拉住巡士的衣角。）

巡士——干吗？

汉子——我怎么办呢？

巡士——这我怎么知道。

汉子——我要去探亲……

巡士——你探去就是了。

汉子——我没有衣服呀。

巡士——没有衣服就不能探亲吗？

汉子——你放走了他。现在你又想溜走了，我只好找你想法子。不问你，问谁呢？你瞧，这叫我怎么活下去！

巡士——可是我告诉你：自杀是弱者的行为呀！

汉子——那么，你给我想法子！

巡士——（摆脱着衣角，）我没有法子想！

汉子——（绌住巡士的袖子，）那么，你带我到局里去！

巡士——（摆脱着袖子，）这怎么成。赤条条的，街上怎么走。放手！

汉子——那么，你借我一条裤子！

巡士——我只有这一条裤子，借给了你，自己不成样子了。（竭力的摆脱着，）不要胡闹！放手！

汉子——（揪住巡士的颈子，）我一定要跟你去！

巡士——（窘急，）不成！

汉子——那么，我不放你走！

巡士——你要怎么样呢？

汉子——我要你带我到局里去！

巡士——这真是……带你去做什么用呢？不要捣乱了。放手！要不然……（竭力的挣扎。）

汉子——（揪得更紧，）要不我，我不能探亲，也不能做人了。

二斤南枣，斤半白糖……你放走了他，我和你拼命……

巡士——（挣扎着，）不要捣乱了！放手！要不然……要不然……（说着，一面摸出警笛，狂吹起来。）

一九三五年十二月作

【赏读：《起死》是《故事新编》集中的最后一篇，也是鲁迅最后一篇小说，创作于 1935 年 12 月，距鲁迅先生逝世不到一年的时间。

《故事新编》收鲁迅 1922 年至 1935 年长达 13 年间写的以古代神话传说为题材的小说八篇，而其中《采薇》、《出关》、《起死》等三篇，皆写于 1935 年 12 月。而且，这些小说都贯穿着对当时流行的回避现实，逃避隐遁，是非不分，徒作空言的社会思潮的严肃批判。十分深刻地揭露了那些提倡王道，宣传退让，散布无是非观的文人学士们的本相和利己主义实质。在这三篇小说中，尤以《起死》对这一主题表现得最为鲜明，讽刺最为辛辣，揭露得最为淋漓尽致。

20 世纪 30 年代前期，这是我中华民族处于危亡的关键时期。一方面，日寇加紧侵略步伐，酝酿着对中国的大举进犯，民族生存危机迫在眉睫；另一方面，国民党采取"攘外必先安内"的政策，对日本侵略步步退让，而对共产党领导的革命根据地不断发动"围剿"，对进行长征的红军围、追、堵、截，企图消灭红军武装。同时，配合军事"围剿"进行文化"围剿"，实行白色恐怖，于是，一部分文化人在国民党高压政策下变得玩世不恭，不辨是非，宣扬相对主义，虚无主义的处世哲学以自欺欺人。如周作人就公开声明自己"不是什么派的信徒"，生活的要义是"苟全性命于乱世"。林语堂表示自己要做"年轻的顺民"，说什么"人生在世为何？还不是有时笑笑人家，有时给人家笑笑"。针对这种思潮，鲁迅写了不少杂文加以分析批驳，指出"唯无是非观"看来清高，看破红尘超然物外，"然而这是只可暂时口说，难以永远实行的"。除了写杂文，鲁迅还写了包括《起死》在内的好几篇小说，对这种思潮作形象的揭露和历史的批判，目的正在于"把那些坏种的坟刨一下"。

《起死》取《庄子·至乐》篇中讲的一个寓言构思而成。作品写庄子去楚国路上见到一个髑髅，他请司命天尊还原了他的生命，原来他是死于五百年前的汉子。他赤身露体向衣冠整齐的庄子要衣服遮盖时，遭到庄子拒绝，并对他大讲"相对主义"哲学："衣服是可有可无的……"汉子扭住他不放，他摸出警笛吹响唤来巡士驱赶汉子。他以自己的前后自相矛盾的言行，揭出了他的"唯无是非观"的相对主义哲学的内在矛盾和欺骗性。

如前所述，《起死》是具有明显现实针对性的。作品对庄子的揭露和嘲笑，是通过"以子之矛，攻子之盾"的巧妙构思，通过传神的文学形象和生动有趣的情节细节表现出来的，因而十分犀利畅快和精彩透辟，把"唯无是非观"的荒谬和虚假，把宣扬这些观点的文人学士的伪装，剥得干干净净。"麒麟皮下露出马脚"。使之当众出丑，无处躲避，收到了巨大的鞭挞和讽刺效果。

《起死》是一篇艺术形式别致的小说，它是采用戏剧体裁写成的。这在鲁迅小说中是独一无二的。

《起死》这篇小说，是以其思想的深刻，讽刺的尖利而著称的。这也是鲁迅作品的普遍特色。但是鲁迅在强调文学的思想性战斗性的同时，也主张文学要向读者传授知识。要供人欣赏，给人以艺术享受，要让读者在阅读中产生审美感"以娱人情"，给人以愉快，乐趣和休息。《起死》的主题是严肃的，但它的艺术表现却是轻松活泼，机智幽默的。作者在构思全篇时精心安排了几次喜剧性高潮，以不断触发读者的审美激情。如开篇写庄子出场，敲看髑髅反问的迂态，立即吸引了读者；汉子复活后与庄子的争执，南辕北辙，隔靴搔痒，哲学家的故作高深与老百姓的求实态度形成有趣的矛盾，把戏剧冲突推向高潮；及至庄子吹响警笛唤来巡士，紧张的矛盾竟化为轻快滑稽地颇含深意的开怀大笑。庄子唤来巡士后乘机逃脱本可以结束全篇，但作者匠心独运，让汉子向巡士讨要衣服，还主动要求到"局里"去。巡士为摆脱纠缠，也只得吹起警笛，掀起全篇的最后高潮。

此外，小说中那些鲜活的人物如庄子的尴尬狼狈、汉子的单纯固执、巡士的随机应变，那始而奇、继而乐、终而悟的具有思辨特点的整体构思，那轻快的节奏和幽默的语言，都具有喜剧般的特征，给人以极大的审美愉快，体现了鲁迅注重文学的"审美"和"愉情"功用的美学理想。】

鲁迅文章精选集

夜　颂

爱夜的人，也不但是孤独者，有闲者，不能战斗者，怕光明者。

人的言行，在白天和在深夜，在日下和在灯前，常常显得两样。夜是造化所织的幽玄的天衣，普覆一切人，使他们温暖，安心，不知不觉的自己渐渐脱去人造的面具和衣裳，赤条条地裹在这无边际的黑絮似的大块里。

虽然是夜，但也有明暗。有微明，有昏暗，有伸手不见掌，有漆黑一团糟。爱夜的人要有听夜的耳朵和看夜的眼睛，自在暗中，看一切暗。君子们从电灯下走入暗室中，伸开了他的懒腰；爱侣们从月光下走进树阴里，突变了他的眼色。夜的降临，抹杀了一切文人学士们当光天化日之下，写在耀眼的白纸上的超然，混然，恍然，勃然，粲然的文章，只剩下乞怜，讨好，撒谎，骗人，吹牛，捣鬼的夜气，形成一个灿烂的金色的光圈，象见于佛画上面似的，笼罩在学识不凡的头脑上。

爱夜的人于是领受了夜所给予的光明。

高跟鞋的摩登女郎在马路边的电光灯下，阁阁的走得很起劲，但鼻尖也闪烁着一点油汗，在证明她是初学的时髦，假如长在明晃晃的照耀中，将使她碰着"没落"的命运。一大排关着的店铺的昏暗助她一臂之力，使她放缓开足的马力，吐一口气，这时只觉得沁人心脾的夜里的拂拂的凉风。

爱夜的人和摩登女郎，于是同时领受了夜所给予的恩惠。

一夜已尽，人们又小心翼翼的起来，出来了；便是夫妇们，面目和五六点钟之前也何其两样。从此就是热闹，喧嚣。而高墙后面，大厦中间，深闺里，黑狱里，客室里，秘密机关里，却依然弥漫着惊人的真的大黑暗。

现在的光天化日，熙来攘往，就是这黑暗的装饰，是人肉酱缸上的金盖，是鬼脸上的雪花膏。只有夜还算是诚实的。我爱夜，在夜间作《夜颂》。

六月八日

（本篇最初发表于一九三三年六月十日《申报·自由谈》）

【赏读：当时鲁迅写这篇文章是用"游光"这个笔名写的，首用于杂文《夜颂》。许广平说："在《准风月谈》里用'游光'笔名所写的文章多半是关于夜的东西。如《夜颂》《谈蝙蝠》《秋夜纪游》《文床秋梦》"。"游光"含有"听夜的耳朵和看夜的眼睛"之意。】

推

丰之余

两三月前，报上好像登过一条新闻，说有一个卖报的孩子，踏上电车的踏脚去取报钱，误踹住了一个下来的客人的衣角，那人大怒，用力一推，孩子跌入车下，电车又刚刚走动，一时停不住，把孩子碾死了。

推倒孩子的人，却早已不知所往。但衣角会被踹住，可见穿的是长衫，即使不是"高等华人"，总该是属于上等的。

我们在上海路上走，时常会遇见两种横冲直撞，对于对面或前面的行人，决不稍让的人物。一种是不用两手，却只将直直的长脚，如入无人之境似的踏过来，倘不让开，他就会踏在你的肚子或肩膀上。这是洋大人，都是"高等"的，没有华人那样上下的区别。一种就是弯上他两条臂膊，手掌向外，像蝎子的两个钳一样，一路推过去，不管被推的人是跌在泥塘或火坑里。这就是我们的同胞，然而"上等"的，他坐电车，要坐二等所改的三等车，他看报，要看专登黑幕的小报，他坐着看得咽唾沫，但一走动，又是推。

上车，进门，买票，寄信，他推；出门，下车，避祸，逃难，他又推。推得女人孩子都踉踉跄跄，跌倒了，他就从活人上踏过，跌死了，他就从死尸上踏过，走出外面，用舌头舔舔自己的厚嘴唇，什么也不觉得。旧历端午，在一家戏场里，因为一句失火的谣言，就又是推，把十多个力量未足的少年踏死了。死尸摆在空地上，据说去看的又有万余人，人山人海，又是推。

推了的结果，是嘻开嘴巴，说道："阿唷，好白相来希（上海话，好玩得很的意思）呀！"

住在上海，想不遇到推与踏，是不能的，而且这推与踏也还要廓大开去。要推倒一切下等华人中的幼弱者，要踏倒一切下等华人。这时就只剩了高等华人颂祝着——

"阿唷，真好白相来希呀。为保全文化起见，是虽然牺牲任何物质，也不应该顾惜的——这些物质有什么重要性呢！"

六月八日

（本篇最初发表于一九三三年六月十一日《申报·自由谈》）

【赏读：文章从一个卖报孩童被人从电车上推下，被电车轧死，说到当时的"高等华人"或次一级的"上等人"，"上车，进门，买票，寄信，他推；出门，下车，避雨，逃难，他又推。推得女人孩子都踉踉跄跄，跌倒了，他就从活人身上踏过，跌死了，他就从死尸上踏过。"

就拿鲁迅先生的《推》来说，如今社会上在路上行走的人用推的又有多少呢？由"推"而引发的惨案又有多少呢，如果说例如排队时人与人之间多留一点距离，走路时不"横冲直撞，对于对面或前面的行人绝不稍让"，那社会一定会更美好，人与人之间一定会更和谐。

中国本来也有过"推己及人"、"推干就湿"一类词语，但那本来就是少见于实践的道德理想，但如果多一些"多留一点距离"或者说是"别挤"，其现实意义自然不言而喻。】

二丑艺术

丰之余

浙东的有一处的戏班中，有一种脚色叫作"二花脸"，译得雅一点，那么，"二丑"就是。他和小丑的不同，是不扮横行无忌的花花公子，也不扮一味仗势的宰相家丁，他所扮演的是保护公子的拳师，或是趋奉公子的清客。总之：身份比小丑高，而性格却比小丑坏。

义仆是老生扮的，先以谏诤，终以殉主；恶仆是小丑扮的，只会作恶，到底灭亡。而二丑的本领却不同，他有点上等人模样，也懂些琴棋书画，也来得行令猜谜，但倚靠的是权门，凌蔑的是百姓，有谁被压迫了，他就来冷笑几声，畅快一下，有谁被陷害了，他又去吓唬一下，吆喝几声。不过他的态度又并不常常如此的，大抵一面又回过脸来，向台下的看客指出他公子的缺点，摇着头装起鬼脸道：你看这家伙，这回可要倒楣哩！

这最末的一手，是二丑的特色。因为他没有义仆的愚笨，也没有恶仆的简单，他是智识阶级。他明知道自己所靠的是冰山，一定不能长久，他将来还要到别家帮闲，所以当受着豢养，分着余炎的时候，也得装着和这贵公子并非一伙。

二丑们编出来的戏本上，当然没有这一种脚色的，他哪里肯；小丑，即花花公子们编出来的戏本，也不会有，因为他们只看见一面，想不到的。这二花脸，乃是小百姓看透了这一种人，提出精华来，制定了的脚色。

世间只要有权门，一定有恶势力，有恶势力，就一定有二花脸，而且有二花脸艺术。我们只要取一种刊物，看他一个星期，就会发见他忽而怨恨春天，忽而颂扬战争，忽而译萧伯纳演说，忽而讲婚姻问题；但其间一定有时要慷慨激昂的表示对于国事的不满：这就是用出末一手来了。

这最末的一手，一面也在遮掩他并不是帮闲，然而小百姓是明白的，早已使他的类型在戏台上出现了。

六月十五日
（本篇最初发表于一九三三年六月十八日《申报·自由谈》）

【赏读：《二丑艺术》是由鲁迅写的一篇杂文，讲述了浙东的有一处的戏班中，有一种角色叫作"二花脸"，译得雅一点，那么，"二丑"就是。他和小丑的不同，是不扮横行无忌的花花公子，也不扮一味仗势的宰相家丁，他所扮演的是保护公子的拳师，或是趋奉公子的清客。总之：身份比小丑高，而性格却比小丑坏。文章对帮闲文人的办杂志，出期刊，怎样用出"最末一手"来遮掩他"并不是帮闲"的"二丑艺术"进行了尖锐的讽刺，将戏台上的群众创造与生活中的丑恶存在，戏剧中的"二花脸"角色和现实里的"二丑艺术"，紧密连在一起，亦戏亦真，丝环相扣，由远及近，步步紧逼，使读者在接受中，不但醒悟与洞彻，而且获得艺术上的一种审美的感受。

鲁迅说自己的杂文，"论时事不留面子，砭锢弊常取类型"。（《〈伪自由书〉前记》）"不留面子"，是讽刺的锋芒，"常取类型"，是为文的技巧。这篇杂文充分体现了鲁迅的追求。他立意将现实中的一种文学现象，比喻为浙东戏中的"二花脸"角色，由此联想升华，演绎发微，从而提炼出一个"二丑艺术"的类型，这样就使得自己的讽刺对象，不再是个别现象的偶然发现，而有了一种更大的社会批判的普遍性和代表性。它不一定指某一个杂志，或某一些人，而成为黑暗的统治者"帮闲"的一类杂志，一类知识人的总体象征，如病理学中的疮疽的图，乃是"一切某疮某疽的标本"。这种发现和提炼本身，显示了鲁迅的讽刺与幽默的才华，也给鲁迅的这篇杂文带来也意蕴很深的审美的品格。它的讽刺意义和艺术价值，因此也就超越了时间的限制，获得了无尽的悠远性。】

106

偶　成

苇　索

善于治国平天下的人物，真能随处看出治国平天下的方法来，四川正有人以为长衣消耗布匹，派队剪除；上海又有名公要来整顿茶馆了，据说整顿之处，大略有三：一是注意卫生，二是制定时间，三是施行教育。

第一条当然是很好的；第二条，虽然上馆下馆，一一摇铃，好象学校里的上课，未免有些麻烦，但为了要喝茶，没有法，也不算坏。

最不容易是第三条。"愚民"的到茶馆来，是打听新闻，闲谈心曲之外，也来听听《包公案》一类东西的，时代已远，真伪难明，那边妄言，这边妄听，所以他坐得下去。现在倘若改为"某公案"，就恐怕不相信，不要听；专讲敌人的秘史，黑幕罢，这边之所谓敌人，未必就是他们的敌人，所以也难免听得不大起劲。结果是茶馆主人遭殃，生意清淡了。

前清光绪初年，我乡有一班戏班，叫作"群玉班"，然而名实不符，戏做得非常坏，竟弄得没有人要看了。乡民的本领并不亚于大文豪，曾给他编过一支歌：

"台上群玉班，

台下都走散。

连忙关庙门，

两边墙壁都爬塌（平声），

连忙扯得牢，

只剩下一担馄饨担。"

看客的取舍，是没法强制的，他若不要看，连拖也无益。即如有几种刊物，有钱有势，本可以风行天下的了，然而不但看客有限，连投稿也寥寥，总要隔两月才出一本。讽刺已是前世纪的老人的梦呓，非讽刺的好文艺，好象也将是后世纪的青年的出产了。

六月十五日

（本篇最初发表于一九三三年六月二十二日《申报·自由谈》）

谈蝙蝠

游 光

人们对于夜里出来的动物，总不免有些讨厌他，大约因为他偏不睡觉，和自己的习惯不同，而且在昏夜的沉睡或"微行"中，怕他会窥见什么秘密罢。

蝙蝠虽然也是夜飞的动物，但在中国的名誉却还算好的。这也并非因为他吞食蚊虻，于人们有益，大半倒在他的名目，和"福"字同音。以这么一副尊容而能写入画图，实在就靠着名字起得好。还有，是中国人本来愿意自己能飞的，也设想过别的东西都能飞。道士要羽化，皇帝想飞升，有情的愿作比翼鸟儿，受苦的恨不得插翅飞去。想到老虎添翼，便毛骨悚然，然而青蚨飞来，则眉眼莞尔。至于墨子的飞鸢终于失传，飞机非募款到外国去购买不可，则是因为太重了精神文明的缘故，势所必至，理有固然，毫不足怪的。但虽然不能够做，却能够想，所以见了老鼠似的东西生着翅子，倒也并不诧异，有名的文人还要收为诗料，诌出什么"黄昏到寺蝙蝠飞"那样的佳句来。

西洋人可就没有这么高情雅量，他们不喜欢蝙蝠。推源祸始，我想，恐怕是应该归罪于伊索的。他的寓言里，说过鸟兽各开大会，蝙蝠到兽类里去，因为他有翅子，兽类不收，到鸟类里去，又因为他是四足，鸟类不纳，弄得他毫无立场，于是大家就讨厌这作为骑墙的象征的蝙蝠了。

中国近来拾一点洋古典，有时也奚落起蝙蝠来。但这种寓言，出于伊索，是可喜的，因为他的时代，动物学还幼稚得很。现在可不同了，鲸鱼属于什么类，蝙蝠属于什么类，就是小学生也都知道得清清楚楚。倘若还拾一些希腊古典，来作正经话讲，那就只足表示他的知识，还和伊索时候，各开大会的两类绅士淑女们相同。

大学教授梁实秋先生以为橡皮鞋是草鞋和皮鞋之间的东西，那知识也相仿，假使他生在希腊，位置是说不定会在伊索之下的，现在真可惜得很，生得太晚一点了。

六月十六日

（本篇最初发表于一九三三年六月二十五日《申报·自由谈》）

【赏读：鲁迅讲："蝙蝠在中国的名誉还算好，这也并非他吞食蚊虻，于人们有益，大半倒在他的名目和'福'字同音。"时过境迁，沧海桑田，现如今世人对蝙蝠的看法彻底变了。西方人从世俗的蝙蝠寓言故事里走出来，从蝙蝠的本性特征出发，发掘蝙蝠独特魅力。

鲁迅显然将他自己看作是中国思想文化界的"蝙蝠"。这是很能显示鲁迅的本质的：他和自己所生活的时代，存在着既"在"又"不在"的关系；他和古今中外一切思想文化体系，也同样存在着既"是"又"不是"的关系。他真正深入到人类文明与中华民族文明的根底，因此，他既能最大限度地吸取，"拿来"，又时时投以怀疑的眼光，保持清醒，始终坚守了思想的独立自主性、主体性。鲁迅这样的中国现代思想文化中的少数、异数，这样的无以归类的"蝙蝠"，对今天的中国思想文化界，今天的中国读者仍有很重要的意义。】

"抄靶子"

中国究竟是文明最古的地方，也是素重人道的国度，对于人，是一向非常重视的。至于偶有凌辱诛戮，那是因为这些东西并不是人的缘故。皇帝所诛者，"逆"也，官军所剿者，"匪"也，刽子手所杀者，"犯"也，满洲人"入主中夏"，不久也就染了这样的淳风，雍正皇帝要除掉他的弟兄，就先行御赐改称为"阿其那"与"塞思黑"，我不懂满洲话，译不明白，大约是"猪"和"狗"罢。黄巢造反，以人为粮，但若说他吃人，是不对的，他所吃的物事，叫作"两脚羊"。

时候是二十世纪，地方是上海，虽然骨子里永是"素重人道"，但表面上当然会有些不同的。对于中国的有一部分并不是"人"的生物，洋大人如何赐谥，我不得而知，我仅知道洋大人的下属们所给予的名目。

假如你常在租界的路上走，有时总会遇见几个穿制服的同胞和一位异胞（也往往没有这一位），用手枪指住你，搜查全身和所拿的物件。倘是白种，是不会指住的；黄种呢，如果被指的说是日本人，就放下手枪，请他走过去；独有文明最古的黄帝子孙，可就"则不得免焉"了。这在香港，叫作"搜身"，倒也还不算很失了体统，然而上海则竟谓之"抄靶子"。

抄者，搜也，靶子是该用枪打的东西，我从前年九月以来，才知道这名目的的确。四万万靶子，都排在文明最古的地方，私心在侥幸的只是还没有被打着。洋大人的下属，实在给他的同胞们定了绝好的名称了。

然而我们这些"靶子"们，自己互相推举起来的时候却还要客气些。我不是"老上海"，不知道上海滩上先前的相骂，彼此是怎样赐谥的了。但看看记载，还不过是"曲辫子""阿木林"。"寿头码子"虽然已经是"猪"的隐语，然而究竟还是隐语，含有宁"雅"

而不"达"的高谊。若夫现在,则只要被他认为对于他不大恭顺,他便圆睁了绽着红筋的两眼,挤尖喉咙,和口角的白沫同时喷出两个字来道:猪猡!

六月十六日

(本篇最初发表于一九三三年六月二十日《申报·自由谈》)

【赏读:本文深入揭示了一种"素重人道"的文化在中国的普遍性,统治者和上层阶级为了对付政敌,采用将别人称作"非人"的手段可谓是历史悠久,并运用得炉火纯青,当时代进化到二十世纪,中国人却普遍被洋人看成非人的"靶子",然而就是这些被洋人看成"靶子"的中国人1——无论是上层还是下层——仍然互相不把对方当人看,从含蓄隐晦的"曲辫子""阿木林"到简单直接的"猪猡",所表达的都是这种渗入骨髓的"素重人道"思想。】

"吃白相饭"

旅 隼

要将上海的所谓"白相",改作普通话,只好是"玩耍";至于"吃白相饭",那恐怕还是用文言译作"不务正业,游荡为生",对于外乡人可以比较的明白些。

游荡可以为生,是很奇怪的。然而在上海问一个男人,或向一个女人问她的丈夫的职业的时候,有时会遇到极直截的回答道:"吃白相饭的。"

听的也并不觉得奇怪,如同听到了说"教书""做工"一样。倘说是"没有什么职业",他倒会有些不放心了。

"吃白相饭"在上海是这么一种光明正大的职业。

我们在上海的报章上所看见的,几乎常是这些人物的功绩;没有他们,本埠新闻是决不会热闹的。但功绩虽多,归纳起来也不过是三段,只因为未必全用在一件事情上,所以看起来好像五花八门了。

第一段是欺骗。见贪人就用利诱,见孤愤的就装同情,见倒霉的则装慷慨,但见慷慨的却又会装悲苦,结果是席卷了对手的东西。

第二段是威压。如果欺骗无效,或者被人看穿了,就脸孔一翻,化为威吓,或者说人无礼,或者诬人不端,或者赖人欠钱,或者并不说什么缘故,而这也谓之"讲道理",结果还是席卷了对手的东西。

第三段是溜走。用了上面的一段或兼用了两段而成功了,就一溜烟走掉,再也寻不出踪迹来。失败了,也是一溜烟走掉,再也寻不出踪迹来。事情闹得大一点,则离开本埠,避过了风头再出现。

有这样的职业,明明白白,然而人们是不以为奇的。

"白相"可以吃饭,劳动的自然就要饿肚,明明白白,然而人们也不以为奇。

但"吃白相饭"朋友倒自有其可敬的地方,因为他还直直落落的告诉人们说，"吃白相饭的！"

六月二十六日

（本篇最初发表于一九三三年六月二十九日《申报·自由谈》）

【赏读："吃白相饭"这种"职业"通过欺骗、威吓等下作手段为自己谋利，最后一走了之，实际上就是和地痞流氓一脉相承，属于一丘之貉。然而这种"吃白相饭"之人能够光明磊落的将其"经营"成一种正大光明的"职业"，还是有其可敬之处，因为其相对于以"正人君子"自居的学者、教授、官员之流，实质上他们的目的和所用的手段并无本质区别，而学者、官员之流却更多了一层虚伪的粉饰和一套冠冕堂皇的说辞。】

华德保粹优劣论

孺　牛

希特拉先生不许德国境内有别的党，连屈服了的国权党也难以幸存，这似乎颇感动了我们的有些英雄们，已在称赞其"大刀阔斧"。但其实这不过是他老先生及其之流的一面。另一面，他们是也很细针密缕的。有歌为证：

跳蚤做了大官了，

带着一伙各处走。

皇后宫嫔都害怕，

谁也不敢来动手。

即使咬得发了痒罢，

要挤烂它也怎么能够。

嗳哈哈，嗳哈哈，哈哈，嗳哈哈！

这是大家知道的世界名曲《跳蚤歌》的一节，可是在德国已被禁止了。当然，这绝不是为了尊敬跳蚤，乃是因为它讽刺大官；但也不是为了讽刺是"前世纪的老人的呓语"，却是为着这歌曲是"非德意志的"。华德大小英雄们，总不免偶有隔膜之处。

中华也是诞生细针密缕人物的所在，有时真能够想得入微，例如今年北平社会局呈请市政府查禁女人养雄犬文云：

"……查雌女雄犬相处，非仅有碍健康，更易发生无耻秽闻，揆之我国礼义之邦，亦为习俗所不许，谨特通令严禁，除门犬猎犬外，凡妇女带养之雄犬，斩之无赦，以为取缔。"

两国的立脚点，是都在"国粹"的，但中华的气魄却较为宏大，因为德国不过大家不能唱那一出歌而已，而中华则不但"雌女"难以蓄犬，连"雄犬"也将砍头。这影响于叭儿狗，是很大的。由保存自己的本能，和应时势之需要，它必将变成"门犬猎犬"模样。

六月二十六日

（本篇最初发表于一九三三年七月二日《申报·自由谈》）

华德焚书异同论

孺牛

德国的希特拉先生们一烧书，中国和日本的论者们都比之于秦始皇。然而秦始皇实在冤枉得很，他的吃亏是在二世而亡，一班帮闲们都替新主子去讲他的坏话了。

不错，秦始皇烧过书，烧书是为了统一思想。但他没有烧掉农书和医书；他收罗许多别国的"客卿"，并不专重"秦的思想"，倒是博采各种的思想的。秦人重小儿；始皇之母，赵女也，赵重妇人，所以我们从"剧秦"的遗文中，也看不见轻贱女人的痕迹。

希特拉先生们却不同了，他所烧的首先是"非德国思想"的书，没有容纳客卿的魄力；其次是关于性的书，这就是毁灭以科学来研究性道德的解放，结果必将使妇人和小儿沈沦在往古的地位，见不到光明。而可比于秦始皇的车同轨，书同文……之类的大事业，他们一点也做不到。

阿剌伯人攻陷亚历山德府的时候，就烧掉了那里的图书馆，那理论是：如果那些书籍所讲的道理，和《可兰经》相同，则已有《可兰经》，无须留了；倘使不同，则是异端，不该留了。这才是希特拉先生们的嫡派祖师——虽然阿剌伯人也是"非德国的"——和秦的烧书，是不能比较的。

但是结果往往和英雄们的豫算不同。始皇想皇帝传至万世，而偏偏二世而亡，赦免了农书和医书，而秦以前的这一类书，现在却偏偏一部也不剩。希特拉先生一上台，烧书，打犹太人，不可一世，连这里的黄脸干儿们，也听得兴高采烈，向被压迫者大加嘲笑，对讽刺文字放出讽刺的冷箭来——到底还明白的冷冷地讯问道：你们究竟要自由不要？不自由，无宁死。现在你们为什么不去拼死呢？

这回是不必二世，只有半年，希特拉先生的门徒们在奥国一被禁止，连党徽也改成三色玫瑰了。最有趣的是因为不准叫口号，大家就以手遮嘴，用了"掩口式"。

这真是一个大讽刺。刺的是谁，不问也罢，但可见讽刺也还不是"梦呓"，质之黄脸干儿们，不知以为何如？

六月二十八日

（本篇最初发表于一九三三年七月十一日《申报·自由谈》）

【赏读：在我国历史上，很少有像秦始皇一样受到那么多的攻击和辱骂的人。历代反动派为了反革命的需要，无不尊儒反法，把最恶毒的语言射向秦始皇。在这种尊儒反法的反动思想影响下，几千年来，形成了一种骂秦始皇的习惯势力。一些地主阶级的进步思想家和近代资产阶级革命者，曾经冲破了旧势力的束缚，肯定了秦始皇的历史功绩，甚至对他进行了热情的歌颂。

鲁迅杂文《华德焚书异同论》就是用马克思主义的立场、观点和方法，透过现象，抓住本质，正确评价秦始皇的光辉代表作。】

我谈"堕民"

越　客

六月二十九日的《自由谈》里，唐晴先生曾经讲到浙东的堕民，并且据《堕民猥谈》之说，以为是宋将焦光瓒的部属，因为降金，为时人所不齿，至明太祖，乃榜其门曰"丐户"，此后他们遂在悲苦和被人轻蔑的环境下过着日子。

我生于绍兴，堕民是幼小时候所常见的人，也从父老的口头，听到过同样的他们所以成为堕民的缘起。但后来我怀疑了。因为我想，明太祖对于元朝，尚且不肯放肆，他是绝不会来管隔一朝代的降金的宋将的；况且看他们的职业，分明还有"教坊"或"乐户"的余痕，所以他们的祖先，倒是明初的反抗洪武和永乐皇帝的忠臣义士也说不定。还有一层，是好人的子孙会吃苦，卖国者的子孙却未必变成堕民的，举出最近便的例子来，则岳飞的后裔还在杭州看守岳王坟，可是过着很穷苦悲惨的生活，然而秦桧，严嵩……的后人呢？……

不过我现在并不想翻这样的陈年账。我只要说，在绍兴的堕民，是一种已经解放了的奴才，这解放就在雍正年间罢，也说不定。所以他们是已经都有别的职业的了，自然是贱业。男人们是收旧货，卖鸡毛，捉青蛙，做戏；女的则每逢过年过节，到她所认为主人的家里去道喜，有庆吊事情就帮忙，在这里还留着奴才的皮毛，但事毕便走，而且有颇多的犒赏，就可见是曾经解放过的了。

每一家堕民所走的主人家是有一定的，不能随便走；婆婆死了，就使儿媳妇去，传给后代，恰如遗产的一般；必须非常贫穷，将走动的权利卖给了别人，这才和旧主人断绝了关系。假使你无端叫她不要来了，那就是等于给与她重大的侮辱。我还记得民国革命之后，我的母亲曾对一个堕民的女人说，"以后我们都一样了，你们可以不要来了。"不料她却勃然变色，愤愤的回答道："你说的是什么话？……我们是千年万代，要走下去的！"

117

就是为了一点点犒赏，不但安于做奴才，而且还要做更广泛的奴才，还得出钱去买做奴才的权利，这是堕民以外的自由人所万想不到的罢。

七月三日

（本篇最初发表于一九三三年七月六日《申报·自由谈》）

【赏读：鲁迅的杂文《我谈"堕民"》，主要谈了堕民的缘起和心态。鲁迅根据历来相传的朱元璋曾将堕民的家门挂上"丐户"的牌子等说法，大体相信堕民的缘起是与朱元璋或朱棣有关的，他不大同意堕民是宋将部属的后裔的说法，他说，"明太祖对于元朝，尚且不肯放肆，他是绝不会来管隔一朝代的降金的宋将的"，鲁迅的这一推测，应该是正确的，因为在明代以前的史料中，未曾发现过有关堕民的记载。鲁迅又推测，"他们的祖先，倒是明初的反抗洪武和永乐皇帝的忠臣义士也说不定"。鲁迅的这个说法，与"堕民是靖难之役抗命诸臣的子女"这一说法颇为相近。】

序的解放

桃 椎

一个人做一部书，"藏之名山，传之其人"，是封建时代的事，早已过去了。现在是二十世纪过了三十三年，地方是上海的租界上，做买办立刻享荣华，当文学家怎不马上要名利，于是乎有术存焉。

那术，是自己先决定自己是文学家，并且有点儿遗产或津贴。接着就自开书店，自办杂志，自登文章，自做广告，自报消息，自想花样……然而不成，诗的解放，先已有人，词的解放，只好骗鸟，于是乎"序的解放"起矣。

夫序，原是古已有之，有别人做的，也有自己做的。但这未免太迂，不合于"新时代"的"文学家"的胃口。因为自序难于吹牛，而别人来做，也不见得定规拍马，那自然只好解放解放，即自己替别人来给自己的东西作序，术语曰"摘录来信"，真说得好像锦上添花。"好评一束"还须附在后头，代序却一开卷就看见一大番颂扬，仿佛名角一登场，满场就大喝一声采，何等有趣。倘是戏子，就得先买许多留声机，自己将"好"叫进去，待到上台时候，一面一齐开起来。

可是这样的玩意儿给人戳穿了又怎么办呢？也有术的。立刻装出"可怜"相，说自己既无党派，也不借主义，又没有帮口，"向来不敢狂妄"，毫没有"座谈"时候的摇头摆尾的得意忘形的气味儿了，倒好象别人乃是反动派，杀人放火主义，青帮红帮，来欺侮了这位文弱而有天才的公子哥儿似的。

更有效的是说，他的被攻击，实乃因为"能力薄弱，无法满足朋友们之要求"。我们倘不知道这位"文学家"的性别，就会疑心到有许多有党派或帮口的人们，向他屡次的借钱，或向她使劲的求婚或什么，"无法满足"，遂受了冤枉的报复的。

但我希望我的话仍然无损于"新时代"的"文学家"，也"摘"出一条"好评"来，作为"代跋"罢：

"'藏之名山，传之其人'，早已过去了。二十世纪，有术存焉，词的解放，解放解放，锦上添花，何等有趣？可是别人乃是反动派，来欺侮这位文弱而有天才的公子，实乃因为'能力薄弱，无法满足朋友们的要求'，遂受了冤枉的报复的，无损于'新时代'的'文学家'也。"

七月五日

　　（本篇最初发表于一九三三年七月七日《申报·自由谈》）

　　【赏读：本篇最初发表于一九三三年七月七日《申报·自由谈》。"藏之名山，传之其人"语出西汉司马迁《报任少卿书》："仆诚以著此书（按指《史记》），藏诸名山，传之其人。"《文选》卷四十一选此文，唐代刘良注："当时无圣人可以示之，故深藏之名山。"】

别一个窃火者

　　火的来源，希腊人以为是普洛美修斯从天上偷来的，因此触了大神宙斯之怒，将他锁在高山上，命一只大鹰天天来啄他的肉。

　　非洲的土人瓦仰安提族也已经用火，但并不是由希腊人传授给他们的。他们另有一个窃火者。

　　这窃火者，人们不能知道他的姓名，或者早被忘却了。他从天上偷了火来，传给瓦仰安提族的祖先，因此触了大神大拉斯之怒，这一段，是和希腊古传相象的。但大拉斯的办法却两样了，并不是锁他在山巅，却秘密的将他锁在暗黑的地窖子里，不给一个人知道。派来的也不是大鹰，而是蚊子，跳蚤，臭虫，一面吸他的血，一面使他皮肤肿起来。这时还有蝇子们，是最善于寻觅创伤的脚色，嗡嗡的叫，拼命的吸吮，一面又拉许多蝇粪在他的皮肤上，来证明他是怎样地一个不干净的东西。

　　然而瓦仰安提族的人们，并不知道这一个故事。他们单知道火乃酋长的祖先所发明，给酋长作烧死异端和烧掉房屋之用的。

　　幸而现在交通发达了，非洲的蝇子也有些飞到中国来，我从它们的嗡嗡营营声中，听出了这一点点。

七月八日

（本篇最初发表于一九三三年七月九日《申报·自由谈》）

【赏读：此文篇幅虽短，却寓意深刻，讽刺意味浓厚。虽然无法确认所谓"别一个窃火者"是真有其传说还是作者自创而假托非洲部族，也无法确认此文是否针对特定的人事而作，现仅从其字面意思，做一分析解读：首先，从普罗米修斯和"别一个窃火者"的相同点来分析，两者都是为了盗火而造福人类，且都因此而受到残酷的惩罚，由此可见"别一个窃火者"也和普罗米修斯一般，是应当永久受到人们尊敬和怀念的英雄、伟人。其次，从两者的不同点来分析，普罗米修斯虽然受到惩罚且极其残酷，但也算得上正大光明，和其英雄的身份相匹配，而"别一个窃火者"却是被"蚊子，跳蚤，臭虫和苍蝇"所攻击和迫害，此处"蚊子，跳蚤，臭虫和苍蝇"比喻社会上那些为数众多的卑鄙小人，这些人粗俗肤浅、卑鄙下流，却又自鸣得意、沾沾自喜，出于其嫉妒的阴暗心理，专门以攻击迫害英雄为乐，手段无所不用其极，当"别一个窃火者"受到这样的迫害，其窝囊憋屈可想而知，其肉体的痛苦或许比不上普罗米修斯，但精神上的折磨却惨烈无比。当一个民族产生了"别一个窃火者"这样的英雄，却不知道尊重和珍惜，任其受到这样的侮辱和迫害，甚至遗忘了英雄的功绩，将英雄冒死盗出的火作为行私利己和迫害他人的工具，那么这个民族就是没有发展希望的野蛮民族，就和非洲的瓦仰安提族一样，这或许就是作者要表达的深意所在。】

智识过剩

虞　明

世界因为生产过剩，所以闹经济恐慌。虽然同时有三千万以上的工人挨饿，但是粮食过剩仍旧是"客观现实"，否则美国不会赊借麦粉给我们，我们也不会"丰收成灾"。

然而智识也会过剩的，智识过剩，恐慌就更大了。据说中国现行教育在乡间提倡愈甚，则农村之破产愈速。这大概是智识的丰收成灾了。美国因为棉花贱，所以在铲棉田了。中国却应当铲智识。这是西洋传来的妙法。

西洋人是能干的。五六年前，德国就嚷着大学生太多了，一些政治家和教育家，大声疾呼的劝告青年不要进大学。现在德国是不但劝告，而且实行铲除智识了：例如放火烧毁一些书籍，叫作家把自己的文稿吞进肚子去，还有，就是把一群群的大学生关在营房里做苦工，这叫做"解决失业问题"。中国不是也嚷着文法科的大学生过剩吗？其实何止文法科。就是中学生也太多了。要用"严厉的"会考制度，像铁扫帚似的——刷，刷，刷，把大多数的智识青年刷回"民间"去。

智识过剩何以会闹恐慌？中国不是百分之八九十的人还不识字吗？然而智识过剩始终是"客观现实"，而由此而来的恐慌，也是"客观现实"。智识太多了，不是心活，就是心软。心活就会胡思乱想，心软就不肯下辣手。结果，不是自己不镇静，就是妨害别人的镇静。于是灾祸就来了。所以智识非铲除不可。

然而单是铲除还是不够的。必须予以适合实用之教育，第一，是命理学——要乐天知命，命虽然苦，但还是应当乐。第二，是识相学——要"识相点"，知道点近代武器的利害。至少，这两种适合实用的学问是要赶快提倡的。提倡的方法很简单——古代一个哲学家反驳唯心论，他说，你要是怀疑这碗麦饭的物质是否存在，那最好请你吃下去，看饱不饱。现在譬如说罢，要叫人懂得电学，最好是使他触电，看痛不痛；要叫人知道飞机等类的效用，最好是在他头上驾起飞机，掷下炸弹，看死不死……

有了这样的实用教育，智识就不过剩了。亚门！

七月十二日

（本篇最初发表于一九三三年七月十六日《申报·自由谈》）

【赏读：作者解释了"智识过剩"会导致"恐慌"的原因：智识太多会导致"心活"或者"心软"，而"心活"和"心软"会导致自己和他人不"镇静"，从而引来"灾祸"。这是对当权者的讽刺，是对其的诛心之言。其实，在当权者看来，人有了智识，就会眼宽心活，不甘于被奴役被压迫，就有推翻其专制反动统治的危险，这就是作者所谓的"不是自己不镇静，就是妨害别人的镇静。于是灾祸就来了。"实际上，这也是中国历来采用愚民政策的根本原因。

作者以当权者的立场，所设想出的"巩固措施"，这就是推行"命理学"和"识相学"两种教育，"命理学"就是让民众认命而甘受奴役，"识相学"就是让民众识相点，别不知天高地厚，妄图改变现有的社会状态，而推行方式就是通过暴力统治和血腥镇压，亦即作者所谓的"古代一个哲学家反驳唯心论"的方法。

最后，作者以讽刺的语气，描摹当权者的口吻，把当权者害怕民众觉醒而推翻自己统治的思想和心态表现的活灵活现。】

诗和豫言

豫言总是诗，而诗人大半是豫言家。然而豫言不过诗而已，诗却往往比豫言还灵。

例如辛亥革命的时候，忽然发现了：

"手执钢刀九十九，杀尽胡儿方罢手。"

这几句《推背图》里的预言，就不过是"诗"罢了。那时候，何尝只有九十九把钢刀？还是洋枪大炮来得厉害：该着洋枪大炮的后来毕竟占了上风，而只有钢刀的却吃了大亏。况且当时的"胡儿"，不但并未"杀尽"，而且还受了优待，以至于现在还有"伪"溥仪出风头的日子。所以当做豫言看，这几句歌诀其实并没有应验——死板的照着这类豫言去干，往往要碰壁，好比前些时候，有人特别打了九十九把钢刀，去送给前线的战士，结果，只不过在古北口等处流流血，给人证明国难的不可抗性——倒不如把这种豫言歌诀当做"诗"看，还可以"以意逆志，自谓得之"。

至于诗里面，却的确有着极深刻的豫言。我们要找豫言，与其读《推背图》，不如读诗人的诗集。也许这个年头又是应当发现什么的时候了罢，居然找着了这么几句：

"此辈封狼从瘐狗，生平猎人如猎兽，

万人一怒不可回，会看太白悬其首。"

汪精卫著《双照楼诗词稿》：译嚣俄之《共和二年之战士》

这怎么叫人不"拍案叫绝"呢？这里"封狼从瘐狗"，自己明明是畜生，却偏偏把人当做畜生看待：畜生打猎，而人反而被猎！"万人"的愤怒的确是不可挽回的了。嚣俄这诗，是说的一七九三年（法国第一共和二年）的帝制党，他没有料到一百四十年之后还会有这样的应验。

汪先生译这几首诗的时候，不见得会想到二三十年之后中国已经是白话的世界。现在，懂得这种文言诗的人越发少了，这很可惜。

然而豫言的妙处，正在似懂非懂之间，叫人在事情完全应验之后，方才"恍然大悟"。这所谓"天机不可泄漏也"。

七月二十日

（本篇最初发表于一九三三年七月二十三日《申报·自由谈》）

【赏读：作者首先提出自己的观点，所谓"豫言总是诗"是指豫言表现形式往往是诗，而何以"诗人大半是豫言家"？因为"诗却往往比豫言还灵"，后文对此举例说明。"豫言不过诗而已"是说正经的豫言的内容其实并不灵验，只剩下"诗"的外壳供人鉴赏，所以也不过是诗而已，通过列举《推背图》中的两句豫言来证明前文"豫言总是诗"，并且"豫言不过诗而已"的论断。"手执钢刀九十九，杀尽胡儿方罢手"本是豫言，却是以诗句的形式来表现，然而从豫言内容看，既无"九十九把钢刀"，钢刀杀胡也无效果，而且"胡儿"不仅未"杀尽"反而受到优待，可以说其内容和事实甚至截然相反，所以只能当纯粹的"诗"来鉴赏。以上的分析议论中包含着对当时国民党政府不抵抗政策的讽刺。】

"推"的余谈

丰之余

看过了《第三种人的"推"》，使我有所感：的确，现在"推"的工作已经加紧，范围也扩大了。三十年前，我也常坐长江轮船的统舱，却还没有这样的"推"得起劲。

那时候，船票自然是要买的，但无所谓"买铺位"，买的时候也有，然而是另外一回事。假如你怕占不到铺位，一早带着行李下船去罢，统舱里全是空铺，只有三五个人们。但要将行李搁下空铺去，可就窒碍难行了，这里一条扁担，那里一束绳子，这边一卷破席，那边一件背心，人们中就跑出一个人来说，这位置是他所占有的。但其时可以开会议，崇和平，买他下来，最高的价值大抵是八角。假如你是一位战斗的英雄，可就容易对付了，只要一声不响，坐在左近，待到铜锣一响，轮船将开，这些地盘主义者便抓了扁担破席之类，一溜烟都逃到岸上去，抛下了卖剩的空铺，一任你悠悠然搁上行李，打开睡觉了。倘或人浮于铺，没法容纳，我们就睡在铺旁，船尾，"第三种人"是不来"推"你的。只有歇在房舱门外的人们，当账房查票时却须到统舱里去避一避。

至于没有买票的人物，那是要被"推"无疑的。手续是没收物品之后，吊在桅杆或什么柱子上，作要打之状，但据我的目击，真打的时候是极少的，这样的到了最近的码头，便把他"推"上去。据茶房说，也可以"推"入货舱，运回他下船的原处，但他们不想这么做，因为"推"上最近的码头，他究竟走了一个码头，一个一个的"推"过去，虽然吃些苦，后来也就到了目的地了。

古之"第三种人"，好像比现在的仁善一些似的。

生活的压迫，令人烦冤，胡涂中看不清冤家，便以为家人路人，在阻碍了他的路，于是乎"推"。这不但是保存自己，而且是憎恶别人了，这类人物一阔气，出来的时候是要"清道"的。

我并非眷恋过去，不过说，现在"推"的工作已经加紧，范围也扩大了罢了。但愿未来的阔人，不至于把我"推"上"反动"的码头去——则幸甚矣。

七月二十四日

（本篇最初发表于一九三三年七月二十七日《申报·自由谈》）

【赏读：关于"推"的文章，鲁迅写了两篇，《推》和《推的余谈》，前一篇文章，写的是强者把弱者推倒，依然若无其事的该干啥继续干啥，如果说被强者推倒，只能说明是技不如人，认栽了；然而，更多的人并不是被强者推倒，推倒他们的，却是那些强者的走狗，他们被这些走狗们推到无路可走。】

查旧账

旅 隼

这几天，听涛社出了一本《肉食者言》，是现在的在朝者，先前还是在野时候的言论，给大家"听其言而观其行"，知道先后有怎样的不同。那同社出版的周刊《涛声》里，也常有同一意思的文字。

这是查旧账，翻开账簿，打起算盘，给一个结算，问一问前后不符，是怎么的，确也是一种切实分明，最令人腾挪不得的办法。然而这办法之在现在，可未免太"古道"了。

古人是怕查这种旧账的，蜀的韦庄穷困时，做过一篇慷慨激昂，文字较为通俗的《秦妇吟》，真弄得大家传诵，待到他显达之后，却不但不肯编入集中，连人家的钞本也想设法消灭。当时不知道成绩如何，但看清朝末年，又从敦煌的山洞中掘出了这诗的钞本，就可见是白用心机了的，然而那苦心却也还可以想见。

不过这是古之名人。常人就不同了，他要抹杀旧账，必须砍下脑袋，再行投胎。斩犯绑赴法场的时候，大叫道："过了二十年，又是一条好汉！"为了另起炉灶，从新做人，非经过二十年不可，真是麻烦得很。

不过这是古今之常人。今之名人就又不同了，他要抹杀旧账，从新做人，比起常人的方法来，迟速真有邮信和电报之别。不怕迟缓一点的，就出一回洋，造一个寺，生一场病，游几天山；要快，则开一次会，念一卷经，演说一通，宣言一下，或者睡一夜觉，做一首诗也可以；要更快，那就自打两个嘴巴，淌几滴眼泪，也照样能够另变一人，和"以前之我"绝无关系。净坛将军摇身一变，化为鲫鱼，在女妖们的大腿间钻来钻去，作者或自以为写得出神入化，但从现在看起来，是连新奇气息也没有的。

如果这样变法，还觉得麻烦，那就白一白眼，反问道："这是我的账？"如果还嫌麻烦，那就眼也不白，问也不问，而现在所流行的却大抵是后一法。

"古道"怎么能再行于今之世呢？竟还有人主张读经，真不知是什么意思？然而过了一夜，说不定会主张大家去当兵的，所以我现在经也没有买，恐怕明天兵也未必当。

七月二十五日

（本篇最初发表于一九三三年七月二十九日《申报·自由谈》）

【赏读：《肉食者言》，原书作《食肉者言》，马成章编，一九三三年七月上海听涛社出版。内收吴稚晖和现代评论派唐有壬、高一涵、周鲠生等人数年前所写的攻击北洋政府的文章十数篇。这书出版的用意，是在显示吴稚晖等当时的行为和以前的言论完全不符，因为当时吴稚晖已成为蒋介石的帮凶，唐有壬等也大都出任国民党政府的高级官吏。"肉食者"，指居高位，享厚禄的人，语见《左传》庄公十年："肉食者鄙，未能远谋。"作者认为，《肉食者言》一书所用手段是一种"查旧账"的方法，其目的在于揭露那些言论前后不一致之人，至于其效果，作者认为仅仅是对古人有用，对现代人却过时了，也就是作者所谓的太"古道"了，并对此进行了举例说明。本文实际上是对当时政要、名流言行不一、前后矛盾、假模假式的煽情和作秀的讽刺。】

晨凉漫记

孺　牛

关于张献忠的传说，中国各处都有，可见是大家都很以他为奇特的，我先前也便是很以他为奇特的人们中的一个。

儿时见过一本书，叫作《无双谱》，是清初人之作，取历史上极特别无二的人物，各画一像，一面题些诗，但坏人好像是没有的。因此我后来想到可以择历来极其特别，而其实是代表着中国人性质之一种的人物，作一部中国的"人史"，如英国嘉勒尔的《英雄及英雄崇拜》，美国亚懋生的《伟人论》那样。惟须好坏俱有，有啮雪苦节的苏武，舍身求法的玄奘，有"鞠躬尽瘁，死而后已"的孔明，但也有呆信古法，"死而后已"的王莽，有半当真半取笑的变法的王安石；张献忠当然也在内。但现在是毫没有动笔的意思了。

《蜀碧》一类的书，记张献忠杀人的事颇详细，但也颇散漫，令人看去仿佛他是像"为艺术而艺术"的一样，专在"为杀人而杀人"了。他其实是别有目的的。他开初并不很杀人，他何尝不想做皇帝。后来知道李自成进了北京，接着是清兵入关，自己只剩了没落这一条路，于是就开手杀，杀……他分明的感到，天下已没有自己的东西，现在是在毁坏别人的东西了，这和有些末代的风雅皇帝，在死前烧掉了祖宗或自己所搜集的书籍古董宝贝之类的心情，完全一样。他还有兵，而没有古董之类，所以就杀，杀，杀人，杀……

但他还要维持兵，这实在不过是维持杀。他杀得没有平民了，就派许多较为心腹的人到兵们中间去，设法窃听，偶有怨言，即跃出执之，戮其全家（他的兵像是有家眷的，也许就是掳来的妇女）。以杀治兵，用兵来杀，自己是完了，但要这样的达到一同灭亡的末路。我们对于别人的或公共的东西，不是也不很爱惜的么？

所以张献忠的举动，一看虽然似乎古怪，其实是极平常的。古怪的倒是那些被杀的人们，怎么会总是束手伸颈的等他杀，一定要清朝的肃王来射死他，这才作为奴才而得救，而还说这是前定，就是所谓"吹箫不用竹,一箭贯当胸"。但我想,这豫言诗是后人造出来的,我们不知道那时的人们真是怎么想。

七月二十八日

(本篇最初发表于一九三三年八月一日《申报·自由谈》)

【赏读:鲁迅在《晨凉漫记》里说,张献忠看到李自成进了京,清兵进了关,自己只剩下没落一途,便开手杀人。鲁迅说:"他杀得没有平民了,就派许多较为心腹的人到兵们中间去,设法窃听,偶有怨言,即跃出执之,戮其全家(他的兵像是有家眷的,也许就是掳来的妇女)。以杀治兵,用兵来杀。"这是鲁迅看了《蜀碧》一类关于张献忠屠蜀的书,留下的印象。鲁迅是相信张献忠"嗜杀"的,并推测了张献忠嗜杀的原因。鲁迅还把张献忠剥人皮的方法,称为中国剥皮史上的一式——"张献忠式",与朱元璋的"剥皮实草"和"孙可望式"并列。】

中国的奇想

游 光

外国人不知道中国，常说中国人是专重实际的。其实并不，我们中国人是最有奇想的人民。

无论古今，谁都知道，一个男人有许多女人，一味纵欲，后来是不但天天喝三鞭酒也无效，简直非"寿（？）终正寝"不可的。可是我们古人有一个大奇想，是靠了"御女"，反可以成仙，例子是彭祖有多少女人而活到几百岁。这方法和炼金术一同流行过，古代书目上还剩着各种的书名。不过实际上大约还是到底不行罢，现在似乎再没有什么人们相信了，这对于喜欢渔色的英雄，真是不幸得很。

然而还有一种小奇想。那就是哼的一声，鼻孔里放出一道白光，无论路的远近，将仇人或敌人杀掉。白光可又回来了，摸不着是谁杀的，既然杀了人，又没有麻烦，多么舒适自在。这种本领，前年还有人想上武当山去寻求，直到去年，这才用大刀队来替代了这奇想的位置。现在是连大刀队的名声也寂寞了。对于爱国的英雄，也是十分不幸的。

然而我们新近又有了一个大奇想。那是一面救国，一面又可以发财，虽然各种彩票，近似赌博，而发财也不过是"希望"。不过这两种已经关联起来了却是真的。固然，世界上也有靠聚赌抽头来维持的摩那科王国，但就常理说，则赌博大概是小则败家，大则亡国；救国呢，却总不免有一点牺牲，至少，和发财之路总是相差很远的。然而发见了一致之点的是我们现在的中国，虽然还在试验的途中。

然而又还有一种小奇想。这回不用一道白光了，要用几回启事，几封匿名的信件，几篇化名的文章，使仇头落地，而血点一些也不会溅着自己的洋房和洋服。并且映带之下，使自己成名获利。这也还在试验的途中，不知道结果怎么样，但翻翻现成的文艺史，看不见半个这样的人物，那恐怕也还是枉用心机的。

狂赌救国，纵欲成仙，袖手杀敌，造谣买田，倘有人要编续《龙文鞭影》的，我以为不妨添上这四句。

八月四日

（本篇最初发表于一九三三年八月六日《申报·自由谈》）

【赏读：鲁迅在《中国的奇想》（收入《准风月谈》）中谈到当时一些人的救国理论：狂赌救国，这是影射国民党颁发的"航空公路建设奖券"，我们可以引申一切当时冠冕堂皇的官方救国术，从北洋军阀到国民政府，从议会革命到扩扩军备战，结果如何，大家可以去查资料。

纵欲成仙，是批评古人的御女养生术以求长寿的，可以引申为当时复古顽固势力还很强硬，鼓吹复古救国，抵制西潮，以致弄出许多荒唐事，时任教务总长章士钊的《甲寅》杂志就是当时的遗老阵地。这是遗老的救国术。

袖手杀敌，这个典故从中国话本仙侠小说传承过来，剑侠口吐白光就能杀敌于千里之外，可以引申为民间救国术（即平民救国术），最好的例子就是义和拳运动。在那个新旧冲突的年代、文化转型期、正治暧昧、民生凋敝的时代，你们认为什么才是"有用"的救国术？

毫无疑问，鲁迅是极力反对一些中国传统文化。你们也没必要在扶乩、推背图、风水、裹脚、包办婚姻、吃人礼教、江湖郎中这些"正统文化"上扣上光环，没错，鲁迅反对的就是这些！反对的就是这些"文化"。】

豪语的折扣

苇　索

豪语的折扣其实也就是文学上的折扣，凡作者的自述，往往须打一个扣头，连自白其可怜和无用也还是并非"不二价"的，更何况豪语。

仙才李太白的善作豪语，可以不必说了；连留长了指甲，骨瘦如柴的鬼才李长吉，也说"见买若耶溪水剑，明朝归去事猿公"起来，简直是毫不自量，想学刺客了。这应该折成零，证据是他到底并没有去。南宋时候，国步艰难，陆放翁自然也是慷慨党中的一个，他有一回说："老子犹堪绝大漠，诸君何至泣新亭。"他其实是去不得的，也应该折成零——但我手头无书，引诗或有错误，也先打一个折扣在这里。

其实，这故作豪语的脾气，正不独文人为然，常人或市侩，也非常发达。市上甲乙打架，输的大抵说："我认得你的！"这是说，他将如伍子胥一般，誓必复仇的意思。不过总是不来的居多，倘是智识分子呢，也许另用一些阴谋，但在粗人，往往这就是斗争的结局，说的是有口无心，听的也不以为意，久成为打架收场的一种仪式了。

旧小说家也早已看穿了这局面，他写暗娼和别人相争，照例攻击过别人的偷汉之后，就自序道："老娘是指头上站得人，臂膊上跑得马……"底下怎样呢？他任别人去打折扣。他知道别人是决不那么胡涂，会十足相信的，但仍得这么说，恰如卖假药的，包纸上一定印着"存心欺世，雷殛火焚"一样，成为一种仪式了。

但因时势的不同，也有立刻自打折扣的。例如在广告上，我们有时会看见自说"我是坐不改名，行不改姓的人"，真要蓦地发生一种好像见了《七侠五义》中人物一般的敬意，但接着就是"纵令有时用其他笔名，但所发表文章，均自负责"，却身子一扭，土行孙似的不见了。予岂好"用其他笔名"哉？予不得已也。上海原是中国的一部分，当然受着孔子的教化的。便是商家，柜内的"不二价"的金字招牌也时时和屋外"大廉价"的大旗互相辉映，不过他总有一个缘故：不是提倡国货，就是纪念开张。

所以，自打折扣，也还是没有打足的，凡"老上海"，必须再打它一下。

八月四日

（本篇最初发表于一九三三年八月八日《申报·自由谈》）

【赏读：鲁迅的杂文可以说把汉语的表意、抒情功能发挥到了极致。同时，鲁迅杂文的语言又是反规范的，他仿佛故意地破坏语法规则，违反常规法，制造一种不和谐的"拗体"，以打破讲言对思想的束缚，用以达到荒诞、奇峻的美学效果。这都是鲁迅为表达自己对外部事物的独特反映、内心世界的"离奇和荒芜"所需要的。在鲁迅杂文中，他有时将含义相反的或不相容的词组织在一起，于不合逻辑中显示深刻。】

踢

丰之余

两月以前，曾经说过"推"，这回却又来了"踢"。

本月九日《申报》载六日晚间，有漆匠刘明山，杨阿坤，顾洪生三人在法租界黄浦滩太古码头纳凉，适另有数人在左近聚赌，由巡逻警察上前驱逐，而刘，顾两人，竟被俄捕弄到水里去，刘明山竟淹死了。由俄捕说，自然是"自行失足落水"的。但据顾洪生供，却道："我与刘，杨三人，同至太古码头乘凉，刘坐铁凳下地板上，我立在旁边，俄捕来先踢刘一脚，刘已立起要避开，又被踢一脚，以致跌入浦中，我要拉救，已经不及，乃转身拉住俄捕，亦被用手一推，我亦跌下浦中，经人救起的。"推事问："为什么要踢他？"答曰："不知。"

"推"还要抬一抬手，对付下等人是犯不着如此费事的，于是乎有"踢"。而上海也真有"踢"的专家，有印度巡捕，有安南巡捕，现在还添了白俄巡捕，他们将沙皇时代对犹太人的手段，到我们这里来施展了。我们也真是善于"忍辱负重"的人民，只要不"落浦"，就大抵用一句滑稽化的话道："吃了一只外国火腿。"一笑了之。

苗民大败之后，都往山里跑，这是我们的先帝轩辕氏赶他的。南宋败残之余，就往海边跑，这据说也是我们的先帝成吉思汗赶他的，赶到临了，就是陆秀夫背着小皇帝，跳进海里去。我们中国人，原是古来就要"自行失足落水"的。

有些慷慨家说，世界上只有水和空气给与穷人。此说其实是不确的，穷人在实际上，那里能够得到和大家一样的水和空气。即使在码头上乘乘凉，也会无端被"踢"，送掉性命的：落浦。要救朋友，或拉住凶手罢，"也被用手一推"：也落浦。如果大家来相帮，那就有"反帝"的嫌疑了，"反帝"原未为中国所禁止的，然而要豫防"反动分子乘机捣乱"，所以结果还是免不了"踢"和"推"，

也就是终于是落浦。

时代在进步，轮船飞机，随处皆是，假使南宋末代皇帝而生在今日，是决不至于落海的了，他可以跑到外国去，而小百姓以"落浦"代之。

这理由虽然简单，却也复杂，故漆匠顾洪生曰："不知。"

八月十日

（本篇最初发表于一九三三年八月十三日《申报·自由谈》）

【赏读：在面对强势的暴力和欺压时，选择容忍退让并不能换来一时的苟安，甚至连最基本的生存权利也无法保障，还是会被"踢"而"落浦"。然而对实施"踢"的俄捕奋起反抗也最终免不了被"踢"，因为"当局"和"俄捕"都是一丘之貉，虽然明面上不反对"反帝"，却暗里地以"豫防反动分子乘机捣乱"为借口进行镇压，这是对当时国民党政府不抵抗政策的讽刺。】

"中国文坛的悲观"

旅　隼

　　文雅书生中也真有特别善于下泪的人物，说是因为近来中国文坛的混乱，好像军阀割据，便不禁"呜呼"起来了，但尤其痛心诬陷。

　　其实是作文"藏之名山"的时代一去，而有一个"坛"，便不免有斗争，甚而至于漫骂，诬陷的。明末太远，不必提了；清朝的章实斋和袁子才，李莼客和赵㧑叔，就如水火之不可调和；再近些，则有《民报》和《新民丛报》之争，《新青年》派和某某派之争，也都非常猛烈。当初又何尝不使局外人摇头叹气呢，然而胜负一明，时代渐远，战血为雨露洗得干干净净，后人便以为先前的文坛是太平了。在外国也一样，我们现在大抵只知道器俄和霍普德曼是卓卓的文人，但当时他们的剧本开演的时候，就在戏场里捉人，打架，较详的文学史上，还载着打架之类的图。

　　所以，无论中外古今，文坛上是总归有些混乱，使文雅书生看得要"悲观"的。但也总归有许多所谓文人和文章也者一定灭亡，只有配存在者终于存在，以证明文坛也总归还是干净的处所。增加混乱的倒是有些悲观论者，不施考察，不加批判，但用"彼亦一是非，此亦一是非"的论调，将一切作者，诋为"一丘之貉"。这样子，扰乱是永远不会收场的。然而世间却并不都这样，一定会有明明白白的是非之别，我们试想一想，林琴南攻击文学革命的小说，为时并不久，现在那里去了？

　　只有近来的诬陷，倒像是颇为出色的花样，但其实也并不比古时候更厉害，证据是清初大兴文字之狱的遗闻。况且闹这样玩意的，其实并不完全是文人，十中之九，乃是挂了招牌，而无货色，只好化为黑店，出卖人肉馒头的小盗；即使其中偶然有曾经弄过笔墨的人，然而这时却正是露出原形，在告白他自己的没落，文坛决不因此混乱，倒是反而越加清楚，越加分明起来了。

历史决不倒退，文坛是无须悲观的。悲观的由来，是在置身事外不辨是非，而偏要关心于文坛，或者竟是自己坐在没落的营盘里。

八月十日

（本篇最初发表于一九三三年八月十四日《申报·自由谈》）

【赏读：文坛的争斗是不可避免的而且是正常现象，尽管文坛有纷争，但通过争斗也将是非曲直的争辩剖析得清楚明白，犹如大浪淘沙，一切都将显现出其最真实的面目供后人评判，所以文坛上的纷争往往还是有其促进作用的，只有那些片面的极端的认为文坛混乱且不加辨别剖析而一棍子打倒的人，才正是增加文坛混乱的主要因素，实际上这也正是对文坛的一种"诬陷"。诬陷文坛的人的身份往往是挂了文人招牌的"小盗"，并进一步指出这种诬陷虽然手段翻新、花样百出，但除了显露其原形外，对文坛的打击并不有效，甚至起到相反效果。】

秋夜纪游

游 光

秋已经来了，炎热也不比夏天小，当电灯替代了太阳的时候，我还是在马路上漫游。

危险？危险令人紧张，紧张令人觉到自己生命的力。在危险中漫游，是很好的。

租界也还有悠闲的处所，是住宅区。但中等华人的窟穴却是炎热的，吃食担，胡琴，麻将，留声机，垃圾桶，光着的身子和腿。相宜的是高等华人或无等洋人住处的门外，宽大的马路，碧绿的树，淡色的窗幔，凉风，月光，然而也有狗子叫。

我生长农村中，爱听狗子叫，深夜远吠，闻之神怡，古人之所谓"犬声如豹"者就是。倘或偶经生疏的村外，一声狂嗥，巨獒跃出，也给人一种紧张，如临战斗，非常有趣的。

但可惜在这里听到的是吧儿狗。它躲躲闪闪，叫得很脆：汪汪！

我不爱听这一种叫。

我一面漫步，一面发出冷笑，因为我明白了使它闭口的方法，是只要去和它主子的管门人说几句话，或者抛给它一根肉骨头。这两件我还能的，但是我不做。

它常常要汪汪。

我不爱听这一种叫。

我一面漫步，一面发出恶笑了，因为我手里拿着一粒石子，恶笑刚敛，就举手一掷，正中了它的鼻梁。

呜的一声，它不见了。我漫步着，漫步着，在少有的寂寞里。

秋已经来了，我还是漫步着。叫呢，也还是有的，然而更加躲躲闪闪了，声音也和先前不同，距离也隔得远了，连鼻子都看不见。

我不再冷笑，不再恶笑了，我漫步着，一面舒服的听着它那很脆的声音。

八月十四日

（本篇最初发表于一九三三年八月十六日《申报·自由谈》）

　　【赏读：鲁迅笔下的秋夜是富于张力的。奇怪而高的夜空有冷眼的星星；细小的红花在凉风中瑟缩着做一个来春的梦；还有枣树铁一样默默直刺向夜空，月亮便窘得发白。这些拟人，所带来的并不是灵动，神奇的感受；也非凄清萧索。大概是一种冷冷的感觉。好像与这现世并不相连。它们自立于世界之外，并对万物投以冷眼。】

"揩 油"

"揩油"，是说明着奴才的品行全部的。

这不是"取回扣"或"取佣钱"，因为这是一种秘密；但也不是偷窃，因为在原则上，所取的实在是微乎其微。因此也不能说是"分肥"；至多，或者可以谓之"舞弊"罢。然而这又是光明正大的"舞弊"，因为所取的是豪家，富翁，阔人，洋商的东西，而且所取又不过一点点，恰如从油水汪汪的处所，揩了一下，于人无损，于揩者却有益的，并且也不失为损富济贫的正道。设法向妇女调笑几句，或乘机摸一下，也谓之"揩油"，这虽然不及对于金钱的名正言顺，但无大损于被揩者则一也。

表现得最分明的是电车上的卖票人。纯熟之后，他一面留心着可揩的客人，一面留心着突来的查票，眼光都练得像老鼠和老鹰的混合物一样。付钱而不给票，客人本该索取的，然而很难索取，也很少见有人索取，因为他所揩的是洋商的油，同是中国人，当然有帮忙的义务，一索取，就变成帮助洋商了。这时候，不但卖票人要报你憎恶的眼光，连同车的客人也往往不免显出以为你不识时务的脸色。

然而彼一时，此一时，如果三等客中有时偶缺一个铜元，你却只好在目的地以前下车，这时他就不肯通融，变成洋商的忠仆了。

在上海，如果同巡捕，门丁，西崽之类闲谈起来，他们大抵是憎恶洋鬼子的，他们多是爱国主义者。然而他们也像洋鬼子一样，看不起中国人，棍棒和拳头和轻蔑的眼光，专注在中国人的身上。

"揩油"的生活有福了。这手段将更加展开，这品格将变成高尚，这行为将认为正当，这将算是国民的本领，和对于帝国主义的复仇。打开天窗说亮话，其实，所谓"高等华人"也者，也何尝逃得出这模子。

但是，也如"吃白相饭"朋友那样，卖票人是还有他的道德的。

倘被查票人查出他收钱而不给票来了，他就默然认罚，决不说没有收过钱，将罪案推到客人身上去。

八月十四日

（本篇最初发表于一九三三年八月十七日《申报·自由谈》）

【赏读：作者在此说明了'揩油'既是秘密的行动同时又是光明正大、无关紧要的窃取，男人吃女人豆腐的轻佻行为也是'揩油'，女人被物化，如同物品金钱一般，从中得到好处，隐含社会对女性的歧视与不尊重。后来，"揩油"喻指一切占小便宜的行为。】

我们怎样教育儿童的？

旅　隼

看见了讲到"孔乙己"，就想起中国一向怎样教育儿童来。

现在自然是各式各样的教科书，但在村塾里也还有《三字经》和《百家姓》。清朝末年，有些人读的是"天子重英豪，文章教尔曹，万般皆下品，惟有读书高"的《神童诗》，夸着"读书人"的光荣；有些人读的是"混沌初开，乾坤始奠，轻清者上浮而为天，重浊者下凝而为地"的《幼学琼林》，教着做古文的滥调。再上去我可不知道了，但听说，唐末宋初用过《太公家教》，久已失传，后来才从敦煌石窟中发现，而在汉朝，是读《急就篇》之类的。

就是所谓"教科书"，在近三十年中，真不知变化了多少。忽而这么说，忽而那么说，今天是这样的宗旨，明天又是那样的主张，不加"教育"则已，一加"教育"，就从学校里造成了许多矛盾冲突的人，而且因为旧的社会关系，一面也还是"混沌初开，乾坤始奠"的老古董。

中国要作家，要"文豪"，但也要真正的学究。倘有人作一部历史，将中国历来教育儿童的方法，用书，作一个明确的记录，给人明白我们的古人以至我们，是怎样的被熏陶下来的，则其功德，当不在禹（虽然他也许不过是一条虫）下。

《自由谈》的投稿者，常有博古通今的人，我以为对于这工作，是很有胜任者在的。不知亦有有意于此者乎？现在提出这问题，盖亦知易行难，遂只得空口说白话，而望垦辟于健者也。

八月十四日

（本篇最初发表于一九三三年八月十八日《申报·自由谈》）

【赏读：鲁迅先生对儿童教育十分关心，在他的多篇文章中多有涉及。无论是对当时封建教育的讽刺还是批判，都表现出鲁迅先生对下一代教育的深深关切。

146

针对封建社会压抑儿童、摧残儿童的旧教育体系，鲁迅从儿童自身特点出发，在创作和评论中提出了"幸福地度日，合理地做人"，使儿童健康成长，成为自由、理性人的新思想。同时，他还对儿童教育进行了冷静的观察与思考，从教育观念、教育环境、教育手段与教育材料等方面提出了革故鼎新的意见。先驱者的童年视角和启蒙呐喊。对当下乃至整个 21 世纪的儿童教育有着重要的启迪意义。】

为翻译辩护

今年是围剿翻译的年头。

或曰"硬译"，或曰"乱译"，或曰"听说现在有许多翻译家……翻开第一行就译，对于原作的理解，更无从谈起"，所以令人看得"不知所云"。

这种现象，在翻译界确是不少的，那病根就在"抢先"。中国人原是喜欢"抢先"的人民，上落电车，买火车票，寄挂号信，都愿意是一到便是第一个。翻译者当然也逃不出这例子的。而书店和读者，实在也没有容纳同一原本的两种译本的雅量和物力，只要已有一种译稿，别一译本就没有书店肯接收出版了，据说是已经有了，怕再没有人要买。

举一个例在这里：现在已经成了古典的达尔文的《物种由来》，日本有两种翻译本，先出的一种颇多错误，后出的一本是好的。中国只有一种马君武博士的翻译，而他所根据的却是日本的坏译本，实有另译的必要。然而那里还会有书店肯出版呢？除非译者同时是富翁，他来自己印。不过如果是富翁，他就去打算盘，再也不来弄什么翻译了。

还有一层，是中国的流行，实在也过去得太快，一种学问或文艺介绍进中国来，多则一年，少则半年，大抵就烟消火灭。靠翻译为生的翻译家，如果精心作意，推敲起来，则到他脱稿时，社会上早已无人过问。中国大嚷过托尔斯泰，屠格纳夫，后来又大嚷过辛克莱，但他们的选集却一部也没有。去年虽然还有以郭沫若先生的盛名，幸而出版的《战争与和平》，但恐怕仍不足以挽回读书和出版界的惰气，势必至于读者也厌倦，译者也厌倦，出版者也厌倦，归根结蒂是不会完结的。

翻译的不行，大半的责任固然该在翻译家，但读书界和出版界，尤其是批评家，也应该分负若干的责任。要救治这颓运，必须有正确的批评，指出坏的，奖励好的，倘没有，则较好的也可以。然而这怎么能呢；指摘坏翻译，对于无拳无勇的译者是不要紧的，倘若触犯了别有来历的人，他就会给你带上一顶红帽子，简直要你的性命。这现象，就使批评家也不得不含胡了。

此外，现在最普通的对于翻译的不满，是说看了几十行也还是不能懂。但这是应该加以区别的。倘是康德的《纯粹理性批判》那样的书，则即使德国人来看原文，他如果并非一个专家，也还是一时不能看懂。自然，"翻开第一行就译"的译者，是太不负责任了，然而漫无区别，要无论什么译本都翻开第一行就懂的读者，却也未免太不负责任了。

八月十四日

（本篇最初发表于一九三三年八月二十日《申报·自由谈》）

【赏读：翻译是一种文化交流工具，在人类社会和文明的发展中起着至关重要的作用，所以翻译家的重要性不言而喻。五四运动这场文化启蒙运动深刻地影响了我们社会的各个方面，标志着中国新生的开始和中国民主主义的开始。在这个过程中，翻译家鲁迅所起的作用不容忽视。作为杰出的翻译家，鲁迅不但给我们留下了上百万字的价值斐然的不朽译作，而且还提出了很多宝贵的翻译思想。】

爬和撞

从前梁实秋教授曾经说过：穷人总是要爬，往上爬，爬到富翁的地位。不但穷人，奴隶也是要爬的，有了爬得上的机会，连奴隶也会觉得自己是神仙，天下自然太平了。

虽然爬得上的很少，然而个个以为这正是他自己。这样自然都安分的去耕田，种地，拣大粪或是坐冷板凳，克勤克俭，背着苦恼的命运，和自然奋斗着，拼命的爬，爬，爬。可是爬的人那么多，而路只有一条，十分拥挤。老实的照着章程规规矩矩的爬，大都是爬不上去的。聪明人就会推，把别人推开，推倒，踏在脚底下，踹着他们的肩膀和头顶，爬上去了。大多数人却还只是爬，认定自己的冤家并不在上面，而只在旁边——是那些一同在爬的人。他们大都忍耐着一切，两脚两手都着地，一步步的挨上去又挤下来，挤下来又挨上去，没有休止的。

然而爬的人太多，爬得上的太少，失望也会渐渐的侵蚀善良的人心，至少，也会发生跪着的革命。于是爬之外，又发明了撞。

这是明知道你太辛苦了，想从地上站起来，所以在你的背后猛然的叫一声：撞罢。一个个发麻的腿还在抖着，就撞过去。这比爬要轻松得多，手也不必用力，膝盖也不必移动，只要横着身子，晃一晃，就撞过去。撞得好就是五十万元大洋，妻，财，子，禄都有了。撞不好，至多不过跌一交，倒在地下。那又算得什么呢——他原本是伏在地上的，他仍旧可以爬。何况有些人不过撞着玩罢了，根本就不怕跌交的。

爬是自古有之。例如从童生到状元，从小瘪三到康白度。撞却似乎是近代的发明。要考据起来，恐怕只有古时候"小姐抛彩球"有点像给人撞的办法。小姐的彩球将要抛下来的时候——一个个想吃天鹅肉的男子汉仰着头，张着嘴，馋涎拖得几尺长……可惜，古人究竟呆笨，没有要这些男子汉拿出几个本钱来，否则，也一定可以收着几万万的。

爬得上的机会越少，愿意撞的人就越多，那些早已爬在上面的人们，就天天替你们制造撞的机会，叫你们化些小本钱，而豫约着你们名利双收的神仙生活。所以撞得好的机会，虽然比爬得上的还要少得多，而大家都愿意来试试的。这样，爬了来撞，撞不着再爬……鞠躬尽瘁，死而后已。

八月十六日

（本篇最初发表于一九三三年八月二十三日《申报·自由谈》）

【赏读：一般的人成功只有一条路，就是不断往上爬，但爬的路上是布满荆棘的，而且还要提防尔虞我诈，也许会被不知道是谁的人推一把，就跌进万丈深渊。这是一条很窄的古纤道，能够爬到顶峰的人很少，要么是精疲力尽坚持不到最后，要么就是被人推下去了。

然而，还是有极少数人，绕过这些成功人士的关卡，继续往上爬，最后的胜利是属于他们的。成功的路上并不拥挤，只有这些绕过关卡的庸人，爬到了山的顶峰。】

各种捐班

清朝的中叶，要做官可以捐，叫做"捐班"的便是这一伙。财主少爷吃得油头光脸，忽而忙了几天，头上就有一粒水晶顶，有时还加上一枝蓝翎，满口官话，说是"今天天气好"了。

到得民国，官总算说是没有了捐班，然而捐班之途，实际上倒是开展了起来，连"学士文人"也可以由此弄得到顶戴。开宗明义第一章，自然是要有钱。只要有钱，就什么都容易办了。譬如，要捐学者罢，那就收买一批古董，结识几个清客，并且雇几个工人，拓出古董上面的花纹和文字，用玻璃板印成一部书，名之曰"什么集古录"或"什么考古录"。李富孙做过一部《金石学录》，是专载研究金石的人们的，然而这倒成了"作俑"，使清客们可以一续再续，并且推而广之，连收藏古董，贩卖古董的少爷和商人，也都一榻括子的收进去了，这就叫作"金石家"。

捐做"文学家"也用不着什么新花样。只要开一只书店，拉几个作家，雇一些帮闲，出一种小报，"今天天气好"是也须会说的，就写了出来，印了上去，交给报贩，不消一年半载，包管成功。但是，古董的花纹和文字的拓片是不能用的了，应该代以电影明星和摩登女子的照片，因为这才是新时代的美术。"爱美"的人物在中国还多得很，而"文学家"或"艺术家"也就这样的起来了。

捐官可以希望刮地皮，但捐学者文人也不会折本。印刷品固然可以卖现钱，古董将来也会有洋鬼子肯出大价的。

这又叫作"名利双收"。不过先要能"投资"，所以平常人做不到，要不然，文人学士也就不大值钱了。

而现在还值钱，所以也还会有人忙着做人名辞典，造文艺史，出作家论，编自传。我想，倘作历史的著作，是应该像将文人分为罗曼派，古典派一样，另外分出一种"捐班"派来的，历史要

"真"，招些忌恨也只好硬挺，是不是？

八月二十四日

（本篇最初发表于一九三三年八月二十六日《申报·自由谈》）

【赏读：现代文坛上，出过这么一桩令人感慨的公案。

这起事件的一方当事人是骂遍天下无敌手的鲁迅先生，另一方当事人是上海滩著名富家公子哥，同时也是诗人、出版家和翻译家邵洵美先生。

鲁迅对邵洵美的攻讦，集中于《各种捐班》《登龙术拾遗》《帮闲法发隐》以及《拿来主义》等多篇文章。与鲁迅之间的恩恩怨怨，在很多年里都是邵洵美的一块心病。

邵洵美曾对别人说："鲁迅先生听信谣言，说我有钱，我的文章都不是我写的，像清朝花钱买官一样'捐班'，是我雇人写的。我的文章虽然写得不好，但不是叫人代写的，是我自己写的。"1958年，生活陷入困顿的邵洵美因一场无妄之灾，被关进了上海提篮桥监狱。在监狱里，邵洵美仍念念不忘此事，可见这事情对他的刺激之深。】

四库全书珍本

丰之余

现在除兵争，政争等类之外，还有一种倘非闲人，就不大注意的影印《四库全书》中的"珍本"之争。官商要照原式，及早印成，学界却以为库本有删改，有错误，如果有别本可得，就应该用别的"善本"来替代。

但是，学界的主张，是不会通过的，结果总非依照《钦定四库全书》不可。这理由很分明，就因为要赶快。四省不见，九岛出脱，不说也罢，单是黄河的出轨举动，也就令人觉得岌岌乎不可终日，要做生意就得赶快。况且"钦定"二字，至今也还有一点威光，"御医""贡缎"，就是与众不同的意思。便是早已共和了的法国，拿破仑的藏书在拍卖场上还是比平民的藏书值钱；欧洲的有些著名的"支那学者"，讲中国就会引用《钦定图书集成》，这是中国的考据家所不肯玩的玩艺。但是，也可见印了"钦定"过的"珍本"，在外国，生意总可以比"善本"好一些。

即使在中国，恐怕生意也还是"珍本"好。因为这可以做摆饰，而"善本"却不过能合于实用。能买这样的书的，决非穷措大也可想，则买去之后，必将供在客厅上也亦可知。这类的买主，会买一个商周的古鼎，摆起来；不得已时，也许买一个假古鼎，摆起来；但他决不肯买一个沙锅或铁镬，摆在紫檀桌子上。因为他的目的是在"珍"而并不在"善"，更不在是否能合于实用的。

明末人好名，刻古书也是一种风气，然而往往自己看不懂，以为错字，随手乱改。不改尚可，一改，可就反而改错了，所以使后来的考据家为之摇头叹气，说是"明人好刻古书而古书亡"。这回的《四库全书》中的"珍本"是影印的，决无改错的弊病，然而那原本就有无意的错字，有故意的删改，并且因为新本的流布，更能使善本湮没下去，将来的认真的读者如果偶尔得到这样的本子，恐怕总免不了要有摇头叹气第二回。

然而结果总非依照《钦定四库全书》不可。因为"将来"的事，和现在的官商是不相干了。

八月二十四日
　　（本篇最初发表于一九三三年八月三十一日《申报·自由谈》）

　　【赏读：作者从买书者的角度分析而得出结论，认为"珍本"被"善本"更受欢迎，因为真正爱好或搞研究的人，绝大部分买不起《四库全书》，能买得起这种书的必然都是有钱人，而这些人买书大部分是为了装饰和显摆，而"珍本"正好可以满足其要求，至于"善本"虽然有利于做学问和研究，但对富人却无用。并进一步指出依照《钦定四库全书》的根本原因在于实施此事的"官"和"商"的目的都不是为了文化的传承和传播，而是为了政绩和赚钱，所以"珍本"就成为其必然的选择，至于将来造成的后果，则不在考虑之中。】

帮闲法发隐

吉开迦尔是丹麦的忧郁的人，他的作品，总是带着悲愤。不过其中也有很有趣味的，我看见了这样的几句——

"戏场里失了火。丑角站在戏台前，来通知了看客。大家以为这是丑角的笑话，喝采了。丑角又通知说是火灾。但大家越加哄笑，喝采了。我想，人世是要完结在当作笑话的开心的人们的大家欢迎之中的罢。"

不过我的所以觉得有趣的，并不专在本文，是在由此想到了帮闲们的伎俩。帮闲，在忙的时候就是帮忙，倘若主子忙于行凶作恶，那自然也就是帮凶。但他的帮法，是在血案中而没有血迹，也没有血腥气的。

譬如罢，有一件事，是要紧的，大家原也觉得要紧，他就以丑角身份而出现了，将这件事变为滑稽，或者特别张扬了不关紧要之点，将人们的注意拉开去，这就是所谓"打诨"。如果是杀人，他就来讲当场的情形，侦探的努力；死的是女人呢，那就更好了，名之曰"艳尸"，或介绍她的日记。如果是暗杀，他就来讲死者的生前的故事，恋爱呀，遗闻呀……人们的热情原不是永不弛缓的，但加上些冷水，或者美其名曰清茶，自然就冷得更加迅速了，而这位打诨的脚色，却变成了文学者。

假如有一个人，认真的在告警，于凶手当然是有害的，只要大家还没有僵死。但这时他就又以丑角身份而出现了，仍用打诨，从旁装着鬼脸，使告警者在大家的眼里也化为丑角，使他的警告在大家的耳边都化为笑话。耸肩装穷，以表现对方之阔，卑躬叹气，以暗示对方之傲；使大家心里想：这告警者原来都是虚伪的。幸而帮闲们还多是男人，否则它简直会说告警者曾经怎样调戏它，当众罗列淫辞，然后作自杀以明耻之状也说不定。周围捣着鬼，无论如何严肃的说法也要减少力量的，而不利于凶手的事情却就在这疑心和

156

笑声中完结了。它呢？这回它倒是道德家。

当没有这样的事件时，那就七日一报，十日一谈，收罗废料，装进读者的脑子里去，看过一年半载，就满脑都是某阔人如何摸牌，某明星如何打嚏的典故。开心是自然也开心的。但是，人世却也要完结在这些欢迎开心的开心的人们之中的罢。

八月二十八日

（本篇最初发表于一九三三年九月五日《申报·自由谈》）

【赏读：鲁迅在刻画"帮闲"的丑态、揭穿"帮闲"的心机的同时，还告诫我们要警惕：别因"打诨"的"鬼脸"，"使告警者在大家的眼里也化为丑角，使他的警告在大家的耳边都化为笑话"。】

登龙术拾遗

　　章克标先生做过一部《文坛登龙术》，因为是预约的，而自己总是悠悠忽忽，竟失去了拜诵的幸运，只在《论语》上见过广告，解题和后记。但是，这真不知是那里来的"烟士披里纯"，解题的开头第一段，就有了绝妙的名文——

　　"登龙是可以当作乘龙解的，于是登龙术便成了乘龙的技术，那是和骑马驾车相类似的东西了。但平常乘龙就是女婿的意思，文坛似非女性，也不致于会要招女婿，那么这样解释似乎也有引起别人误会的危险……"

　　确实，查看广告上的目录，并没有"做女婿"这一门，然而这却不能不说是"智者千虑"的一失，似乎该有一点增补才好，因为文坛虽然"不致于会要招女婿"，但女婿却是会要上文坛的。

　　术曰：要登文坛，须阔太太，遗产必需，官司莫怕。穷小子想爬上文坛去，有时虽然会侥幸，终究是很费力气的；做些随笔或茶话之类，或者也能够捞几文钱，但究竟随人俯仰。最好是有富岳家，有阔太太，用赔嫁钱，作文学资本，笑骂随他笑骂，恶作我自印之。"作品"一出，头衔自来，赘婿虽能被妇家所轻，但一登文坛，即声价十倍，太太也就高兴，不至于自打麻将，连眼梢也一动不动了，这就是"交相为用"。但其为文人也，又必须是唯美派，试看王尔德遗照，盘花钮扣，镶牙手杖，何等漂亮，人见犹怜，而况令阃。可惜他的太太不行，以至滥交顽童，穷死异国，假如有钱，何至于此。所以倘欲登龙，也要乘龙，"书中自有黄金屋"，早成古话，现在是"金中自有文学家"当令了。

　　但也可以从文坛上去做女婿。其术是时时留心，寻一个家里有些钱，而自己能写几句"阿呀呀，我悲哀呀"的女士，做文章登报，尊之为"女诗人"。待到看得她有了"知己之感"，就照电影上那样的屈一膝跪下，说道"我的生命呵，阿呀呀，我悲哀呀！"——则由登龙而乘龙，又由乘龙而更登龙，十分美满。然而富女诗人未必一定爱穷男文士，所以要有把握也很难，这一法，在这里只算是《登龙术拾遗》的附录，请勿轻用为幸。

八月二十八日

（本篇最初发表于一九三三年九月一日《申报·自由谈》）

【赏读：鲁迅发表《登龙术拾遗》的时候，正好在邵洵美办的书店当编辑的章克标写了一部《文坛登龙术》，其中提到"登龙是可以当作乘龙解的"，"平常乘龙就是女婿的意思"等等。鲁迅说"做女婿而登文坛"的要术是："要登文坛，须阔太太，遗产必需，官司莫怕。穷小子想爬上文坛去，有时虽然会侥幸，终究是很费力气的；做些随笔或茶话之类，或者也能够捞几文钱，但究竟随人俯仰。最好是有富岳家，有阔太太，用陪嫁钱，作文学资本，笑骂随他笑骂，恶作我自印之。"这些话，当然是针对"饭吃不饱"的"这般东西"，却"在文坛里胡闹"的说法而来的。】

由聋而哑

洛　文

医生告诉我们：有许多哑子，是并非喉舌不能说话的，只因为从小就耳朵聋，听不见大人的言语，无可师法，就以为谁也不过张着口呜呜哑哑，他自然也只好呜呜哑哑了。所以勃兰兑斯叹丹麦文学的衰微时，曾经说：文学的创作，几乎完全死灭了。人间的或社会的无论怎样的问题，都不能提起感兴，或则除在新闻和杂志之外，绝不能惹起一点论争。我们看不见强烈的独创的创作。加以对于获得外国的精神生活的事，现在几乎绝对的不加顾及。于是精神上的"聋"，那结果，就也招致了"哑"来。（《十九世纪文学的主潮》第一卷自序）

这几句话，也可以移来批评中国的文艺界，这现象，并不能全归罪于压迫者的压迫，五四运动时代的启蒙运动者和以后的反对者，都应该分负责任的。前者急于事功，竟没有译出什么有价值的书籍来，后者则故意迁怒，至骂翻译者为媒婆，有些青年更推波助澜，有一时期，还至于连人地名下注一原文，以便读者参考时，也就诋之曰"炫学"。

今竟何如？三开间店面的书铺，四马路上还不算少，但那里面满架是薄薄的小本子，倘要寻一部巨册，真如披沙拣金之难。自然，生得又高又胖并不就是伟人，做得多而且繁也决不就是名著，而况还有"剪贴"。但是，小小的一本"什么ABC"里，却也决不能包罗一切学术文艺的。一道浊流，固然不如一杯清水的干净而澄明，但蒸溜了浊流的一部分，却就有许多杯净水在。

因为多年买空卖空的结果，文界就荒凉了，文章的形式虽然比较的整齐起来，但战斗的精神却较前有退无进。文人虽因捐班或互捧，很快的成名，但为了出力的吹，壳子大了，里面反显得更加空洞。于是误认这空虚为寂寞，像煞有介事的说给读者们；其甚者还至于摆出他心的腐烂来，算是一种内面的宝贝。散文，在文苑中算是成功的，但试看今年的选本，便是前三名，也即令人有"貂不足，狗尾续"之感。用秕谷来养青年，是决不会壮大的，将来的成就，且要更渺小，那模样，可看尼采所描写的"末人"。

但绍介国外思潮，翻译世界名作，凡是运输精神的粮食的航路，现在几乎都被聋哑的制造者们堵塞了，连洋人走狗，富户赘郎，也会来哼哼的冷笑一下。他们要掩住青年的耳朵，使之由聋而哑，枯涸渺小，成为"末人"，非弄到大家只能看富家儿和小瘪三所卖的春宫，不肯罢手。甘为泥土的作者和译者的奋斗，是已经到了万不可缓的时候了，这就是竭力运输些切实的精神的粮食，放在青年们的周围，一面将那些聋哑的制造者送回黑洞和朱门里面去。

八月二十九日。

（本篇最初发表于一九三三年九月八日《申报·自由谈》）

【赏读：鲁迅毫不讳言现实在他看来乃是实有的黑暗与虚无，却又认为，不是没有可能从反抗中得救。他一面揭示生存的荒诞与生命的幽暗，一面依然抱着充沛的人文主义激情，这是他高出许多存在主义者的地方。】

男人的进化

虞　明

说禽兽交合是恋爱未免有点亵渎。但是，禽兽也有性生活，那是不能否认的。它们在春情发动期，雌的和雄的碰在一起，难免"卿卿我我"的来一阵。固然，雌的有时候也会装腔做势，逃几步又回头看，还要叫几声，直到实行"同居之爱"为止。禽兽的种类虽然多，它们的"恋爱"方式虽然复杂，可是有一件事是没有疑问的：就是雄的不见得有什么特权。

人为万物之灵，首先就是男人的本领大。最初原是马马虎虎的，可是因为"知有母不知有父"的缘故，娘儿们曾经"统治"过一个时期，那时的祖老太太大概比后来的族长还要威风。后来不知怎的，女人就倒了霉：项颈上，手上，脚上，全都锁上了链条，扣上了圈儿，环儿——虽则过了几千年这些圈儿环儿大都已经变成了金的银的，镶上了珍珠宝钻，然而这些项圈，镯子，戒指等等，到现在还是女奴的象征。既然女人成了奴隶，那就男人不必征求她的同意再去"爱"她了。古代部落之间的战争，结果俘虏会变成奴隶，女俘虏就会被强奸。那时候，大概春情发动期早就"取消"了，随时随地男主人都可以强奸女俘虏，女奴隶。现代强盗恶棍之流的不把女人当人，其实是大有酋长式武士道的遗风的。

但是，强奸的本领虽然已经是人比禽兽"进化"的一步，究竟还只是半开化。你想，女的哭哭啼啼，扭手扭脚，能有多大兴趣？自从金钱这宝贝出现之后，男人的进化就真的了不得了。天下的一切都可以买卖，性欲自然并非例外。男人化几个臭钱，就可以得到他在女人身上所要得到的东西。而且他可以给她说：我并非强奸你，这是你自愿的，你愿意拿几个钱，你就得如此这般，百依百顺，咱们是公平交易！蹂躏了她，还要她说一声"谢谢你，大少"。这是禽兽干得来的么？所以嫖妓是男人进化的颇高的阶段了。

同时，父母之命媒妁之言的旧式婚姻，却要比嫖妓更高明。这制度之下，男人得到永久的终身的活财产。当新妇被人放到新郎的床上的时候，她只有义务，她连讲价钱的自由也没有，何况恋爱。不管你爱不爱，在周公孔圣人的名义之下，你得从一而终，你得守贞操。男人可以随时使用她，而她却要遵守圣贤的礼教，即使"只在心里动了恶念，也要算犯奸淫"的。如果雄狗对雌狗用起这样巧妙而严厉的手段来，雌的一定要急得"跳墙"。然而人却只会跳井，当节妇，贞女，烈女去。礼教婚姻的进化意义，也就可想而知了。

至于男人会用"最科学的"学说，使得女人虽无礼教，也能心甘情愿地从一而终，而且深信性欲是"兽欲"，不应当作为恋爱的基本条件，因此发明"科学的贞操"——那当然是文明进化的顶点了。

呜呼，人——男人——之所以异于禽兽者！

九月三日

（本篇最初发表于一九三三年九月十六日《申报·自由谈》，署名旅隼）

【赏读："最科学的学说"是指中国古代封建社会的三从四德等男权为中心的一个学说，千百年来已经内化成为国人所遵守的核心价值观之一。心甘情愿地从一而终，而且深信性欲是"兽欲"，不应当作为恋爱的基本条件。说白了就是性压抑，对女性的性压抑，禁欲扭曲、禁锢、压制性，并且将这样的行为当作天经地义理所当然的事，这就是所谓文明进化的顶点，懂得运用意识形态，道德标准来控制人。鲁迅这么说其实就是反封建的旧道德旧礼教；提倡男女平等】

同意和解释

虞　明

上司的行动不必征求下属的同意，这是天经地义。但是，有时候上司会对下属解释。

新进的世界闻人说："原人时代就有威权，例如人对动物，一定强迫它们服从人的意志，而使它们抛弃自由生活，不必征求动物的同意。"这话说得透彻。不然，我们那里有牛肉吃，有马骑呢？人对人也是这样。

日本耶教会主教最近宣言日本是圣经上说的天使："上帝要用日本征服向来屠杀犹太人的白人……以武力解放犹太人，实现《旧约》上的豫言。"这也显然不征求白人的同意的，正和屠杀犹太人的白人并未征求过犹太人的同意一样。日本的大人老爷在中国制造"国难"，也没有征求中国人民的同意——至于有些地方的绅董，却去征求日本大人的同意，请他们来维持地方治安，那却又当别论。总之，要自由自在地吃牛肉，骑马等等，就必须宣布自己是上司，别人是下属；或是把人比做动物，或是把自己作为天使。

但是，这里最要紧的还是"武力"，并非理论。不论是社会学或是基督教的理论，都不能够产生什么威权。原人对于动物的威权，是产生于弓箭等类的发明的。至于理论，那不过是随后想出来的解释。这种解释的作用，在于制造自己威权的宗教上，哲学上，科学上，世界潮流上的根据，使得奴隶和牛马恍然大悟这世界的公律，而抛弃一切翻案的梦想。

当上司对于下属解释的时候，你做下属的切不可误解这是在征求你的同意，因为即使你绝对的不同意，他还是干他的。他自有他的梦想，只要金银财宝和飞机大炮的力量还在他手里，他的梦想就会实现；而你的梦想却终于只是梦想——万一实现了，他还说你抄袭他的动物主义的老文章呢。

据说现在的世界潮流，正是庞大权力的政府的出现，这是十九世纪人士所梦想不到的。意大利和德意志不用说了；就是英国的国民政府，"它的实权也完全属于保守党一党""美国新总统所取得的措置经济复兴的权力，比战争和戒严时期还要大得多"。大家做动物，使上司不必征求什么同意，这正是世界的潮流。懿欤盛哉，这样的好榜样，那能不学？

不过，我这种解释还有点美中不足：中国自己的秦始皇帝焚书坑儒，中国自己的韩退之等说："民不出米粟麻丝以事其上则诛。"这原是国货，何苦违背着民族主义，引用外国的学说和事实——长他人威风，灭自己志气呢？

九月三日

（本篇最初发表于一九三三年九月二十日《申报·自由谈》）

【赏读：作者从中国历史和思想文化根源角度分析，指出"上司不必征求同意"的强权思想，其实早就存在于中国历史和思想文化中，不仅有秦始皇的实例而且还有韩愈的理论，可谓实践经验丰富且理论体系完备，完全不必效法西方诸国。这是对中国传统思想文化的揭露讽刺和批判。】

文床秋梦

游　光

春梦是颠颠倒倒的。"夏夜梦"呢？看莎士比亚的剧本，也还是颠颠倒倒。中国的秋梦，照例却应该"肃杀"，民国以前的死囚，就都是"秋后处决"的，这是顺天时。天教人这么着，人就不能不这么着。所谓"文人"当然也不至于例外，吃得饱饱的睡在床上，食物不能消化完，就做梦；而现在又是秋天，天就教他的梦威严起来了。

二卷三十一期（八月十二日出版）的《涛声》上，有一封自名为"林丁"先生的给编者的信，其中有一段说——

"……之争，孰是孰非，殊非外人所能详道。然而彼此摧残，则在旁观人看来，却不能不承是整个文坛的不幸……我以为各人均应先打屁股百下，以儆效尤，余事可一概不提……"

前两天，还有某小报上的不署名的社谈，它对于早些日子余赵的剪窃问题之争，也非常气愤——

"……假使我一朝大权在握，我一定把这般东西捉了来，判他们罚做苦工，读书十年；中国文坛，或尚有干净之一日。"

张献忠自己要没落了，他的行动就不问"孰是孰非"，只是杀。清朝的官员，对于原被两告，不问青红皂白，各打屁股一百或五十的事，确也偶尔会有的，这是因为满洲还想要奴才，供搜刮，就是"林丁"先生的旧梦。某小报上的无名子先生可还要比较的文明，至少，它是已经知道了上海工部局"判罚"下等华人的方法的了。

但第一个问题是在怎样才能够"一朝大权在握"？文弱书生死样活气，怎么做得到权臣？先前，还可以希望招驸马，一下子就飞黄腾达，现在皇帝没有了，即使满脸涂着雪花膏，也永远遇不到公主的青睐；至多，只可以希图做一个富家的姑爷而已。而捐官的办法，又早经取消，对于"大权"，还是只能像狐狸的遇着高处的葡萄一样，仰着白鼻子看看。文坛的完整和干净，恐怕实在也到底很渺茫。

五四时候，曾经在出版界上发现了"文丐"，接着又发现了"文氓"，但这种威风凛凛的人物，却是我今年秋天在上海新发现的，无以名之，姑且称为"文官"罢。看文学史，文坛是常会有完整而干净的时候的，但谁曾见过这文坛的澄清，会和这类的"文官"们有丝毫关系的呢。

　　不过，梦是总可以做的，好在没有什么关系，而写出来也有趣。请安息罢，候补的少大人们！

九月五日

　　（本篇最初发表于一九三三年九月十一日《申报·自由谈》）

　　【赏读：所谓"文床秋梦"就是文人在秋天的时候在床上做的梦，此梦和"春梦"、"夏梦"有何区别？盖"春梦"、"夏梦"是"颠颠倒倒的"，而"秋梦"因"天时"的影响，含有"肃杀"之气，变得"威严起来了"。无论"打屁股"也好，"罚作苦工"也罢，前提是自己先要当官取得实权。而对于这些只会做着"文床秋梦"的"死样活气"的文弱书生来说，梦终究只能是梦，意淫永远变不成现实。文章表达了对这种"做梦"文人的鄙夷和讽刺。】

电影的教训

孺　牛

当我在家乡的村子里看中国旧戏的时候，是还未被教育成"读书人"的时候，小朋友大抵是农民。爱看的是翻筋斗，跳老虎，一把烟焰，现出一个妖精来；对于剧情，似乎都不大和我们有关系。大面和老生的争城夺地，小生和正旦的离合悲欢，全是他们的事，捏锄头柄人家的孩子，自己知道是决不会登坛拜将，或上京赴考的。但还记得有一出给了感动的戏，好像是叫做《斩木诚》。一个大官蒙了不白之冤，非被杀不可了，他家里有一个老家丁，面貌非常相像，便代他去"伏法"。那悲壮的动作和歌声，真打动了看客的心，使他们发现了自己的好模范。因为我的家乡的农人，农忙一过，有些是给大户去帮忙的。为要做得像，临刑时候，主母照例的必须去"抱头大哭"，然而被他踢开了，虽在此时，名分也得严守，这是忠仆，义士，好人。

但到我在上海看电影的时候，却早是成为"下等华人"的了，看楼上坐着白人和阔人，楼下排着中等和下等的"华胄"，银幕上现出白色兵们打仗，白色老爷发财，白色小姐结婚，白色英雄探险，令看客佩服，羡慕，恐怖，自己觉得做不到。但当白色英雄探险非洲时，却常有黑色的忠仆来给他开路，服役，拼命，替死，使主子安然的回家；待到他预备第二次探险时，忠仆不可再得，便又记起了死者，脸色一沉，银幕上就现出一个他记忆上的黑色的面貌。黄脸的看客也大抵在微光中把脸色一沉：他们被感动了。

幸而国产电影也在挣扎起来，耸身一跳，上了高墙，举手一扬，掷出飞剑，不过这也和十九路军一同退出上海，现在是正在准备开映屠格纳夫的《春潮》和茅盾的《春蚕》了。当然，这是进步的。但这时候，却先来了一部竭力宣传的《瑶山艳史》。

这部片子，主题是"开化瑶民"，机键是"招驸马"，令人记起《四郎探母》以及《双阳公主追狄》这些戏本来。中国的精神文明主宰全世界的伟论，近来不大听到了，要想去开化，自然只好退到苗瑶之类的里面去，而要成这种大事业，却首先须"结亲"，黄帝子孙，也和黑人一样，不能和欧亚大国的公主结亲，所以精神文明就无法传播。这是大家可以由此明白的。

九月七日

（本篇最初发表于一九三三年九月十一日《申报·自由谈》）

【赏读：文章题目为"电影的教训"，此处的"教训"实际上是教化、训导的意思，也就是通过戏剧或电影传播一种文化理念或思想，达到教化民众的目的。戏剧同样也有这种"教训"的功能，也就是大力宣传臣下对君上、奴仆对主人的无条件效忠、甘愿为其驱使甚至献身的"义举"，而这种通过戏剧实施"教训"的手段往往效果显著，就像文中所举实例，甚至连当时身为孩童不大关注剧情的作者都被"感动"了。最初的电影是从外国引进的白人电影，其"教训"的内容和手段竟然和前文"戏剧的教训"出奇的一致，也是宣扬黑人奴仆无条件效忠甚至献身其白人主子的内容，而作为只有效忠和献身他人机会的"下等华人"观众竟然也被"感动"了。】

关于翻译（上）

洛　文

因为我的一篇短文，引出了穆木天先生的《从〈为翻译辩护〉谈到楼译〈二十世纪之欧洲文学〉》（九日《自由谈》所载），这在我，是很以为荣幸的，并且觉得凡所指摘，也恐怕都是实在的错误。但从那作者的案语里，我却又想起一个随便讲讲，也许并不是毫无意义的问题来了。那是这样的一段——

"在一百九十九页，有'在这种小说之中，最近由学术院（译者：当系指著者所属的俄国共产主义学院）所选的鲁易倍尔德兰的不朽的著作，为最优秀'。在我以为此地所谓'Academie'者，当指法国翰林院。苏联虽称学艺发达之邦，但不会为帝国主义作家作选集罢？我不知为什么楼先生那样地滥下注解？"

究竟是那一国的 Academia 呢？我不知道。自然，看作法国的翰林院，是万分近理的，但我们也不能决定苏联的大学院就"不会为帝国主义作家作选集"。倘在十年以前，是决定不会的，这不但为物力所限，也为了要保护革命的婴儿，不能将滋养的，无益的，有害的食品都漫无区别的乱放在他前面。现在却可以了，婴儿已经长大，而且强壮，聪明起来，即使将鸦片或吗啡给他看，也没有什么大危险，但不消说，一面也必须有先觉者来指示，说吸了就会上瘾，而上瘾之后，就成一个废物，或者还是社会上的害虫。

在事实上，我曾经见过苏联的 Academia 新译新印的阿拉伯的《一千零一夜》，意大利的《十日谈》，还有西班牙的《吉诃德先生》，英国的《鲁滨孙漂流记》；在报章上，则记载过在为托尔斯泰印选集，为歌德编全集——更完全的全集。倍尔德兰不但是加特力教的宣传者，而且是王朝主义的代言人，但比起十九世纪初德意志布尔乔亚的文豪歌德来，那作品也不至于更加有害。所以我想，苏联来给他出一本选集，实在是很可能的。不过在这些书籍之前，想来一定有详序，加以仔细的分析和正确的批评。

凡作者，和读者因缘愈远的，那作品就于读者愈无害。古典的，反动的，观念形态已经很不相同的作品，大抵即不能打动新的青年的心（但自然也要有正确的指示），倒反可以从中学学描写的本领，作者的努力。恰如大块的砒霜，欣赏之余，所得的是知道它杀人的力量和结晶的模样：药物学和矿物学上的知识了。可怕地倒在用有限的砒霜，和在食物中间，使青年不知不觉地吞下去，例如似是而非的所谓"革命文学"，故作激烈的所谓"唯物史观的批评"，就是这一类。这倒是应该防备的。

　　我是主张青年也可以看看"帝国主义者"的作品的，这就是古语的所谓"知己知彼"。青年为了要看虎狼，赤手空拳地跑到深山里去固然是呆子，但因为虎狼可怕，连用铁栅围起来了的动物园里也不敢去，却也不能不说是一位可笑的愚人。有害的文学的铁栅是什么呢？批评家就是。

九月十五日

关于翻译（下）

洛　文

但我在那《为翻译辩护》中，所希望于批评家的，实在有三点：一，指出坏的；二，奖励好的；三，倘没有，则较好的也可以。而穆木天先生所实做的是第一句。以后呢，可能有别的批评家来做其次的文章，想起来真是一个大疑问。

所以我要再来补充几句：倘连较好的也没有，则指出坏的译本之后，并且指明其中的那些地方还可以于读者有益处。

此后的译作界，恐怕是还要退步下去的。姑不论民穷财尽，即看地面和人口，四省是给日本拿去了，一大块在水淹，一大块在旱，一大块在打仗，只要略略一想，就知道读者是减少了许多了。因为销路的少，出版界就要更投机，欺骗，而拿笔的人也因此只好更投机，欺骗。即有不愿意欺骗的人，为生计所压迫，也总不免比较的粗制滥造，增出些先前所没有的缺点来。走过租界的住宅区邻近的马路，三间门面的水果店，晶莹的玻璃窗里是鲜红的苹果，通黄的香蕉，还有不知名的热带的果物。但略站一下就知道：这地方，中国人是很少进去的，买不起。我们大抵只好到同胞摆的水果摊上去，花几文钱买一个烂苹果。

苹果一烂，比别的水果更不好吃，但是也有人买的，不过我们另外还有一种相反的脾气：首饰要"足赤"，人物要"完人"。一有缺点，有时就全部都不要了。爱人身上生几个疮，固然不至于就请律师离婚，但对于作者，作品，译品，却总归比较的严紧，萧伯纳坐了大船，不好；巴比塞不算第一个作家，也不好；译者是"大学教授，下职官员"，更不好。好的又不出来，怎么办呢？我想，还是请批评家用吃烂苹果的方法，来救一救急罢。

我们先前的批评法，是说，这苹果有烂疤了，要不得，一下子抛掉。然而买者的金钱有限，岂不是大冤枉，而况此后还要穷下去。所以，此后似乎最好还是添几句，倘不是穿心烂，就说：这苹果有着烂疤了，然而这几处没有烂，还可以吃得。这么一办，译品的好坏是明白了，而读者的损失也可以小一点。

但这一类的批评，在中国还不大有，即以《自由谈》所登的批评为例，对于《二十世纪之欧洲文学》，就是专指烂疤的；记得先前有一篇批评邹韬奋先生所编的《高尔基》的短文，除掉指出几个缺点之外，也没有别的话。前者我没有看过，说不出另外可有什么可取的地方，但后者却曾经翻过一遍，觉得除批评者所指摘的缺点之外，另有许多记载作者的勇敢的奋斗，胥吏的卑劣的阴谋，是很有益于青年作家的，但也因为有了烂疤，就被抛在筐子外面了。

所以，我又希望刻苦的批评家来做剜烂苹果的工作，这正如"拾荒"一样，是很辛苦的，但也必要，而且大家有益的。

九月十一日

（本篇最初发表于一九三三年九月十四日《申报·自由谈》）

【赏读：鲁迅是我国五四新文化运动中有代表性的文学家、翻译家，对中国文学的发展及中国现代翻译理论的进步有着杰出贡献。受时代的影响，鲁迅对于中西方文化有明显的态度差异。本文将就鲁迅的文化态度、翻译思想、翻译目的进行探讨。

作为一个严峻的批判者，鲁迅对于中国文化有着忧患意识和自省精神。他认为中国的落后根植于国民的愚性，所以对传统的儒家思想持否定态度。与此相对，其对外来文化极为推崇，提倡"拿来主义"。

鲁迅的翻译过程正是对外来文化热诚传播的过程。鲁迅的"硬译"关注于对原著的原质性追求，但兼要简单易懂。】

新秋杂识

旅 隼

一

门外的有限的一方泥地上，有两队蚂蚁在打仗。

童话作家爱罗先珂的名字，现在是已经从读者的记忆上渐渐淡下去了，此时我却记起了他的一种奇异的忧愁。他在北京时，曾经认真地告诉我说：我害怕，不知道将来会不会有人发明一种方法，只要怎么一来，就能使人们都成为打仗的机器的。

其实是这方法早已经发明了，不过较为繁难，不能"怎么一来"就完事。我们只要看外国为儿童而作的书籍，玩具，常常以指教武器为大宗，就知道这正是制造打仗机器的设备，制造是必须从天真烂漫的孩子们入手的。

不但人们，连昆虫也知道。蚂蚁中有一种武士蚁，自己不造巢，不求食，一生的事业，是专在攻击别种蚂蚁，掠取幼虫，使成奴隶，给它服役的。但奇怪的是它决不掠取成虫，因为已经难施教化。它所掠取的一定只限于幼虫和蛹，使在盗窟里长大，毫不记得先前，永远是愚忠的奴隶，不但服役，每当武士蚁出去劫掠的时候，它还跟在一起，帮着搬运那些被侵略的同族的幼虫和蛹去了。

但在人类，却不能这么简单的造成一律。这就是人之所以为"万物之灵"。

然而制造者也决不放手。孩子长大，不但失掉天真，还变得呆头呆脑，是我们时时看见的。经济的凋敝，使出版界不肯印行大部的学术文艺书籍，不是教科书，便是儿童书，黄河决口似的向孩子们滚过去。但那里面讲的是什么呢？要将我们的孩子们造成什么东西呢？却还没有看见战斗的批评家论及，似乎已经不大有人注意将来了。

反战会议的消息不很在日报上看到，可见打仗也还是中国人的嗜好，给它一个冷淡，正是违反了我们的嗜好的证明。自然，仗是要打的，跟着武士蚁去搬运败者的幼虫，也还不失为一种为奴的胜利。但是，人究竟是"万物之灵"，这样那里能就够。仗自然是要打的，要打掉制造打仗机器的蚁冢，打掉毒害小儿的药饵，打掉陷没将来的阴谋：这才是人的战士的任务。

八月二十八日

二

八月三十日的夜里，远远近近，都突然噼噼啪啪起来，一时来不及细想，以为"抵抗"又开头了，不久就明白了那是放爆竹，这才定了心。接着又想：大约又是什么节气了罢？……待到第二天看报纸，才知道原来昨夜是月食，那些噼噼啪啪，就是我们的同胞，异胞（我们虽然大家自称为黄帝子孙，但蚩尤的子孙想必也未尝死绝，所以谓之"异胞"）在示威，要将月亮从天狗嘴里救出。

再前几天，夜里也很热闹。街头巷尾，处处摆着桌子，上面有面食，西瓜；西瓜上面叮着苍蝇，青虫，蚊子之类，还有一桌和尚，口中念念有词："回猪猡普米呀吽！吽呀吽！吽!!"这是在放焰口，施饿鬼。到了盂兰盆节了，饿鬼和非饿鬼，都从阴间跑出，来看上海这大世面，善男信女们就在这时尽地主之谊，托和尚"吽呀吽"的弹出几粒白米去，请它们都饱饱的吃一通。

我是一个俗人，向来不大注意什么天上和阴间的，但每当这些时候，却也不能不感到我们的还在人间的同胞们和异胞们的思虑之高超和妥帖。别的不必说，就在这不到两整年中，大则四省，小则九岛，都已变了旗色了，不久还有八岛。不但救不胜救，即使想要救罢，一开口，说不定自己就危险（这两句，印后成了"于势也有所未能"）。所以最妥当是救月亮，哪怕爆竹震天价响，天狗决不至于来咬，月亮里的酋长（假如有酋长的话）也不会出来禁止，目为反动的。救人也一样，兵灾，旱灾，蝗灾，水灾……灾民们不计其数，幸而暂免于灾殃的小民，又怎么能有一个救法？那自然远不如救魂灵，事省功多，和大人先生的打醮造塔同其功德。这就是所谓"人无远虑，必有近忧"；而"君子务其大者远者"，亦此之谓也。

而况"庖人虽不治庖，尸祝不越尊俎而代之"，也是古圣贤的明训，国事有治国者在，小民是用不着吵闹的。不过历来的圣帝明王，可又并不卑视小民，倒给与了更高超的自由和权利，就是听你专门去救宇宙和魂灵。这是太平的根基，从古至今，相沿不废，将来想必也不至先便废。记得那是去年的事了，沪战初停，日兵渐渐的走上兵船和退进营房里面去，有一夜也是这么噼噼啪啪起来，时候还在"长期抵抗"中，日本人又不明白我们的国粹，以为又是第几路军前来收复失地了，立刻放哨，出兵……乱哄哄的闹了一通，才知道我们是在救月亮，他们是在见鬼。"哦哦！成程（Naruhodo＝原来如此）！"惊叹和佩服之余，于是恢复了平和的原状。今年呢，连哨也没有放，大约是已被中国的精神文明感化了。

　　现在的侵略者和压制者，还有象古代的暴君一样，竟连奴才们的发昏和做梦也不准的么？……

八月三十一日

三

　　"秋来了！"

　　秋真是来了，晴的白天还好，夜里穿着洋布衫就觉得凉飕飕。报章上满是关于"秋"的大小文章：迎秋，悲秋，哀秋，责秋……等等。为了趋时，也想这么的做一点，然而总是做不出。我想，就是想要"悲秋"之类，恐怕也要福气的，实在令人羡慕得很。

　　记得幼小时，有父母爱护着我的时候，最有趣的是生点小毛病，大病却生不得，既痛苦，又危险的。生了小病，懒懒地躺在床上，有些悲凉，又有些娇气，小苦而微甜，实在好象秋的诗境。呜呼哀哉，自从流落江湖以来，灵感卷逃，连小病也不生了。偶然看看文学家的名文，说是秋花为之惨容，大海为之沉默云云，只是愈加感到自己的麻木。我就从来没有见过秋花为了我在悲哀，忽然变了颜色；只要有风，大海是总在呼啸的，不管我爱闹还是爱静。

　　冰莹女士的佳作告诉我们："晨是学科学的，但在这一刹那，完全忘掉了他的志趣，存在他脑海中的只有一个尽量地享受自然美景

176

的目的……"这也是一种福气。科学我学的很浅，只读过一本生物学教科书，但是，它那些教训，花是植物的生殖机关呀，虫鸣鸟啭，是在求偶呀之类，就完全忘不掉了。昨夜闲逛荒场，听到蟋蟀在野菊花下鸣叫，觉得好象是美景，诗兴勃发，就做了两句新诗——

　　野菊的生殖器下面，

　　蟋蟀在吊膀子。

　　写出来一看，虽然比粗人们所唱的俚歌要高雅一些，而对于新诗人的由"烟士披离纯"而来的诗，还是"相形见绌"。写得太科学，太真实，就不雅了，如果改作旧诗，也许不至于这样。生殖机关，用严又陵先生译法，可以谓之"性官"；"吊膀子"呢，我自己就不懂那语源，但据老于上海者说，这是因西洋人的男女挽臂同行而来的，引伸为诱惑或追求异性的意思。吊者，挂也，亦即相挟持。那么，我的诗就译出来了——

　　野菊性官下，

　　鸣蚤在悬肘。

　　虽然很有些费解，但似乎也雅得多，也就是好得多。人们不懂，所以雅，也就是所以好，现在也还是一个做文豪的秘诀呀。质之"新诗人"邵洵美先生之流，不知以为何如？

九月十四日

　　（本篇最初发表于一九三三年九月十七日《申报·自由谈》）

　　【赏读：鲁迅也抓住了当时社会不救活人救鬼魂，不救国土救月亮的怪现象，深刻地揭露产生这种矛盾的根源，是国民党反动派不准人民抗日救国。由于作者所抓取的是尖锐对立的现象，在表现方法上又特别强调它的对立面，这就赋予它以十分鲜明、强烈的逻辑力量，使读者感到由衷的信服。】

礼

苇 索

看报，是有益的，虽然有时也沉闷。例如罢，中国是世界上国耻纪念最多的国家，到这一天，报上照例得有几块记载，几篇文章。但这事真也闹得太重叠，太长久了，就很容易千篇一律，这一回可用，下一回也可用，去年用过了，明年也许还可用，只要没有新事情。即使有了，成文恐怕也仍然可以用，因为反正总只能说这几句话。所以倘不是健忘的人，就会觉得沉闷，看不出新的启示来。

然而我还是看。今天偶然看见北京追悼抗日英雄邓文的记事，首先是报告，其次是演讲，最末，是"礼成，奏乐散会"。

我于是得了新的启示：凡纪念，"礼"而已矣。

中国原是"礼义之邦"，关于礼的书，就有三大部，连在外国也译出了，我真特别佩服《仪礼》的翻译者。事君，现在可以不谈了；事亲，当然要尽孝，但殁后的办法，则已归入祭礼中，各有仪，就是现在的拜忌日，做阴寿之类。新的忌日添出来，旧的忌日就淡一点，"新鬼大，故鬼小"也。我们的纪念日也是对于旧的几个比较的不起劲，而新的几个之归于淡漠，则只好以俟将来，和人家的拜忌辰是一样的。有人说，中国的国家以家族为基础，真是有识见。

中国又原是"礼让为国"的，既有礼，就必能让，而愈能让，礼也就愈繁了。总之，这一节不说也罢。

古时候，或以黄老治天下，或以孝治天下。现在呢，恐怕是入于以礼治天下的时期了，明乎此，就知道责备民众的对于纪念日的淡漠是错的，《礼》曰："礼不下庶人"；舍不得物质上的什么东西也是错的，孔子不云乎："赐也尔爱其羊，我爱其礼！"

"非礼勿视，非礼勿听，非礼勿言，非礼勿动"，静静地等着别人的"多行不义，必自毙"，礼也。

九月二十日

（本篇最初发表于一九三三年九月二十二日《申报·自由谈》）

【赏读：作者对当时社会注重的"礼"进行了总体评价和讽刺，实际上这种"礼"只是一种形式，于国家于时局毫无补益，但政府和社会各界都轰轰烈烈地活动着、倡导着，仿佛"礼"真能成为救国救民的良药一般，自己打着"非礼勿视，非礼勿听，非礼勿言，非礼勿动"招牌，眼睁睁看着时局糜烂下去，莫非真的以为入侵者会"多行不义，必自毙"？这是对国民党政府的强烈讽刺和愤慨。】

打听印象

桃 椎

五四运动以后，好像中国人就发生了一种新脾气，是：倘有外国的名人或阔人新到，就喜欢打听他对于中国的印象。

罗素到中国讲学，激进的青年们开会欢宴，打听印象。罗素道："你们待我这么好，就是要说坏话，也不好说了。"激进的青年愤愤然，以为他滑头。

萧伯纳周游过中国，上海的记者群集访问，又打听印象。萧道："我有什么意见，与你们都不相干。假如我是个武人，杀死个十万条人命，你们才会尊重我的意见。"革命家和非革命家都愤愤然，以为他刻薄。

这回是瑞典的卡尔亲王到上海了，记者先生也发表了他的印象："……足迹所经，均蒙当地官民殷勤招待，感激之余，异常愉快。今次游览观感所得，对于贵国政府及国民，有极度良好之印象，而永远不能磨灭者也。"这最稳妥，我想，是不至于招出什么是非来的。

其实是，罗萧两位，也还不算滑头和刻薄的，假如有这么一个外国人，遇见有人问他印象时，他先反问道："你先生对于自己中国的印象怎么样？"那可真是一篇难以下笔的文章。

我们是生长在中国的，倘有所感，自然不能算"印象"；但意见也好；而意见又怎么说呢？说我们象浑水里的鱼，活得糊里糊涂，莫名其妙罢，不象意见。说中国好得很罢，恐怕也难。这就是爱国者所悲痛的所谓"失掉了国民的自信"，然而实也好象失掉了，向各人打听印象，就恰如求签问卜，自己心里先自狐疑着了的缘故。

我们里面，发表意见的固然也有的，但常见的是无拳无勇，未曾"杀死十万条人命"，倒是自称"小百姓"的人，所以那意见也无人"尊重"，也就是和大家"不相干"。至于有位有势的大人物，则在野时候，也许是很激进的罢，但现在呢，一声不响，中国"待我这么好，就是要说坏话，也不好说了"。看当时欢宴罗素，而愤愤于他那答话的由新潮社而发迹的诸公的现在，实在令人觉得罗素并非滑头，倒是一个先知的讽刺家，将十年后的心思预先说去了。

这是我的印象，也算一篇拟答案，是从外国人的嘴上抄来的。

九月二十日

（本篇最初发表于一九三三年九月二十四日《申报·自由谈》）

【赏读：鲁迅说："五四运动以后，好象中国人就发生了一种新脾气，是：倘有外国的名人或阔人新到，就喜欢打听他对于中国的印象。"在本文中，就记述了三位外国名人的对中国的印象：罗素，萧伯纳和瑞典的卡尔亲王。针对"罗萧两位"的"滑头和刻薄"而展开议论，实际上中国现状如何，身在其中的"我们"当最清楚，内忧外患，民不聊生，可偏偏在乎外国人对我们的看法和印象，作者认为，这种"打听印象"的动机就在于"不自信"所致。】

吃　教

丰之余

达一先生在《文统之梦》里，因刘勰自谓梦随孔子，乃始论文，而后来做了和尚，遂讥其"贻羞往圣"。其实是中国自南北朝以来，凡有文人学士，道士和尚，大抵以"无特操"为特色的。晋以来的名流，每一个人总有三种小玩意，一是《论语》和《孝经》，二是《老子》，三是《维摩诘经》，不但采作谈资，并且常常做一点注解。唐有三教辩论，后来变成大家打诨；所谓名儒，做几篇伽蓝碑文也不算什么大事。宋儒道貌岸然，而窃取禅师的语录。清呢，去今不远，我们还可以知道儒者的相信《太上感应篇》和《文昌帝君阴骘文》，并且会请和尚到家里来拜忏。

耶稣教传入中国，教徒自以为信教，而教外的小百姓却都叫他们是"吃教"的。这两个字，真是提出了教徒的"精神"，也可以包括大多数的儒释道教之流的信者，也可以移用于许多"吃革命饭"的老英雄。

清朝人称八股文为"敲门砖"，因为得到功名，就如打开了门，砖即无用。近年则有杂志上的所谓"主张"。《现代评论》之出盘，不是为了迫压，倒因为这派作者的飞腾；《新月》的冷落，是老社员都"爬"了上去，和月亮距离远起来了。这种东西，我们为要和"敲门砖"区别，称之为"上天梯"罢。

"教"之在中国，何尝不如此。讲革命，彼一时也；讲忠孝，又一时也；跟大拉嘛打圈子，又一时也；造塔藏主义，又一时也。有宜于专吃的时代，则指归应定于一尊，有宜合吃的时代，则诸教亦本非异致，不过一碟是全鸭，一碟是杂拌儿而已。刘勰亦然，盖仅由"不撤姜食"一变而为吃斋，于胃脏里的分量原无差别，何况以和尚而注《论语》《孝经》或《老子》，也还是不失为一种"天经地义"呢？

九月二十七日

（本篇最初发表于一九三三年九月二十九日《申报·自由谈》）

【赏读：鲁迅在文中，把中国文化下的教徒精神概括为"吃教"，可以说是极准确地把握住了中国传统文化下人们对宗教的基本态度。

文中写到"中国自南北朝以来，凡有文人学士、道士和尚，大抵以'无特操'为特色的。晋以来的名流，每一个人总有三种小玩意，一是《论语》和《孝经》，二是《老子》，三是《维摩诘经》……耶稣教传入中国，教徒自以为信教，而教外的小百姓却都叫他们是'吃教'的。这两个字，真是提出了教徒的'精神'……"可以说极准确地把握住了中国传统文化下人们对宗教的基本态度。】

喝 茶

丰之余

某公司又在廉价了，去买了二两好茶叶，每两洋二角。开首泡了一壶，怕它冷得快，用棉袄包起来，却不料郑重其事的来喝的时候，味道竟和我一向喝着的粗茶差不多，颜色也很重浊。

我知道这是自己错误了，喝好茶，是要用盖碗的，于是用盖碗。果然，泡了之后，色清而味甘，微香而小苦，确是好茶叶。但这是须在静坐无为的时候的，当我正写着《吃教》的中途，拉来一喝，那好味道竟又不知不觉的滑过去，像喝着粗茶一样了。

有好茶喝，会喝好茶，是一种"清福"。不过要享这"清福"，首先就须有工夫，其次是练习出来的特别的感觉。由这一极琐屑的经验，我想，假使是一个使用筋力的工人，在喉干欲裂的时候，那么，即使给他龙井芽茶，珠兰窨片，恐怕他喝起来也未必觉得和热水有什么大区别罢。所谓"秋思"，其实也是这样的，骚人墨客，会觉得什么"悲哉秋之为气也"，风雨阴晴，都给他一种刺戟，一方面也就是一种"清福"，但在老农，却只知道每年的此际，就要割稻而已。

于是有人以为这种细腻锐敏的感觉，当然不属于粗人，这是上等人的牌号。然而我恐怕也正是这牌号就要倒闭的先声。我们有痛觉，一方面是使我们受苦的，而一方面也使我们能够自卫。假如没有，则即使背上被人刺了一尖刀，也将茫无知觉，直到血尽倒地，自己还不明白为什么倒地。但这痛觉如果细腻锐敏起来呢，则不但衣服上有一根小刺就觉得，连衣服上的接缝，线结，布毛都要觉得，倘不穿"无缝天衣"，他便要终日如芒刺在身，活不下去了。但假装锐敏的，自然不在此例。

感觉的细腻和敏锐，较之麻木，那当然算是进步的，然而以有助于生命的进化为限。如果不相干，甚而至于有碍，那就是进化中的病态，不久就要收梢。我们试将享清福，抱秋心的雅人，和破衣粗食的粗人一比较，就明白究竟是谁活得下去。喝过茶，望着秋天，我于是想：不识好茶，没有秋思，倒也罢了。

九月三十日

（本篇最初发表于一九三三年十月二日《申报·自由谈》）

【赏读：鲁迅先生擅写杂文，善拿一些生活现象"说事"，其立意如麻辣汤般，有点呛人。以《喝茶》为题，谈到了他对"骚人墨客的盛世清福感觉"。仅从鲁迅购茶、泡茶、品茶方面来说，鲁迅先生直率地认为他是个不太擅长茶道的人。鲁迅是一位"家事、国事、天下事，事事关心"的文化人。但是鲁迅性格的另一面，总是无时不表现出他的抑郁忧愁，他的愤世嫉俗，因而无法让他静下心来喝茶。茶，本来是平民化的东西，老百姓有句俗话：开门七件事：柴米油盐酱醋茶。茶就是很平常的东西，然而却被鲁迅喝出了复杂的味来。】

禁用和自造

孺　牛

据报上说，因为铅笔和墨水笔进口之多，有些地方已在禁用，改用毛笔了。

我们且不说飞机大炮，美棉美麦，都非国货之类的迂谈，单来说纸笔。

我们也不说写大字，画国画的名人，单来说真实的办事者。在这类人，毛笔却是很不便当的。砚和墨可以不带，改用墨汁罢，墨汁也何尝有国货。而且据我的经验，墨汁也并非可以常用的东西，写过几千字，毛笔便被胶得不能施展。倘若安砚磨墨，展纸舔笔，则即以学生的抄讲义而论，速度恐怕总要比用墨水笔减少三分之一，他只好不抄，或者要教员讲得慢，也就是大家的时间，被白费了三分之一了。

所谓"便当"，并不是偷懒，是说在同一时间内，可以由此做成较多的事情。这就是节省时间，也就是使一个人的有限的生命，更加有效，而也即等于延长了人的生命。古人说，"非人磨墨墨磨人"，就在悲愤人生之消磨于纸墨中，而墨水笔之制成，是正可以弥这缺憾的。

但它的存在，却必须在宝贵时间，宝贵生命的地方。中国不然，这当然不会是国货。进出口货，中国是有了账簿的了，人民的数目却还没有一本账簿。一个人的生养教育，父母花去是多少物力和气力呢，而青年男女，每每不知所终，谁也不加注意。区区时间，当然更不成什么问题了，能活着弄弄毛笔的，或者倒是幸福也难说。

和我们中国一样，一向用毛笔的，还有一个日本。然而在日本，毛笔几乎绝迹了，代用的是铅笔和墨水笔，连用这些笔的习字帖也很多。为什么呢？就因为这便当，省时间。然而他们不怕"漏迹"么？不，他们自己来制造，而且还要运到中国来。

优良而非国货的时候，中国禁用，日本仿造，这是两国截然不同的地方。

九月三十日

（本篇最初发表于一九三三年十月一日《申报·自由谈》）

【赏读：本篇最初发表于一九三三年十月一日《申报·自由谈》。一九三三年九月二十二日《大晚报》载路透社广州电：广东、广西省当局为"挽回利权"，禁止学生使用自来水笔、铅笔等进口文具，改用毛笔。】

看变戏法

我爱看"变戏法"。

他们是走江湖的，所以各处的戏法都一样。为了敛钱，一定有两种必要的东西：一只黑熊，一个小孩子。

黑熊饿得真瘦，几乎连动弹的力气也快没有了。自然，这是不能使它强壮的，因为一强壮，就不能驾驭。现在是半死不活，却还要用铁圈穿了鼻子，再用索子牵着做戏。有时给吃一点东西，是一小块水泡的馒头皮，但还将勺子擎得高高的，要它站起来，伸头张嘴，许多工夫才得落肚，而变戏法的则因此集了一些钱。

这熊的来源，中国没有人提到过。据西洋人的调查，说是从小时候，由山里捉来的；大的不能用，因为一大，就总改不了野性。但虽是小的，也还须"训练"，这"训练"的方法，是"打"和"饿"；而后来，则是因虐待而死亡。我以为这话是的确的，我们看它还在活着做戏的时候，就瘦得连点气息也没有了，有些地方，竟称之为"狗熊"，其被蔑视至于如此。

孩子在场面上也要吃苦，或者大人踏在他肚子上，或者将他的两手扭过来，他就显出很苦楚，很为难，很吃重的相貌，要看客解救。六个，五个，再四个，三个……而变戏法的就又集了一些钱。

他自然也曾经训练过，这苦痛是装出来的，和大人串通的勾当，不过也无碍于赚钱。

下午敲锣开场，这样的做到夜，收场，看客走散，有花了钱的，有终于不花钱的。

每当收场，我一面走，一面想：两种生财家伙，一种是要被虐待至死的，再寻幼小的来；一种是大了之后，另寻一个小孩子和一只小熊，仍旧来变照样的戏法。

事情真是简单得很，想一下，就好像令人索然无味。然而我还是常常看。此外叫我看什么呢，诸君？

十月一日

（本篇最初发表于一九三三年十月四日《申报·自由谈》）

【赏读：此文和作者另一篇文章《现代史》非常相似，都是通过用白描的叙述来表达深刻的思想，文章通篇可看成寓言，如果说《现代史》揭露了中国历史上统治者为巩固政权所玩的花样，那么本文所谓的"变戏法"手段则不仅仅是文中所谓"走江湖的"专利，而是具有更大普遍性，更加广泛地存在于各个阶层和各行业中。无论"变戏法"的实施者是谁，其目的都是为了"敛钱"，而所用的手段也都大同小异，也就是通过虐待他人为手段来实施表演，将这种被虐待的痛苦或者表演出来的痛苦展示给看客，以谋取钱财，而被用作表演的人可以分为两类，一类通过被虐待最后致死，一类被虐而侥幸存活下来，却又成了虐待他人的帮凶和主谋，人间的一幕幕悲欢离合、纷繁缭乱、精彩纷呈的悲剧、喜剧、闹剧，若从根本上看，无非还是各种的"变戏法"而已，所以作者感慨"好像令人索然无味。然而我还是常常看。此外叫我看什么呢，诸君？"】

双十怀古

——民国二二年看十九年秋

史　癖

小引

　　要做"双十"的循例的文章，首先必须找材料。找法有二，或从脑子里，或从书本中。我用的是后一法。但是，翻完"描写字典"，里面无之；觅遍"文章作法"，其中也没有。幸而"吉人自有天相"，竟在破纸堆里寻出一卷东西来，是中华民国十九年十月三日到十日的上海各种大报小报的拔萃。去今已经整整的三个年头了，剪贴着做什么用的呢，自己已经记不清；莫非就给我今天做材料的么，一定未必是。但是，"废物利用"——既经检出，就抄些目录在这里罢。不过为节省篇幅计，不再注明广告，记事，电报之分，也略去了报纸的名目，因为那些文字，大抵是各报都有的。

　　看了什么用呢？倒也说不出。倘若一定要我说，那就说是譬如看自己三年前的照相罢。

十月三日

　　江湾赛马。

　　中国红十字会筹募湖南辽西各省急振。

　　中央军克陈留。

　　辽宁方面筹组副司令部。

　　礼县土匪屠城。

　　六岁女孩受孕。

　　辛博森伤势沉重。

　　汪精卫到太原。

卢兴邦接洽投诚。

加派师旅入赣剿共。

裁厘展至明年一月。

墨西哥拒侨胞,五十六名返国。

墨索里尼提倡艺术。

谭延闿轶事。

战士社代社员征婚。

十月四日

齐天大舞台始创杰构积极改进《西游记》,准中秋节开幕。

前进的,民族主义的,唯一的,文艺刊物《前锋月刊》创刊号准双十节出版。

空军将再炸邕。

剿匪声中一趣史。

十月五日

蒋主席电国府请大赦政治犯。

程艳秋登台盛况。

卫乐园之保证金。

十月六日

樊迪文讲演小记。

诸君阅至此,请虔颂南无阿弥陀佛……

大家错了,中秋是本月六日。

查封赵戴文财产问题。

鄂省党部祝贺克复许汴。

取缔民间妄用党国旗。

十月七日

响应政府之廉洁运动。

津浦全线将通车。

平津党部行将恢复。

法轮殴毙栈伙交涉。

王士珍举殡记。

冯阎部下全解体。

湖北来凤苗放双穗。

冤魂为厉，未婚夫索命。

鬼击人背。

十月八日

闽省战事仍烈。

八路军封锁柳州交通。

安德思考古队自蒙古返北平。

国货时装展览。

哄动南洋之萧信庵案。

学校当注重国文论。

追记郑州飞机劫。

谭宅挽联择尤录。

汪精卫突然失踪。

十月九日

西北军已解体。

外部发表英退庚款换文。

京卫戍部枪决人犯。

辛博森渐有起色。

国货时装展览。

上海空前未有之跳舞游艺大会。

十月十日

举国欢腾庆祝双十。

叛逆削平，全国欢祝国庆，蒋主席昨凯旋参与盛典。

津浦路暂仍分段通车。

首都枪决共犯九名。

林埭被匪洗劫。

老陈圩匪祸惨酷。

海盗骚扰丰利。

程艳秋庆祝国庆。

蒋丽霞不忘双十。

南昌市取缔赤足。

伤兵怒斥孙祖基。

今年之双十节，可欣可贺，尤甚从前。

结语

我也说"今年之双十节，可欣可贺，尤甚从前"罢。

十月一日

附记：这一篇没有能够刊出，大约是被谁抽去了的，盖双十盛典，"伤今"固难，"怀古"也不易了。

十月十三日

【赏读：鲁迅在其思想发展的后期所写的《双十怀古》，不但在发表的经历上与作者的许多杂文有所不同，而且在思想内容上同其他杂文比较起来也很不一样。鲁迅的杂文，多是从具体事例入手，阐发开来，就一个方面的问题，结构篇章，打击敌人，批判腐朽，教育人民，鼓舞群众的。而《双十怀古》则从当时各种报章的众多标题入手，虽也如《准风月谈》中的部分篇章一样貌似谈风月，但通过精心编织，却是全面地揭示了三十年代初期旧中国的苦难面貌。这是一篇具有文献价值的不可多得的杂文篇章。】

重三感旧

——一九三三年忆光绪朝末

丰之余

我想赞美几句一些过去的人，这恐怕并不是"骸骨的迷恋"。

所谓过去的人，是指光绪末年的所谓"新党"，民国初年，就叫他们"老新党"。甲午战败，他们自以为觉悟了，于是要"维新"，便是三四十岁的中年人，也看《学算笔谈》，看《化学鉴原》；还要学英文，学日文，硬着舌头，怪声怪气的朗诵着，对人毫无愧色，那目的是要看"洋书"，看洋书的缘故是要给中国图"富强"，现在的旧书摊上，还偶有"富强丛书"出现，就如目下的"描写字典""基本英语"一样，正是那时应运而生的东西。连八股出身的张之洞，他托缪荃孙代做的《书目答问》也竭力添进各种译本去，可见这"维新"风潮之烈了。

然而现在是另一种现象了。有些新青年，境遇正和"老新党"相反，八股毒是丝毫没有染过的，出身又是学校，也并非国学的专家，但是，学起篆字来了，填起词来了，劝人看《庄子》《文选》了，信封也有自刻的印版了，新诗也写成方块了，除掉做新诗的嗜好之外，简直就如光绪初年的雅人一样，所不同者，缺少辫子和有时穿穿洋服而已。

近来有一句常谈，是"旧瓶不能装新酒"。这其实是不确的。旧瓶可以装新酒，新瓶也可以装旧酒，倘若不信，将一瓶五加皮和一瓶白兰地互换起来试试看，五加皮装在白兰地瓶子里，也还是五加皮。这一种简单的试验，不但明示着"五更调""攒十字"的格调，也可以放进新的内容去，且又证实了新式青年的躯壳里，大可以埋伏下"桐城谬种"或"选学妖孽"的喽啰。

"老新党"们的见识虽然浅陋，但是有一个目的：图富强。所以他们坚决，切实；学洋话虽然怪声怪气，但是有一个目的：求富强之术。所以他们认真，热心。待到排满学说播布开来，许多人就成为革命党了，还是因为要给中国图富强，而以为此事必自排满始。

排满久已成功，五四早经过去，于是篆字，词，《庄子》《文选》，古式信封，方块新诗，现在是我们又有了新的企图，要以"古雅"立足于天地之间了。假使真能立足，那倒是给"生存竞争"添一条新例的。

十月一日

（本篇最初发表于一九三三年十月六日《申报·自由谈》时，题为《感旧》，无副题）

【赏读：作者在文中赞美的是过去的一些"新党"人物，他们为了给中国图富强而"维新"，表现在学"洋文"、看"洋书"，立足自身，放眼世界，虽穿着长袍马褂，但思想却开放包容，积极奋发，充满了活力和激情。而一些"新青年"和上文的"过去的人"正好相反，虽然未受到旧式教育的影响，却迷恋旧文化，用以附庸风雅。旧形式可以表现新思想，同样新形式也可以宣传旧观念。而比之于人也同样如此，"过去的人"能够开明包容、积极奋发，而这些迷恋、推崇旧文化的"新青年"也完全可以变得因循守旧、故步自封。实际上，这里点明了"新青年"迷恋旧文化形式的危害性。】

"硬译"与"文学的阶级性"

一

　　一听说《新月》月刊团体里的人们在说,现在销路好起来了。这大概是真的,以我似的交际极少的人,也在两个年轻朋友的手里见过第二卷第六七号的合本。顺便一翻,是争"言论自由"的文字和小说居多。近尾巴处,则有梁实秋先生的一篇《论鲁迅先生的"硬译"》,以为"近于死译"。而"死译之风也断不可长",就引了我的三段译文,以及在《文艺与批评》的后记里所说:"但因为译者的能力不够,和中国文本来的缺点,译完一看,晦涩,甚而至于难解之处也真多;倘将仂句拆下来呢,又失了原来的语气。在我,是除了还是这样的硬译之外,只有束手这一条路了,所余的惟一的希望,只在读者还肯硬着头皮看下去而已"这些话,细心地在字旁加上圆圈,还在"硬译"两字旁边加上套圈,于是"严正"地下了"批评"道:"我们'硬着头皮看下去'了,但是无所得。'硬译'和'死译'有什么分别呢?"

　　新月社的声明中,虽说并无什么组织,在论文里,也似乎痛恶无产阶级式的"组织""集团"这些话,但其实是有组织的,至少,关于政治的论文,这一本里都互相"照应";关于文艺,则这一篇是登在上面的同一批评家所作的《文学是有阶级性的吗?》的余波。在那一篇里有一段说:"……但是不幸得很,没有一本这类的书能被我看懂……最使我感到困难的是文字……简直读起来比天书还难……现在还没有一个中国人,用中国人所能看得懂的文字,写一篇文章告诉我们无产文学的理论究竟是怎么一回事。"字旁也有圆圈,怕排印麻烦,恕不照画了。总之,梁先生自认是一切中国人的代表,这些书既为自己所不懂,也就是为一切中国人所不懂,应该在中国断绝其生命,于是出示曰"此风断不可长"云。

　　别的"天书"译著者的意见我不能代表,从我个人来看,则事情是不会这样简单的。第一，梁先生自以为"硬着头皮看下去"了，但究竟硬了没有，是否能够，还是一个问题。以硬自居了，而实则其软如棉，正是新月社的一种特色。第二，梁先生虽自来代表一切中国人了，但究竟是否全国中的最优秀者，也是一个问题。这问题从《文学是有阶级性的吗?》这篇文章里，便可以解释。Proletary 这字不必译音，大可译义，是有理可说的。但这位批评家却道："其实翻翻字典，这个字的涵义并不见得体面，据《韦白斯特大字典》，Proletary 的意思就是：A citizen of the lowest class who served the state not with property, but only by having children。……普罗列塔利亚是国家里只会生孩子的阶级!（至少在罗马时代是如此)"其实正无须来争这"体面"，大约略有常识者，总不至于以现在为罗马时代，将现在的无产者都看作罗马人的。这正如将 Chemie 译作"舍密学"，读者必不和埃及的"炼金术"混同，对于"梁"先生所作的文章，也绝不会去考查语源，误解为"独木小桥"竟会动笔一样。连"翻翻字典"（《韦白斯特大字典》!）也还是"无所得"，一切中国人未必全是如此的罢。

二

但于我最觉得有兴味的，是上节所引的梁先生的文字里，有两处都用着一个"我们"，颇有些"多数"和"集团"气味了。自然，作者虽然单独执笔，气类则决不只一人，用"我们"来说话，是不错的，也令人看起来较有力量，又不至于一人双肩负责。然而，当"思想不能统一"时，"言论应该自由"时，正如梁先生的批评资本制度一般，也有一种"弊病"。就是，既有"我们"便有我们以外的"他们"，于是新月社的"我们"虽以为我的"死译之风断不可长"了，却另有读了并不"无所得"的读者存在，而我的"硬译"，就还在"他们"之间生存，和"死译"还有一些区别。

我也就是新月社的"他们"之一，因为我的译作和梁先生所需的条件，是全都不一样的。

那一篇《论硬译》的开头论误译胜于死译说："一部书断断不会完全曲译……部分的曲译即使是错误，究竟也还给你一个错误，这个错误也许真是害人无穷的，而你读的时候究竟还落个爽快。"末两句大可以加上夹圈，但我却从来不干这样的勾当。我的译作，本不在博读者的"爽快"，却往往给以不舒服，甚而至于使人气闷，憎恶，愤恨。读了会"落个爽快"的东西，自有新月社的人们的译著在：徐志摩先生的诗，沈从文，凌叔华先生的小说，陈西滢（即陈源）先生的闲话，梁实秋先生的批评，潘光旦先生的优生学，还有白璧德先生的人文主义。

所以，梁先生后文说："这样的书，就如同看地图一般，要伸着手指来寻找句法的线索位置"这些话，在我也就觉得是废话，虽说犹如不说了。是的，由我说来，要看"这样的书"就如同看地图一样，要伸着手指来找寻"句法的线索位置"的。看地图虽然没有看《杨妃出浴图》或《岁寒三友图》那么"爽快"，甚而至于还须伸着手指（其实这恐怕梁先生自己如此罢了，看惯地图的人，是只用眼睛就可以的），但地图并不是死图；所以"硬译"即使有同一之劳，照例子也就和"死译"有了些"什么区别"。识得 ABCD 者自以为新学家，仍旧和化学方程式无关，会打算盘的自以为数学家，看起笔算的演草来还是无所得。现在的世间，原不是一为学者，便与一切事都会有缘的。

然而梁先生有实例在，举了我三段的译文，虽然明知道"也许因为没有上下文的缘故，意思不能十分明了"。在《文学是有阶级性的吗？》这篇文章中，也用了类似手段，举出两首译诗来，总评道："也许伟大的无产文学还没有出现，那么我愿意等着，等着，等着。"这些方法，诚然是很"爽快"的，但我可以就在这一本《新月》月刊里的创作——是创作呀！——《搬家》第八页上，举出一段文字来——

"小鸡有耳朵没有？"

"我没看见过小鸡长耳朵的。"

"它怎样听见我叫它呢？"她想到前天四婆告诉她的耳朵是管听东西，眼是管看东西的。

"这个蛋是白鸡黑鸡？"枝儿见四婆没答她，站起来摸着蛋子又问。

"现在看不出来，等孵出小鸡才知道。"

"婉儿姊说小鸡会变大鸡，这些小鸡也会变大鸡么?"

"好好地喂它就会长大了，像这个鸡买来时还没有这样大吧?"

也够了，"文字"是懂得的，也无须伸出手指来寻线索，但我不"等着"了，以为就这一段看，是既不"爽快"，而且和不创作是很少区别的。

临末，梁先生还有一个诘问："中国文和外国文是不同的……翻译之难即在这个地方。假如两种文中的文法句法词法完全一样，那么翻译还成为一件工作吗?……我们不妨把句法变换一下，以使读者能懂为第一要义，因为'硬着头皮'不是一件愉快的事，并且'硬译'也不见得能保存'原来的精悍的语气'。假如'硬译'而还能保存'原来的精悍的语气'，那真是一件奇迹，还能说中国文是有'缺点'吗?"我倒不见得如此之愚，要寻求和中国文相同的外国文，或者希望"两种文中的文法句法词法完全一样"。我但以为文法繁复的国语，较易于翻译外国文，语系相近的，也较易于翻译，而且也是一种工作。荷兰翻德国，俄国翻波兰，能说这和并不工作没有什么区别么? 日本语和欧美很"不同"，但他们逐渐添加了新句法，比起古文来，更宜于翻译而不失原来的精悍的语气，开初自然是须"找寻句法的线索位置"，很给了一些人不"愉快"的，但经找寻和习惯，现在已经同化，成为己有了。中国的文法，比日本的古文还要不完备，然而也曾有些变迁，例如《史》《汉》不同于《书经》，现在的白话文又不同于《史》《汉》; 有添造，例如唐译佛经，元译上谕，当时很有些"文法句法词法"是生造的，一经习用，便不必伸出手指，就懂得了。现在又来了"外国文"，许多句子，即也须新造——说得坏点，就是硬造。据我的经验，这样译来，较之化为几句，更能保存原来的精悍的语气，但因为有待于新造，所以原先的中国文是有缺点的。有什么"奇迹"，干什么"吗"呢? 但有待于"伸出手指""硬着头皮"，于有些人自然"不是一件愉快的事"。不过我是本不想将"爽快"或"愉快"

来献给那些诸公的，只要还有若干的读者能够有所得，梁实秋先生"们"的苦乐以及无所得，实在"于我如浮云"。

但梁先生又有本不必求助于无产文学理论，而仍然很不了了的地方，例如他说，"鲁迅先生前些年翻译的文学，例如厨川白村的《苦闷的象征》，还不是令人看不懂的东西，但是最近翻译的书似乎改变风格了。"只要有些常识的人就知道："中国文和外国文是不同的，"但同是一种外国文，因为作者各人的做法，而"风格"和"句法的线索位置"也可以很不同。句子可繁可简，名词可常可专，决不会一种外国文，易解的程度就都一式。我的译《苦闷的象征》，也和现在一样，是案板规逐句，甚而至于逐字译的，然而梁实秋先生居然以为不能看懂者，乃是原文原是易解的缘故，也因为梁实秋先生是中国新的批评家了的缘故，也因为其中硬造的句法，是比较地看惯了的缘故。若在三家村里，专读《古文观止》的学者们，看起来又何尝不比"天书"还难呢。

三

但是，这回的"比天书还难"的无产文学理论的译本们，却给了梁先生不小的影响。看不懂了，会有影响，虽然好像滑稽，然而是真的，这位批评家在《文学是有阶级性的吗？》里说："我现在批评所谓无产文学理论，也只能根据我所能了解的一点材料而已。"这就是说：因此而对于这理论的知识，极不完全了。

但对于这罪过，我们（包含一切"天书"译者在内，故曰"们"）也只能负一部分的责任，一部分是要作者自己的糊涂或懒惰来负的。"什么卢那卡尔斯基，蒲力汗诺夫"的书我不知道，若夫"婆格达诺夫之类"的三篇论文和托罗兹基的半部《文学与革命》，则确有英文译本的了。英国没有"鲁迅先生"，译文定该非常易解。梁先生对于伟大的无产文学的产生，曾经显示其"等着，等着，等着"的耐心和勇气，这回对于理论，何不也等一下子，寻来看了再说呢。不知其有而不求曰糊涂，知其有而不求曰懒惰，如果单是默坐，这样也许是"爽快"的，然而开起口来，却很容易咽进冷气去了。

例如就是那篇《文学是有阶级性的吗？》的高文，结论是并无阶级性。要抹杀阶级性，我以为最干净的是吴稚晖先生的"什么马克思牛克斯"以及什么先生的"世界上并没有阶级这东西"的学说。那么，就万喙息响，天下太平。但梁先生却中了一些"什么马克思"毒了，先承认了现在许多地方是资产制度，在这制度之下则有无产者。不过这"无产者本来并没有阶级的自觉。是几个过于富同情心而又态度偏激的领袖把这个阶级观念传授了给他们"，要促起他们的联合，激发他们争斗的欲念。不错，但我以为传授者应该并非由于同情，却因了改造世界的思想。况且"本无其物"的东西，是无从自觉，无从激发的，会自觉，能激发，足见那是原有的东西。原有的东西，就遮掩不久，即如格里莱阿说地体运动，达尔文说生物进化，当初何尝不或者几被宗教家烧死，或者大受保守者攻击呢，然而现在人们对于两说，并不为奇者，就因为地体终于在运动，生物确也在进化的缘故。承认其有而要掩饰为无，非有绝技是不行的。

但梁先生自有消除斗争的办法，以为如卢梭所说："资产是文明的基础""所以攻击资产制度，即是反抗文明""一个无产者假如他是有出息的，只消辛辛苦苦诚诚实实的工作一生，多少必定可以得到相当的资产。这才是正当的生活斗争的手段。"我想，卢梭去今虽已百五十年，但当不至于以为过去未来的文明，都以资产为基础（但倘说以经济关系为基础，那自然是对的）。希腊印度，都有文明，而繁盛时俱非在资产社会，他大概是知道的；倘不知道，那也是他的错误。至于无产者应该"辛辛苦苦"爬上有产阶级去的"正当"的方法，则是中国有钱的老太爷高兴时候，教导穷工人的古训，在实际上，现今正在"辛辛苦苦诚诚实实"想爬上一级去的"无产者"也还多。然而这是还没有人"把这个阶级观念传授了给他们"的时候。一经传授，他们可就不肯一个一个地来爬了，诚如梁先生所说："他们是一个阶级了，他们要有组织了，他们是一个集团了，于是他们便不循常轨的一跃而夺取政权财权，一跃而为统治阶级。"但可还有想"辛辛苦苦诚诚实实工作一生，多少必定可以得到相当的资产"的"无产者"呢？自然还有的。然而他要算是"尚未发财的有产者"了。梁先生的忠告，将为无产者所呕吐了，将只好和老太爷去互相赞赏而已了。

那么，此后如何呢？梁先生以为是不足虑的。因为"这种革命的现象不能是永久的，经过自然进化之后，优胜劣败的定律又要证明了，还是聪明才力过人的人占优越的地位，无产者仍是无产者"。但无产阶级大概也知道"反文明的势力早晚要被文明的势力所征服"，所以"要建立所谓'无产阶级文化'……这里面包括文艺学术"。

自此以后，这才入了文艺批评的本题。

四

梁先生首先以为无产者文学理论的错误，是"在把阶级的束缚加在文学上面"，因为一个资本家和一个劳动者，有不同的地方，但还有相同的地方，"他们的人性（这两字原本有套圈）并没有两样"，例如都有喜怒哀乐，都有恋爱（但所"说的是恋爱的本身，不是恋爱的方式"），"文学就是表现这最基本的人性的艺术"。这些话是矛盾而空虚的。既然文明以资产为基础，穷人以竭力爬上去为"有出息"，那么，爬上是人生的要谛，富翁乃人类的至尊，文学也只要表现资产阶级就够了，又何必如此"过于富同情心"，一并包括"劣败"的无产者？况且"人性"的"本身"，又怎样表现的呢？譬如原质或杂质的化学的性质，有化合力，物理学底性质有硬度，要显示这力和度数，是须用两种物质来表现的，倘说要不用物质而显示化合力和硬度的单单"本身"，无此妙法；但一用物质，这现象即又因物质而不同。文学不借人，也无以表示"性"，一用人，而且还在阶级社会里，即断不能免掉所属的阶级性，无需加以"束缚"，实乃出于必然。自然，"喜怒哀乐，人之情也"，然而穷人决无开交易所折本的懊恼，煤油大王那会知道北京捡煤渣老婆子身受的酸辛，饥区的灾民，大约总不去种兰花，象阔人的老太爷一样，贾府上的焦大，也不爱林妹妹的。"汽笛呀！""列宁呀！"固然并不就是无产文学，然而"一切东西呀！""一切人呀！""可喜的事来了，人喜了呀！"也不是表现"人性"的"本身"的文学。倘以表现最普通的人性的文学为至高，则表现最普遍的动物性——营养，呼吸，运动，生殖——的文学，或者除去"运动"，表现生物性的文学，必当更在其上。倘说，因为我们是人，所以以表现人性为限，那么，无产者就因为是无产阶级，所以要做无产文学。

其次，梁先生说作者的阶级，和作品无关。托尔斯泰出身贵族，而同情于贫民，然而并不主张阶级斗争；马克思并非无产阶级中的人物；终身穷苦的约翰孙博士，志行吐属，过于贵族。所以估量文学，当看作品本身，不能连累到作者的阶级和身份。这些例子，也全不足以证明文学的无阶级性的。托尔斯泰正因为出身贵族，旧性荡涤不尽，所以只同情于贫民而不主张阶级斗争。马克思原先诚非无产阶级中的人物，但也并无文学作品，我们不能悬拟他如果动笔，所表现的一定是不用方式的恋爱本身。至于约翰孙博士终身穷苦，而志行吐属，过于王侯者，我却实在不明白那缘故，因为我不知道英国文学和他的传记。也许，他原想"辛辛苦苦诚诚实实的工作一生，多少必定可以得到相当的资产"，然后再爬上贵族阶级去，不料终于"劣败"，连相当的资产也积不起来，所以只落得摆空架子，"爽快"了罢。

其次，梁先生说，"好的作品永远是少数人的专利品，大多数永远是蠢的，永远是和文学无缘"，但鉴赏力之有无却和阶级无干，因为"鉴赏文学也是天生的一种福气"，就是，虽在无产阶级里，也会有这"天生的一种福气"的人。由我推论起来，则只要有这一种"福气"的人，虽穷得不能受教育，至于一字不识，也可以赏鉴《新月》月刊，来做"人性"和文艺"本身"原无阶级性的证据。但梁先生也知道天生这一种福气的无产者一定不多，所以另定一种东西（文艺？）来给他们看，"例如什么通俗的戏剧，电影，侦探小说之类"，因为"一般劳工劳农需要娱乐，也许需要少量的艺术的娱乐"的缘故。这样看来，好像文学确因阶级而不同了，但这是因鉴赏力之高低而定的，这种力量的修养和经济无关，乃是上帝之所赐——"福气"。所以文学家要自由创造，既不该为皇室贵族所雇用，也不该受无产阶级所威胁，去做讴功颂德的文章。这是不错的，但在我们所见的无产文学理论中，也并未见过有谁说或一阶级的文学家，不该受皇室贵族的雇用，却该受无产阶级的威胁，去做讴功颂德的文章，不过说，文学有阶级性，在阶级社会中，文学家虽自以为"自由"，自以为超了阶级，而无意识底地，也终受本阶级的阶级意识所支配，那些创作，并非别阶级的文化罢了。例如梁先生的这篇文章，原意是在取消文学上的阶级性，张扬真理的。但以资产为文明的祖宗，指穷人为劣败的渣滓，只要一瞥，就知道是资产家的斗争的"武器"——不，"文章"了。无产文学理论家以主张"全人类""超阶级"的文学理论为帮助有产阶级的东西，这里就给了一个极分明的例证。至于成仿吾先生似的"他们一定胜利的，所以我们去指导安慰他们去"，说出"去了"之后，便来"打发"自己们以外的"他们"那样的无产文学家，那不消说，是也和梁先生一样地对于无产文学的理论，未免有"以意为之"的错误的。

又其次，梁先生最痛恨的是无产文学理论家以文艺为斗争的武器，就是当作宣传品。他"不反对任何人利用文学来达到另外的目的"，但"不能承认宣传式的文字便是文学"。我以为这是自扰之谈。据我所看过的那些理论，都不过说凡文艺必有所宣传，并没有谁主张只要宣传式的文字便是文学。诚然，前年以来，中国确曾有许多诗歌小说，填进口号和标语去，自以为就是无产文学。但那是因为内容和形式，都没有无产气，不用口号和标语，便无从表示其"新兴"的缘故，实际上也并非无产文学。今年，有名的"无产文学底批评家"钱杏邨先生在《拓荒者》上还在引卢那卡尔斯基的话，以为他推重大众能解的文学，足见用口号标语之未可厚非，来给那些"革命文学"辩护。但我觉得那也和梁实秋先生一样，是有意的或无意的曲解。卢那卡尔斯基所谓大众能解的东西，当是指托尔斯泰做了分给农民的小本子那样的文体，工农一看便会了然的语法，歌调，诙谐。只要看台明·培特尼（Demian Bednii）曾因诗歌得到赤旗章，而他的诗中并不用标语和口号，便可明白了。

最后，梁先生要看货色。这不错的，是最切实的办法；但抄两首译诗算是在示众，是不对的。《新月》上就曾有《论翻译之难》，何况所译的文是诗。就我所见的而论，卢那卡尔斯基的《被解放的堂·吉诃德》，法兑耶夫的《溃灭》，格拉特珂夫的《水门汀》，在中国这十一年中，就并无可以和这些相比的作品。这是指"新月社"一流的蒙资产文明的余荫，而且衷心在拥护它的作家而言。于号称无产作家的作品中，我也举不出相当的成绩。但钱杏邨先生也曾辩护，说新兴阶级，于文学的本领当然幼稚而单纯，向他们立刻要求好作品，是"布尔乔亚"的恶意。这话为农工而说，是极不错的。这样的无理要求，恰如使他们冻饿了好久，倒怪他们为什么没有富翁那么肥胖一样。但中国的作者，现在却实在并无刚刚放下锄斧柄子的人，大多数都是进过学校的智识者，有些还是早已有名的文人，莫非克服了自己的小资产阶级意识之后，就连先前的文学本领也随着消失了么？不会的。俄国的老作家亚历舍·托尔斯泰和威全赛耶夫，普理希文，至今都还有好作品。中国的有口号而无随同的实证者，我想，那病根并不在"以文艺为阶级斗争的武器"，而在"借阶级斗争为文艺的武器"，在"无产者文学"这旗帜之下，聚集了不少的忽翻筋斗的人，试看去年的新书广告，几乎没有一本不是革命文学，批评家又但将辩护当作"清算"，就是，请文学坐在"阶级斗争"的掩护之下，于是文学自己倒不必着力，因而于文学和斗争两方面都少关系了。

但中国目前的一时现象，当然毫不足作无产文学之新兴的反证的。梁先生也知道，所以他临末让步说："假如无产阶级革命家一定要把他的宣传文学唤做无产文学，那总算是一种新兴文学，总算是文学国土里的新收获，用不着高呼打倒资产的文学来争夺文学的领域，因为文学的领域太大了，新的东西总有它的位置的。"但这好像"中日亲善，同存共荣"之说，从羽毛未丰的无产者看来，是一种欺骗。愿意这样的"无产文学者"，现在恐怕实在也有的罢，不过这是梁先生所谓"有出息"的要爬上资产阶级去的"无产者"一流，他的作品是穷秀才未中状元时候的牢骚，从开手到爬上以及以后，都决不是无产文学。无产者文学是为了以自己们之力，来解放本阶级并及一切阶级而斗争的一翼，所要的是全般，不是一角的地位。就拿文艺批评界来比方罢，假如在"人性"的"艺术之宫"（这须从成仿吾先生处租来暂用）里，向南面摆两把虎皮交椅，请梁实秋钱杏邨两位先生并排坐下，一个右执"新月"，一个左执"太阳"，那情形可真是"劳资"媲美了。

五

到这里，又可以谈到我的"硬译"去了。

推想起来，这是很应该跟着发生的问题：无产文学既然重在宣传，宣传必须多数能懂，那么，你这些"硬译"而难懂的理论"天书"，究竟为什么而译的呢？不是等于不译么？

我的回答，是：为了我自己，和几个以无产文学批评家自居的人，和一部分不图"爽快"，不怕艰难，多少要明白一些这理论的读者。

从前年以来，对于我个人的攻击是多极了，每一种刊物上，大抵总要看见"鲁迅"的名字，而作者的口吻，则粗粗一看，大抵好像革命文学家。但我看了几篇，竟逐渐觉得废话太多了。解剖刀既不中腠理，子弹所击之处，也不是致命伤。例如我所属的阶级罢，就至今还未判定，忽说小资产阶级，忽说"布尔乔亚"，有时还升为"封建余孽"，而且又等于猩猩（见《创造月刊》上的"东京通信"）；有一回则骂到牙齿的颜色。在这样的社会里，有封建余孽出风头，是十分可能的，但封建余孽就是猩猩，却在任何"唯物史观"上都没有说明，也找不出牙齿色黄，即有害于无产阶级革命的论据。我于是想，可供参考的这样的理论，是太少了，所以大家有些糊涂。对于敌人，解剖，咬嚼，现在是在所不免的，不过有一本解剖学，有一本烹饪法，依法办理，则构造味道，总还可以较为清楚，有味。人往往以神话中的 Prometheus 比革命者，以为窃火给人，虽遭天帝之虐待不悔，其博大坚忍正相同。但我从别国里窃得火来，本意却在煮自己的肉的，以为倘能味道较好，庶几在咬嚼者那一面也得到较多的好处，我也不枉费了身躯：出发点全是个人主义，并且还夹杂着小市民性的奢华，以及慢慢地摸出解剖刀来，反而刺进解剖者的心脏里去的"报复"。梁先生说："他们要报复！"其实岂止"他们"，这样的人在"封建余孽"中也很有的。然而，我也愿意于社会上有些用处，看客所见的结果仍是火和光。这样，首先开手的就是《文艺政策》，因为其中含有各派的议论。

郑伯奇先生现在是开书铺，印 Hauptmann 和 Gregory 夫人的剧本了，那时他还是革命文学家，便在所编的《文艺生活》上，笑我的翻译这书，是不甘没落，而可惜被别人着了先鞭。翻一本书便会浮起，做革命文学家真太容易了，我并不这样想。有一种小报，则说我的译《艺术论》是"投降"。是的，投降的事，为世上所常有。但其时成仿吾元帅早已爬出日本的温泉，住进巴黎的旅馆了，在这里又向谁去输诚呢。今年，说法又两样了，在《拓荒者》和《现代小说》上，都说是"方向转换"。我看见日本的有些杂志中，曾将这四字加在先前的新感觉派片冈铁兵上，算是一个好名词。其实，这些纷纭之谈，也还是只看名目，连想也不肯想的老病。译一本关于无产文学的书，是不足以证明方向的，倘有曲译，倒反足以为害。我的译书，就也要献给这些速断的无产文学批评家，因为他们是有不贪"爽快"，耐苦来研究这些理论的义务的。

但我自信并无故意的曲译，打着我所不佩服的批评家的伤处了的时候我就一笑，打着我的伤处了的时候我就忍痛，却决不肯有所增减，这也是始终"硬译"的一个原因。自然，世间总会有较好的翻译者，能够译成既不曲，也不"硬"或"死"的文章的，那时我的译本当然就被淘汰，我就只要来填这从"无有"到"较好"的空间罢了。

然而世间纸张还多，每一文社的人数却少，志大力薄，写不完所有的纸张，于是一社中的职司克敌助友，扫荡异类的批评家，看见别人来涂写纸张了，便喟然兴叹，不胜其摇头顿足之苦。上海的《申报》上，至于称社会科学的翻译者为"阿狗阿猫"，其愤愤有如此。在"中国新兴文学的地位，早为读者所共知"的蒋光Z先生，曾往日本东京养病，看见藏原惟人，谈到日本有许多翻译太坏，简直比原文还难读……他就笑了起来，说："……那中国的翻译界更要莫名其妙了，近来中国有许多书籍都是译自日文的，如果日本人将

208

欧洲人那一国的作品带点错误和删改，从日文译到中国去，试问这作品岂不是要变了一半相貌么？……"（见《拓荒者》也就是深不满于翻译，尤其是重译的表示。）不过梁先生还举出书名和坏处，蒋先生却只嫣然一笑，扫荡无余，真是普遍得远了。藏原惟人是从俄文直接译过许多文艺理论和小说的，于我个人就极有裨益。我希望中国也有一两个这样的诚实的俄文翻译者，陆续译出好书来，不仅自骂一声"混蛋"就算尽了革命文学家的责任。

　　然而现在呢，这些东西，梁实秋先生是不译的，称人为"阿狗阿猫"的伟人也不译，学过俄文的蒋先生原是最为适宜的了，可惜养病之后，只出了一本《一周间》，而日本则早已有了两种的译本。中国曾经大谈达尔文，大谈尼采，到欧战时候，则大骂了他们一通，但达尔文的著作的译本，至今只有一种，尼采的则只有半部，学英德文的学者及文豪都不暇顾及，或不屑顾及，拉倒了。所以暂时之间，恐怕还只好任人笑骂，仍从日文来重译，或者取一本原文，比照了日译本来直译罢。我还想这样做，并且希望更多有这样做的人，来填一填彻底的高谈中的空虚，因为我们不能像蒋先生那样的"好笑起来"，也不该如梁先生的"等着，等着，等着"了。

六

　　我在开头曾有"以硬自居了，而实则其软如棉，正是新月社的一种特色"这些话，到这里还应该简短地补充几句，就作为本篇的收场。

　　《新月》一出世，就主张"严正态度"，但于骂人者则骂之，讥人者则讥之。这并不错，正是"即以其人之道，还治其人之身"，虽然也是一种"报复"，而非为了自己。到二卷六七号合本的广告上，还说"我们都保持'容忍'的态度（除了'不容忍'的态度是我们所不能容忍以外），我们都喜欢稳健的合乎理性的学说"。上两句也不错，"以眼还眼，以牙还牙"，和开初仍然一贯。然而从这条大路走下去，一定要遇到"以暴力抗暴力"，这和新月社诸君所喜欢的"稳健"也不能相容了。

　　这一回，新月社的"自由言论"遭了压迫，照老办法，是必须对于压迫者，也加以压迫的，但《新月》上所显现的反应，却是一篇《告压迫言论自由者》，先引对方的党义，次引外国的法律，终引东西史例，以见凡压迫自由者，往往臻于灭亡：是一番替对方设想的警告。

所以，新月社的"严正态度""以眼还眼"法，归根结蒂，是专施之力量相类，或力量较小的人的，倘给有力者打肿了眼，就要破例，只举手掩住自己的脸，叫一声"小心你自己的眼睛！"

（本篇最初发表于一九三〇年三月上海
《萌芽月刊》第一卷第三期）

【赏读：二次国内革命战争时期，随着无产阶级革命文学运动的深入开展，文学领域发生了以鲁迅为代表的"阶级论"与梁实秋为代表的"人性论"的论辩。鲁迅在论辩中发表了长篇论文《"硬译"与"文学的阶级性"》。文章指出了新月社标榜"文艺自由"的虚假性与反抗专制压迫的软弱性，阐明了自己译介苏俄文艺理论的动机与目的，并对梁实秋用"人性论"否定无产文学的种种错误论点进行了辩驳。】

习惯与改革

体质和精神都已硬化了的人民，对于极小的一点改革，也无不加以阻挠，表面上好像恐怕于自己不便，其实是恐怕于自己不利，但所设的口实，却往往见得极其公正而且堂皇。

今年的禁用阴历，原也是琐碎的，无关大体的事，但商家当然叫苦连天了。不特此也，连上海的无业游民，公司雇员，竟也常常慨然长叹，或者说这很不便于农家的耕种，或者说这很不便于海船的候潮。他们居然因此念起久不相干的乡下的农夫，海上的舟子来。这真像煞有些博爱。

一到阴历的十二月二十三，爆竹就到处毕毕剥剥。我问一家的店伙："今年仍可以过旧历年，明年一准过新历么？"那回答是："明年又是明年，要明年再看了。"他并不信明年非过阳历年不可。但日历上，却诚然删掉了阴历，只存节气。然而一面在报章上，则出现了《一百二十年阴阳合历》的广告。好，他们连曾孙玄孙时代的阴历，也已经给准备妥当了，一百二十年！

梁实秋先生们虽然很讨厌多数，但多数的力量是伟大，要紧的，有志于改革者倘不深知民众的心，设法利导，改进，则无论怎样的高文宏议，浪漫古典，都和他们无干，仅止于几个人在书房中互相叹赏，得些自己满足。假如竟有"好人政府"，出令改革乎，不多久，就早被他们拉回旧道上去了。

真实的革命者，自有独到的见解，例如乌略诺夫先生，他是将"风俗"和"习惯"，都包括在"文化"之内的，并且以为改革这些，很为困难。我想，但倘不将这些改革，则这革命即等于无成，如沙上建塔，顷刻倒坏。中国最初的排满革命，所以易得响应者，因为口号是"光复旧物"，就是"复古"，易于取得保守的人民同意的缘故。但到后来，竟没有历史上定例的开国之初的盛世，只枉然失了一条辫子，就很为大家所不满了。

以后较新的改革，就着着失败，改革一两，反动十斤，例如上述的一年日历上不准注阴历，却来了阴阳合历一百二十年。

这种合历，欢迎的人们一定是很多的，因为这是风俗和习惯所拥护，所以也有风俗和习惯的后援。别的事也如此，倘不深入民众的大层中，于他们的风俗习惯，加以研究，解剖，分别好坏，立存废的标准，而于存于废，都慎选施行的方法，则无论怎样的改革，都将为习惯的岩石所压碎，或者只在表面上浮游一些时。

现在已不是在书斋中，捧书本高谈宗教，法律，文艺，美术……等等的时候了，即使要谈论这些，也必须先知道习惯和风俗，而且有正视这些的黑暗面的勇猛和毅力。因为倘不看清，就无从改革。仅大叫未来的光明，其实是欺骗怠慢的自己和怠慢的听众的。

（本篇最初发表于一九三〇年三月一日
《萌芽月刊》第一卷第三期）

【赏读：鲁迅在他光辉的战斗一生中，始终坚持革新，反对守旧；坚持前进，反对倒退。在那"'反改革'的空气浓厚透顶"的年代，他密切结合现实的阶级斗争，对于阻碍革命深入发展的传统观念和习惯势力进行了深刻的批判。在一九三〇年一月写的《习惯与改革》一文中，鲁迅运用马克思列宁主义观点，指出了习惯势力是革新前进的大敌，阐明了批判旧文化、旧思想、旧风俗、旧习惯的重要性，并号召人们勇于正视现实，不妥协地同习惯势力做斗争。】

张资平氏的"小说学"

张资平氏据说是"最进步"的"无产阶级作家"，你们还在"萌芽"，还在"拓荒"，他却已在收获了。这就是进步，拔步飞跑，望尘莫及。然而你如果追踪而往呢，就看见他跑进"乐群书店"中。

张资平氏先前是三角恋爱小说作家，并且看见女的性欲，比男人还要熬不住，她来找男人，贱人呀贱人，该吃苦。这自然不是无产阶级小说。但作者一转方向，则一人得道，鸡犬飞升，何况神仙的遗蜕呢，《张资平全集》还应该看的。这是收获呀，你明白了没有？

还有收获哩。《申报》报告，今年的大夏学生，敬请"为青年所崇拜的张资平先生"去教"小说学"了。中国老例，英文先生是一定会教外国史的，国文先生是一定会教伦理学的，何况小说先生，当然满肚子小说学。要不然，他做得出来吗？我们能保得定荷马没有"史诗作法"，沙士比亚没有"戏剧学概论"吗？

呜呼，听讲的门徒是有福了，从此会知道如何三角，如何恋爱，你想女人吗，不料女人的性欲冲动比你还要强，自己跑来了。朋友，等着罢。但最可怜的是不在上海，只好遥遥"崇拜"，难以身列门墙的青年，竟不能恭听这伟大的"小说学"。现在我将《张资平全集》和"小说学"的精华，提炼在下面，遥献这些崇拜家，算是"望梅止渴"云。

那就是——

二月二十二日（本篇最初发表于一九三〇年四月一日
《萌芽月刊》第一卷第四期，署名黄棘）

【赏读：鲁迅对张资平的认识批判，是一个随着历史情境和文化语境的变换而持续深化的过程：从怀疑式的讽刺到轻蔑的嘲笑，再至敌对的叱责。鲁迅对张资平的批判主要体现在逐利、媚俗和人格精神的失落三方面，深层上涉及历史转型时期知识分子所面临的生存、文化和思想的困境，因此它不仅为我们分析张资平的堕落人生提供了思想参照，而且为现代转型中的人文知识分子留下了弥足珍贵的历史警醒，具有现实意义。】

对于左翼作家联盟的意见

——三月二日在左翼作家联盟成立大会讲

有许多事情，有人在先已经讲得很详细了，我不必再说。我以为在现在，"左翼"作家是很容易成为"右翼"作家的。为什么呢？第一，倘若不和实际的社会斗争接触，单关在玻璃窗内做文章，研究问题，那是无论怎样的激烈，"左"，都是容易办到的；然而一碰到实际，便即刻要撞碎了。关在房子里，最容易高谈彻底的主义，然而也最容易"右倾"。西洋的叫做"Salon 的社会主义者"，便是指这而言。"Salon"是客厅的意思，坐在客厅里谈谈社会主义，高雅得很，漂亮得很，然而并不想到实行的。这种社会主义者，毫不足靠。并且在现在，不带点广义的社会主义的思想的作家或艺术家，就是说工农大众应该做奴隶，应该被虐杀，被剥削的这样的作家或艺术家，是差不多没有了，除非墨索里尼，但墨索里尼并没有写过文艺作品（当然，这样的作家，也还不能说完全没有，例如中国的新月派诸文学家，以及所说的墨索里尼所宠爱的邓南遮便是）。第二，倘不明白革命的实际情形，也容易变成"右翼"。革命是痛苦，其中也必然混有污秽和血，决不是如诗人所想像的那般有趣，那般完美；革命尤其是现实的事，需要各种卑贱的，麻烦的工作，决不如诗人所想像的那般浪漫；革命当然有破坏，然而更需要建设，破坏是痛快的，但建设却是麻烦的事。所以对于革命抱着罗曼蒂克的幻想的人，一和革命接近，一到革命进行，便容易失望。听说俄国的诗人叶遂宁，当初也非常欢迎十月革命，当时他叫道，"万岁，天上和地上的革命！"又说"我是一个布尔塞维克了！"然而一到革命后，实际上的情形，完全不是他所想像的那么一回事，终于失望，颓废。叶遂宁后来是自杀了的，听说这失望是他的自杀的原因之一。又如毕力涅克和爱伦堡，也都是例子。在我们辛亥革命时也有同样的例，那时有许多文人，例如属于"南社"的人们，开初大抵是很革命的，但他们抱着一种幻想，以为只要将满洲人赶出去，便一切都恢复了"汉官威仪"，人们都穿大袖的衣服，峨冠博带，大步地在街上走。谁知赶走清朝皇帝以后，民国成立，情形却全不同，所以他们便失望，以后有些人甚至成为新的运动的反动者。但是，我们如果不明白革命的实际情形，也容易和他们一样的。

还有，以为诗人或文学家高于一切人，他的工作比一切工作都高贵，也是不正确的观念。举例说，从前海涅以为诗人最高贵，而上帝最公平，诗人在死后，便到上帝那里去，围着上帝坐着，上帝请他吃糖果。在现在，上帝请吃糖果的事，是当然无人相信的了，但以为诗人或文学家，现在为劳动大众革命，将来革命成功，劳动阶级一定从丰报酬，特别优待，请他坐特等车，吃特等饭，或者劳动者捧着牛油面包来献他，说："我们的诗人，请用吧！"这也是不正确的；因为实际上绝不会有这种事，恐怕那时比现在还要苦，不但没有牛油面包，连黑面包都没有也说不定，俄国革命后一二年的情形便是例子。如果不明白这情形，也容易变成"右翼"。事实上，劳动者大众，只要不是梁实秋所说"有出息"者，也绝不会特别看重知识阶级者的，如我所译的《溃灭》中的美谛克（知识阶级出身），反而常被矿工等所嘲笑。不待说，知识阶级有知识阶级的事要做，不应特别看轻，然而劳动阶级决无特别例外地优待诗人或文学家的义务。

现在，我说一说我们今后应注意的几点。

第一，对于旧社会和旧势力的斗争，必须坚决，持久不断，而且注重实力。旧社会的根柢原是非常坚固的，新运动非有更大的力不能动摇它什么。并且旧社会还有它使新势力妥协的好办法，但它自己是决不妥协的。在中国也有过许多新的运动了，却每次都是新的敌不过旧的，那原因大抵是在新的一面没有坚决的广大的目的，要求很小，容易满足。譬如白话文运动，当初旧社会是死力抵抗的，但不久便容许白话文底存在，给它一点可怜地位，在报纸的角头等地方可以看见用白话写的文章了，这是因为在旧社会看来，新的东西并没有什么，并不可怕，所以就让它存在，而新的一面也就满足，以为白话文已得到存在权了。又如一二年来的无产文学运动，也差不多一样，旧社会也容许无产文学，因为无产文学并不厉害，反而他们也来弄无产文学，拿去做装饰，仿佛在客厅里放着许多古董瓷器以外，放一个工人用的粗碗，也很别致；而无产文学者呢，他已经在文坛上有个小地位，稿子已经卖得出去了，不必再斗争，批评家也唱着凯旋歌："无产文学胜利！"但除了个人的胜利，即以无产文学而论，究竟胜利了多少？况且无产文学，是无产阶级解放斗争底一翼，它跟着无产阶级的社会的势力的成长而成长，在无产阶级的社会地位很低的时候，无产文学的文坛地位反而很高，这只是证明无产文学者离开了无产阶级，回到旧社会去罢了。

第二，我以为战线应该扩大。在前年和去年，文学上的战争是有的，但那范围实在太小，一切旧文学旧思想都不为新派的人所注意，反而弄成了在一角里新文学者和新文学者的斗争，旧派的人倒能够闲舒地在旁边观战。

第三，我们应当造出大群的新的战士。因为现在人手实在太少了，譬如我们有好几种杂志，单行本的书也出版得不少，但做文章的总同是这几个人，所以内容就不能不单薄。一个人做事不专，这样弄一点，那样弄一点，既要翻译，又要做小说，还要做批评，并且也要做诗，这怎么弄得好呢？这都因为人太少的缘故，如果人多了，则翻译的可以专翻译，创作的可以专创作，批评的专批评；对敌人应战，也军势雄厚，容易克服。关于这点，我可顺便地说一件事。前年创造社和太阳社向我进攻的时候，那力量实在单薄，到后来连我都觉得有点无聊，没有意思反攻了，因为我后来看出了敌军在演"空城计"。那时候我的敌军是专事于吹擂，不务于招兵练将的；攻击我的文章当然很多，然而一看就知道都是化名，骂来骂去都是同样的几句话。我那时就等待有一个能操马克思主义批评的枪法的人来狙击我的，然而他终于没有出现。在我倒是一向就注意新的青年战士低养成的，曾经弄过好几个文学团体，不过效果也很小。但我们今后却必须注意这点。

我们急于要造出大群的新的战士，但同时，在文学战线上的人还要"韧"。所谓韧，就是不要像前清做八股文的"敲门砖"似的办法。前清的八股文，原是"进学"做官的工具，只要能做"起承转合"，借以进了"秀才举人"，便可丢掉八股文，一生中再也用不到它了，所以叫做"敲门砖"，犹之用一块砖敲门，门一敲进，砖就可抛弃了，不必再将它带在身边。这种办法，直到现在，也还有许多人在使用，我们常常看见有些人出了一两本诗集或小说集以后，他们便永远不见了，到哪里去了呢？是因为出了一本或二本书，有了一点小名或大名，得得到了教授或别的什么位置，功成名遂，不必再写诗写小说了，所以永远不见了。这样，所以在中国无论文学或科学都没有东西，然而在我们是要有东西的，因为这于我们有用（卢那卡尔斯基是甚至主张保存俄国的农民美术，因为可以造出来卖给外国人，在经济上有帮助。我以为如果我们文学或科学上有东西拿得出去给别人，则甚至于脱离帝国主义的压迫的政治运动上也有帮助）。但要在文化上有成绩，则非韧不可。

最后，我以为联合战线是以有共同目的为必要条件的。我记得好象曾听到过这样一句话："反动派且已经有联合战线了，而我们还没有团结起来！"其实他们也并未有有意的联合战线，只因为他们的目的相同，所以行动就一致，在我们看来就好像联合战线。而我们战线不能统一，就证明我们的目的不能一致，或者只为了小团体，或者还其实只为了个人，如果目的都在工农大众，那当然战线也就统一了。

（本篇最初发表于一九三〇年四月一日
《萌芽月刊》第一卷第四期）

【赏读：鲁迅虽然认为构建"左翼"话语，激进的变革态度、方式是需要的，也是必须的，在精神上需要"真的猛士"、"叛逆的猛士"的精神，但在策略上、方法上则需要"韧性"的精神。"左翼"话语不应是一种标语口号，不是一种空泛的呐喊，而应是一种实实在在的话语权利和谱系的建构，其内核应具有鲜明的思想、观念、意识，乃至人格的意蕴和含义，其独特性仍然是要唤起广大民众的觉悟，推动"五四"新文化思想启蒙的纵深发展。】

我们要批评家

看大概的情形（我们这里得不到确凿的统计），从去年以来，挂着"革命的"的招牌的创作小说的读者已经减少，出版界的趋势，已在转向社会科学了。这不能不说是好现象。最初，青年的读者迷于广告式批评的符咒，以为读了"革命的"创作，便有出路，自己和社会，都可以得救，于是随手拈来，大口吞下，不料许多许多是并不是滋养品，是新袋子里的酸酒，红纸包里的烂肉，那结果，是吃得胸口痒痒的，好象要呕吐。

得了这一种苦楚的教训之后，转而去求医于根本的，切实的社会科学，自然，是一个正当的前进。

然而，大部分是因为市场的需要，社会科学的译著又蜂〔风〕起云涌了，较为可看的和很要不得的都杂陈在书摊上，开始寻求正确的知识的读者们已经在惶惑。然而新的批评家不开口，类似批评家之流便趁势一笔抹杀："阿狗阿猫。"

到这里，我们所需要的，就只得还是几个坚实的，明白的，真懂得社会科学及其文艺理论的批评家。

批评家的发生，在中国已经好久了。每一个文学团体中，大抵总有一套文学的人物。至少，是一个诗人，一个小说家，还有一个尽职于宣传本团体的光荣和功绩的批评家。这些团体，都说是志在改革，向旧的堡垒取攻势的，然而还在中途，就在旧的堡垒之下纷纷自己扭打起来，扭得大家乏力了，这才放开了手，因为不过是"扭"而已矣，所以大创是没有的，仅仅喘着气。一面喘着气，一面各自以为胜利，唱着凯歌。旧堡垒上简直无须守兵，只要袖手俯首，看这些新的敌人自己所唱的喜剧就够。他无声，但他胜利了。

这两年中，虽然没有极出色的创作，然而据我所见，印成本子的，如李守章的《跋涉的人们》，台静农的《地之子》，叶永秦的《小小十年》前半部，柔石的《二月》及《旧时代之死》，魏金枝

的《七封信的自传》，刘一梦的《失业以后》，总还是优秀之作。可惜我们的有名的批评家，梁实秋先生还在和陈西滢相呼应，这里可以不提；成仿吾先生是怀念了创造社过去的光荣之后，摇身一变而成为"石厚生"，接着又流星似的消失了；钱杏邨先生近来又只在《拓荒者》上，揪着藏原惟人，一段又一段的，在和茅盾扭结。每一个文学团体以外的作品，在这样忙碌或萧闲的战场，便都被"打发"或默杀了。

这回的读书界的趋向社会科学，是一个好的，正当的转机，不惟有益于别方面，即对于文艺，也可催促它向正确，前进的路。但在出品的杂乱和旁观者的冷笑中，是极容易凋谢的，所以现在所首先需要的，也还是——几个坚实的，明白的，真懂得社会科学及其文艺理论的批评家。

（本篇最初发表于一九三〇年四月一日
《萌芽月刊》第一卷第四期）

【赏读：鲁迅因为感同身受着中国社会的"弱者"的痛苦，而自觉地进行他的反抗（复仇），他以不断批判来体现自身（包括自己的文学）的价值。他要求个体精神独立与自由，把批判的锋芒指向任何形式、任何范围的对人的奴役与压迫，并几乎在现实社会的一切方面都发现了这种奴役与压迫关系的延续与再生产，他的批判性也就永无终结。】

做古文和做好人的秘诀

——夜记之五，不完

从去年以来一年半之间，凡有对于我们的所谓批评文字中，最使我觉得气闷的滑稽的，是常燕生先生在一种月刊叫作《长夜》的上面，摆出公正脸孔，说我的作品至少还有十年生命的话。记得前几年，《狂飙》停刊时，同时这位常燕生先生也曾有文章发表，大意说《狂飙》攻击鲁迅，现在书店不愿出版了，安知（！）不是鲁迅运动了书店老板，加以迫害？于是接着大大地颂扬北洋军阀度量之宽宏。我还有些记性，所以在这回的公正脸孔上，仍然隐隐看见刺着那一篇锻炼文字；一面又想起陈源教授的批评法：先举一些美点，以显示其公平，然而接着是许多大罪状——由公平的衡量而得的大罪状。将功折罪，归根结蒂，终于是"学匪"，理应枭首挂在"正人君子"的旗下示众。所以我的经验是：毁或无妨，誉倒可怕，有时候是极其"汲汲乎殆哉"的。更何况这位常燕生先生满身五色旗气味，即令真心许我以作品的不灭，在我也好像宣统皇帝忽然龙心大悦，钦许我死后谥为"文忠"一般。于满肚气闷中的滑稽之余，仍只好诚惶诚恐，特别脱帽鞠躬，敬谢不敏之至了。

但在同是《长夜》的另一本上，有一篇刘大杰先生的文章——这些文章，似乎《中国的文艺论战》上都未收载——我却很感激地读毕了，这或者就因为正如作者所说，和我素不相知，并无私人恩怨，夹杂其间的缘故。然而尤使我觉得有益的，是作者替我设法，以为在这样四面围剿之中，不如放下刀笔，暂且出洋；并且给我忠告，说是在一个人的生活史上留下几张白纸，也并无什么紧要。在仅仅一个人的生活史上，有了几张白纸，或者全本都是白纸，或者竟全本涂成黑纸，地球也决不会因此炸裂，我是早知道的。这回意外地所得的益处，是三十年来，若有所悟，而还是说不出简明扼要的纲领的做古文和做好人的方法，因此恍然抓住了警头了。

其口诀曰：要做古文，做好人，必须做了一通，仍旧等于一张的白纸。

从前教我们作文的先生，并不传授什么《马氏文通》《文章作法》之流，一天到晚，只是读，做，读，做；做得不好，又读，又做。他却决不说坏处在那里，作文要怎样。一条暗胡同，一任你自己去摸索，走得通与否，大家听天由命。但偶然之间，也会不知怎么一来——真是"偶然之间"而且"不知怎么一来"——卷子上的文章，居然被涂改的少下去，留下的，而且有密圈的处所多起来了。于是学生满心欢喜，就照这样——真是自己也莫名其妙，不过是"照这样"——做下去，年深月久之后，先生就不再删改你的文章了，只在篇末批些"有书有笔，不蔓不枝"之类，到这时候，即可以算作"通"——自然，请高等批评家梁实秋先生来说，恐怕是不通的，但我是就世俗一般而言，所以也姑且从俗。

这一类文章，立意当然要清楚的，什么意见，倒在其次。譬如说，做《工欲善其事，必先利其器论》罢，从正面说，发挥"其器不利，则工事不善"固可，即从反面说，偏以为"工以技为先，技不纯，则器虽利，而事亦不善"也无不可。就是关于皇帝的事，说"天皇圣明，臣罪当诛"固可，即说皇帝不好，一刀杀掉也无不可的，因为我们的孟夫子有言在先，"闻诛独夫纣矣，未闻弑君也"，现在我们圣人之徒，也正是这一个意思儿。但总之，要从头到底，一层一层说下去，弄得明明白白，还是天皇圣明呢，还是一刀杀掉，或者如果都不赞成，那也可以临末声明："虽穷淫虐之威，而究有君臣之分，君子不为已甚，窃以为放诸四裔可矣"的。这样的做法，大概先生也未必不以为然，因为"中庸"也是我们古圣贤的教训。

然而，以上是清朝末年的话，如果在清朝初年，倘有什么人去一告密，那可会"灭族"也说不定的，连主张"放诸四裔"也不行，这时他不和你来谈什么孟子孔子了。现在革命方才成功，情形大概也和清朝开国之初相仿。（不完）

这是"夜记"之五的小半篇。"夜记"这东西，是我于一九二七年起，想将偶然的感想，在灯下记出，留为一集的，那年就发表了两篇。到得上海，有感于屠戮之凶，又做了一篇半，题为《虐杀》，先讲些日本幕府的磔杀耶教徒，俄国皇帝的酷待革命党之类的事。但不久就遇到了大骂人道主义的风潮，我也就借此偷懒，不再写下去，现在连稿子也不见了。

到得前年，柔石要到一个书店去做杂志的编辑，来托我做点随随便便，看起来不大头痛的文章。这一夜我就又想到做"夜记"，立了这样的题目。大意是想说，中国的作文和做人，都要古已有之，但不可直钞整篇，而须东拉西扯，补缀得看不出缝，这才算是上上大吉。所以做了一大通，还是等于没有做，而批评者则谓之好文章或好人。社会上的一切，什么也没有进步的病根就在此。当夜没有做完，睡觉去了。第二天柔石来访，将写下来的给他看，他皱皱眉头，以为说得太噜苏一点，且怕过占了篇幅。于是我就约他另译一篇短文，将这放下了。

现在去柔石的遇害，已经一年有余了，偶然从乱纸里检出这稿子来，真不胜其悲痛。我想将全文补完，而终于做不到，刚要下笔，又立刻想到别的事情上去了。所谓"人琴俱亡"者，大约也就是这模样的罢。现在只将这半篇附录在这里，以作柔石的纪念。

一九三二年四月二十六日之夜，

记（本篇在收入本书前未在报刊上发表过）

【赏读：鲁迅的《二心集》里收了一篇只写了一半的文章《做古文和做好人的秘诀》，文后附有作者的说明。原来青年作家柔石任某杂志的编辑，来向鲁迅约稿，鲁迅就想到了这个题目，当夜写了一半，睡觉去了。第二天柔石来访，鲁迅将这篇写了一半的文章拿给他看，"他皱皱眉头，以为说得太噜苏一点，且怕过占了篇幅"，鲁迅就将这篇文章放下，与他约定另译一篇短文。这就是鲁迅半篇文章的来历。这半篇文章及作者的附言让我们看到了一位伟人的大度和豁达】

关于《唐三藏取经诗话》的版本

——寄开明书店中学生杂志社

编辑先生：

这一封信，不知道能否给附载在《中学生》上？

事情是这样的——

《中学生》新年号内，郑振铎先生的大作《宋人话本》中关于《唐三藏取经诗话》，有如下的一段话：

> "此话本的时代不可知，但王国维氏据书末：'中瓦子张家印'数字，而断定其为宋椠，语颇可信。故此话本，当然亦必为宋代的产物。但也有人加以怀疑的。不过我们如果一读元代吴昌龄的《西游记》杂剧，便知这部原始的取经故事其产生必定是远在于吴氏《西游记》杂剧之前的。换一句话说，必定是在元代之前的宋代的。而'中瓦子'的数字恰好证实其为南宋临安城中所出产的东西，而没有什么疑义。"

我先前作《中国小说史略》时，曾疑此书为元椠，甚招收藏者德富苏峰先生的不满，著论辟谬，我也略加答辩，后来收在杂感集中。所以郑振铎先生大作中之所谓"人"，其实就是"鲁迅"，于唾弃之中，仍寓代为遮羞的美意，这是我万分惭而且感的。但我以为考证固不可荒唐，而亦不宜墨守，世间许多事，只消常识，便得了然。藏书家欲其所藏版本之古，史家则不然。故于旧书，不以缺笔定时代，如遗老现在还有将仪字缺末笔者，但现在确是中华民国；也不专以地名定时代，如我生于绍兴，然而并非南宋人，因为许多地名，是不随朝代而改的；也不仅据文意的华朴巧拙定时代，因为作者是文人还是市人，于作品是大有分别的。

所以倘无积极的确证，《唐三藏取经诗话》似乎还可怀疑为元椠。即如郑振铎先生所引据的同一位"王国维氏"，他别有《两浙古刊本考》两卷，民国十一年序，收在遗书第二集中。其卷上"杭州府刊版"的"辛，元杂本"项下，有这样的两种在内——

《京本通俗小说》

《大唐三藏取经诗话》三卷

是不但定《取经诗话》为元椠，且并以《通俗小说》为元本了。《两浙古本考》虽然并非僻书，但中学生诸君也并非专治文学史者，恐怕未必有暇涉猎。所以录寄贵刊，希为刊载，一以略助多闻，二以见单文孤证，是难以"必定"一种史实而常有"什么疑义"的。

专此布达，并请

撰安。

鲁迅启上

一月十九日夜（本篇最初发表于一九三一年二月上海《中学生》杂志第十二号）

【赏读：三十年代初，鲁迅作《关于〈唐三藏取经诗话〉的版本》一文，针对郑振铎（1898～1958）对自己不点名的批评，重申旧疑，同时提出考证古籍版本的三原则：不专以缺笔定时代，不专以地名定时代，也不仅仅依据文章的华朴巧拙来定时代。总之，"考证固不可荒唐，而亦不宜墨守，世间许多事，只消常识，便得了然。"他又补充一条线索说，曾经认为《取经诗话》是宋刊本的王国维，后来在《两浙古刊本考》中修正旧说，重订《诗话》为元椠本。】

柔石小传

柔石，原名平复，姓赵，以一九〇一年生于浙江省台州宁海县的市门头。前几代都是读书的，到他的父亲，家景已不能支，只好去营小小的商业，所以他直到十岁，这才能入小学。一九一七年赴杭州，入第一师范学校；一面为杭州晨光社之一员，从事新文学运动。毕业后，在慈溪等处为小学教师，且从事创作，有短篇小说集《疯人》一本，即在宁波出版，是为柔石作品印行之始。一九二三年赴北京，为北京大学旁听生。

回乡后，于一九二五年春，为镇海中学校务主任，抵抗北洋军阀的压迫甚力。秋，咯血，但仍力助宁海青年，创办宁海中学，至次年，竟得募集款项，造成校舍；一面又任教育局局长，改革全县的教育。

一九二八年四月，乡村发生暴动。失败后，到处反动，较新的全被摧毁，宁海中学既遭解散，柔石也单身出走，寓居上海，研究文艺。十二月为《语丝》编辑，又与友人设立朝华社，于创作之外，并致力于绍介外国文艺，尤其是北欧，东欧的文学与版画，出版的有《朝华》周刊二十期，旬刊十二期，及《艺苑朝华》五本。后因代售者不付书价，力不能支，遂中止。

一九三〇年春，自由运动大同盟发动，柔石为发起人之一；不久，左翼作家联盟成立，他也为基本构成员之一，尽力于普罗文学运动。先被选为执行委员，次任常务委员编辑部主任；五月间，以左联代表的资格，参加全国苏维埃区域代表大会，毕后，作《一个伟大的印象》一篇。

一九三一年一月十七日被捕，由巡捕房经特别法庭移交龙华警备司令部，二月七日晚，被秘密枪决，身中十弹。

柔石有子二人，女一人，皆幼。文学上的成绩，创作有诗剧《人间的喜剧》，未印，小说《旧时代之死》《三姊妹》《二月》《希望》，翻译有卢那卡尔斯基的《浮士德与城》，戈理基的《阿尔泰莫诺夫氏之事业》及《丹麦短篇小说集》等。

(本篇最初发表于一九三一年四月二十五日
上海《前哨》（纪念战死者专号），未署名）

【赏读：本篇最初发表于一九三一年四月二十五日上海《前哨》（纪念战死者专号），未署名。一九三一年一月十七日，"左联"作家李伟森、柔石、胡也频、冯铿、殷夫五人遭反动派逮捕，二月七日被国民党秘密杀害于上海龙华。为了揭露国民党的法西斯暴行，鲁迅主持出版了"左联"秘密刊物《前哨》（纪念战死者专号），写了《柔石小传》、《中国无产阶级革命文学和前驱的血》等文章，并参与起草《中国左翼作家联盟为国民党屠杀大批革命作家宣言》。】

中国无产阶级革命文学和前驱的血

中国的无产阶级革命文学在今天和明天之交发生，在诬蔑和压迫之中滋长，终于在最黑暗里，用我们的同志的鲜血写了第一篇文章。

我们的劳苦大众历来只被最剧烈的压迫和榨取，连识字教育的布施也得不到，惟有默默地身受着宰割和灭亡。繁难的象形字，又使他们不能有自修的机会。知识的青年们意识到自己的前驱的使命，便首先发出战叫。这战叫和劳苦大众自己的反叛的叫声一样地使统治者恐怖，走狗的文人即群起进攻，或者制造谣言，或者亲做侦探，然而都是暗做，都是匿名，不过证明了他们自己是黑暗的动物。

统治者也知道走狗的文人不能抵挡无产阶级革命文学，于是一面禁止书报，封闭书店，颁布恶出版法，通缉著作家，一面用最末的手段，将左翼作家逮捕，拘禁，秘密处以死刑，至今并未宣布。这一面固然在证明他们是在灭亡中的黑暗的动物，一面也在证实中国无产阶级革命文学阵营的力量，因为如传略所罗列，我们的几个遇害的同志的年龄，勇气，尤其是平日的作品的成绩，已足使全队走狗不敢狂吠。

然而我们的这几个同志已被暗杀了，这自然是无产阶级革命文学的若干的损失，我们的很大的悲痛。但无产阶级革命文学却仍然滋长，因为这是属于革命的广大劳苦群众的，大众存在一日，壮大一日，无产阶级革命文学也就滋长一日。我们的同志的血，已经证明了无产阶级革命文学和革命的劳苦大众是在受一样的压迫，一样的残杀，作一样的战斗，有一样的运命，是革命的劳苦大众的文学。

现在，军阀的报告，已说虽是六十岁老妇，也为"邪说"所中，租界的巡捕，虽对于小学儿童，也时时加以检查；他们除从帝国主义得来的枪炮和几条走狗之外，已将一无所有了，所有的只是老老小小——青年不必说——的敌人。而他们的这些敌人，便都在我们的这一面。

我们现在以十分的哀悼和铭记，纪念我们的战死者，也就是要牢记中国无产阶级革命文学的历史的第一页，是同志的鲜血所记录，永远在显示敌人的卑劣的凶暴和启示我们的不断的斗争。

（本篇最初发表于一九三一年四月二十五日《前哨》（纪念战死者专号），署名 L. S. ）

【赏读：中国的无产阶级革命文学在诬蔑和压迫之中滋长。劳苦大众历来被剧烈的压迫和榨取，甚至得不到识字教育。智识的青年意识到自己前驱的使命，使统治者恐怖。一些作为走狗的文人匿名暗做，不能抵挡无产阶级革命文学；统治者一面禁止封闭书报书店，一面逮捕、拘禁、处死"左翼作家"。证明了他们是在灭亡中的黑暗的动物，也证实了中国无产阶级革命文学阵营的力量。鲁迅先生在文章中写自己对于已被杀害的同志的悲痛与深切悼念。无产阶级革命文学是属于革命的广大劳苦群众的，因此它在不断地壮大、滋长。鲁迅先生的满腔热血与拳拳爱国之心，在笔下被淋漓尽致地描写且迸发了出来。】

黑暗中国的文艺界的现状

——为美国《新群众》作

　　现在，在中国，无产阶级的革命的文艺运动，其实就是惟一的文艺运动。因为这乃是荒野中的萌芽，除此以外，中国已经毫无其他文艺。属于统治阶级的所谓"文艺家"，早已腐烂到连所谓"为艺术的艺术"以至"颓废"的作品也不能生产，现在来抵制左翼文艺的，只有诬蔑，压迫，囚禁和杀戮；来和左翼作家对立的，也只有流氓，侦探，走狗，刽子手了。

　　这一点，已经由两年以来的事实，证明得十分明白。

　　前年，最初绍介蒲力汗诺夫（Plekhanov）和卢那卡尔斯基（Lunacharsky）的文艺理论进到中国的时候，先使一位白壁德先生（Mr. Prof. Alrving Babbitt）的门徒，感觉锐敏的"学者"愤慨，他以为文艺原不是无产阶级的东西，无产者倘要创作或鉴赏文艺，先应该辛苦地积钱，爬上资产阶级去，而不应该大家浑身褴褛，到这花园中来吵嚷。并且造出谣言，说在中国主张无产阶级文学的人，是得了苏俄的卢布。这方法也并非毫无效力，许多上海的新闻记者就时时捏造新闻，有时还登出卢布的数目。但明白的读者们并不相信它，因为比起这种纸上的新闻来，他们却更切实地在事实上看见只有从帝国主义国家运到杀戮无产者的枪炮。

　　统治阶级的官僚，感觉比学者慢一点，但去年也就日加迫压了。禁期刊，禁书籍，不但内容略有革命性的，而且连书面用红字的，作者是俄国的，绥拉菲摩维支（A. Serafimovitch），伊凡诺夫（V. lvanov）和奥格涅夫（N. Ognev）不必说了，连契诃夫（A. Chekhov）和安特来夫（L. Andreev）的有些小说，也都在禁止之列。于是使书店只好出算学教科书和童话，如 Mr. Cat 和 Miss Rose 谈天，称赞春天如何可爱之类——因为至尔妙伦（H. Zur Mühlen）所作的童话的译本也已被禁止，所以只好竭力称赞春天。但现在又有一位将军发怒，说动物居然也能说话而且称为 Mr.，有失人类的尊严了。

单是禁止，还不是根本的办法，于是今年有五个左翼作家失了踪，经家族去探听，知道是在警备司令部，然而不能相见，半月以后，再去问时，却道已经"解放"——这是"死刑"的嘲弄的名称——了，而上海的一切中文和西文的报章上，绝无记载。接着是封闭曾出新书或代售新书的书店，多的时候，一天五家——但现在又陆续开张了，我们不知道是怎么一回事，惟看书店的广告，知道是在竭力印些英汉对照，如斯蒂文生（Robert Stevenson），槐尔特（Oscar Wilde）等人的文章。

然而统治阶级对于文艺，也并非没有积极的建设。一方面，他们将几个书店的原先的老板和店员赶开，暗暗换上肯听嗾使的自己的一伙。但这立刻失败了。因为里面满是走狗，这书店便象一座威严的衙门，而中国的衙门，是人民所最害怕最讨厌的东西，自然就没有人去。喜欢去跑跑的还是几只闲逛的走狗。这样子，又怎能使门市热闹呢？但是，还有一方面，是做些文章，印行杂志，以代被禁止的左翼的刊物，至今为止，已将十种。然而这也失败了。最有妨碍的是这些"文艺"的主持者，乃是一位上海市的政府委员和一位警备司令部的侦缉队长，他们的善于"解放"的名誉，都比"创作"要大得多。他们倘做一部"杀戮法"或"侦探术"，大约倒还有人要看的，但不幸竟在想画画，吟诗。这实在譬如美国的亨利·福特（Henry Ford）先生不谈汽车，却来对大家唱歌一样，只令人觉得非常诧异。

官僚的书店没有人来，刊物没有人看，救济的方法，是去强迫早经有名，而并不分明左倾的作者来做文章，帮助他们的刊物的流布。那结果，是只有一两个胡涂的中计，多数却至今未曾动笔，有一个竟吓得躲到不知道什么地方去了。

现在他们里面的最宝贵的文艺家，是当左翼文艺运动开始，未受迫害，为革命的青年所拥护的时候，自称左翼，而现在爬到他们的刀下，转头来害左翼作家的几个人。为什么被他们所宝贵的呢？

因为他曾经是左翼，所以他们的有几种刊物，那面子还有一部分是通红的，但将其中的农工的图，换上了毕亚兹莱（Aubrey Beardsley）的个个好像病人的图画了。

在这样的情形之下，那些读者们，凡是一向爱读旧式的强盗小说的和新式的肉欲小说的，倒并不觉得不便。然而较进步的青年，就觉得无书可读，他们不得已，只得看看空话很多，内容极少——这样的才不至于被禁止——的书，姑且安慰饥渴，因为他们知道，与其去买官办的催吐的毒剂，还不如喝喝空杯，至少，是不至于受害。但一大部分革命的青年，却无论如何，仍在非常热烈地要求，拥护，发展左翼文艺。

所以，除官办及其走狗办的刊物之外，别的书店的期刊，还是不能不设种种方法，加入几篇比较的急进的作品去，他们也知道专卖空杯，这生意决难久长。左翼文艺有革命的读者大众支持，"将来"正属于这一面。

这样子，左翼文艺仍在滋长。但自然是好像压于大石之下的萌芽一样，在曲折地滋长。

所可惜的，是左翼作家之中，还没有农工出身的作家。一者，因为农工历来只被压迫，榨取，没有略受教育的机会；二者，因为中国的象形——现在是早已变得连形也不象了——的方块字，使农工虽是读书十年，也还不能任意写出自己的意见。这事情很使拿刀的"文艺家"喜欢。他们以为受教育能到会写文章，至少一定是小资产阶级，小资产者应该抱住自己的小资产，现在却反而倾向无产者，那一定是"虚伪"。惟有反对无产阶级文艺的小资产阶级的作家倒是出于"真"心的。"真"比"伪"好，所以他们的对于左翼作家的诬蔑，压迫，囚禁和杀戮，便是更好的文艺。

但是，这用刀的"更好的文艺"，却在事实上，证明了左翼作家们正和一样在被压迫被杀戮的无产者负着同一的运命，惟有左翼文艺现在在和无产者一同受难（Passion），将来当然也将和无产者一同起来。单单的杀人究竟不是文艺，他们也因此自己宣告了一无所有了。

（本篇是作者应当时在中国的美国友人史沫特莱之约，
为美国《新群众》杂志而作，时间约在一九三一年三、四月间，
当时未在国内刊物上发表过）

【赏读：《黑暗中国的文艺界的现状》，是一九三一年二月七日深夜左联五作家被秘密杀害之后，鲁迅为了向全世界人民控诉国民党反动派残酷罪行而写的一篇重要文章。关于这篇文章的写作经过和时间，鲁迅没有说明，日记也没有记载。一九五七年出版的《鲁迅全集》第四卷，对此作了这样的注解："本篇是作者应当时在中国的美国友人史沫特莱女士之约，为美国进步杂志《新群众》而作。"】

答中学生杂志社问

"假如先生面前站着一个中学生，处此内忧外患交迫的非常时代，将对他讲怎样的话，作努力的方针?"

编辑先生：

请先生也许我回问你一句，就是：我们现在有言论的自由么？假如先生说"不"，那么我知道一定也不会怪我不作声的。假如先生意以"面前站着一个中学生"之名，一定要逼我说一点，那么，我说：第一步要努力争取言论的自由。

（本篇最初发表于
一九三二年一月一日《中学生》新年号）

【赏读：这是 1932 年发表的鲁迅先生的文章《答中学生杂志问》。四年之后鲁迅先生去世。先生 1925 年发表的《墓碣文》集中呈现了他的品质：于浩歌狂热之际中寒；于天上看见深渊。于一切眼中看见无所有；于无所希望中得救。】

答北斗杂志社问

—— 创作要怎样才会好？

编辑先生：

来信的问题，是要请美国作家和中国上海教授们做的，他们满肚子是"小说法程"和"小说作法"。我虽然做过二十来篇短篇小说，但一向没有"宿见"，正如我虽然会说中国话，却不会写"中国语法入门"一样。不过高情难却，所以只得将自己所经验的琐事写一点在下面——

一，留心各样的事情，多看看，不看到一点就写。

二，写不出的时候不硬写。

三，模特儿不用一个一定的人，看得多了，凑合起来的。

四，写完后至少看两遍，竭力将可有可无的字，句，段删去，毫不可惜。宁可将可作小说的材料缩成 Sketch，决不将 Sketch 材料拉成小说。

五，看外国的短篇小说，几乎全是东欧及北欧作品，也看日本作品。

六，不生造除自己之外，谁也不懂的形容词之类。

七，不相信"小说作法"之类的话。

八，不相信中国的所谓"批评家"之类的话，而看看可靠的外国批评家的评论。

现在所能说的，如此而已。此复，即请

编安！

十二月二十七日

（本篇最初发表于一九三二年一月二十日《北斗》第二卷第一期）

【赏读：《北斗》是丁玲主编的"左联"的文艺月刊，1931 年 12 月，该刊以"创作不振之原因及其出路"等问题征询许多作家的意见。鲁迅在本文中具体就"创作要怎样才会好？"这个问题作了答复。"模特儿"，指文学作品中人物的原型。Sketch，英语：速写。】

关于翻译的通信

来信

敬爱的同志：

你译的《毁灭》出版，当然是中国文艺生活里面的极可纪念的事迹。翻译世界无产阶级革命文学的名著，并且有系统的介绍给中国读者，（尤其是苏联的名著，因为它们能够把伟大的十月，国内战争，五年计划的"英雄"，经过具体的形象，经过艺术的照耀，而供献给读者。）——这是中国普罗文学者的重要任务之一。虽然，现在做这件事的，差不多完全只是你个人和Z同志的努力；可是，谁能够说：这是私人的事情?！谁?！《毁灭》，《铁流》等等的出版，应当认为一切中国革命文学家的责任。每一个革命的文学战线上的战士，每一个革命的读者，应当庆祝这一个胜利；虽然这还只是小小的胜利。

你的译文，的确是非常忠实的，"决不欺骗读者"这一句话，决不是广告！这也可见得一个诚挚，热心，为着光明而斗争的人，不能够不是刻苦而负责的。二十世纪的才子和欧化名士可以用"最少的劳力求得最大的"声望；但是，这种人物如果不彻底的脱胎换骨，始终只是"纱笼"（Salon）里的哈叭狗。现在粗制滥造的翻译，不是这班人干的，就是一些书贾的投机。你的努力——我以及大家都希望这种努力变成团体的，——应当继续，应当扩大，应当加深。所以我也许和你自己一样，看着这本《毁灭》，简直非常的激动：我爱它，象爱自己的儿女一样。咱们的这种爱，一定能够帮助我们，使我们的精力增加起来，使我们的小小的事业扩大起来。

翻译——除出能够介绍原本的内容给中国读者之外——还有一个很重要的作用：就是帮助我们创造出新的

中国的现代言语。中国的言语（文字）是那么穷乏，甚至于日常用品都是无名氏的。中国的言语简直没有完全脱离所谓"姿势语"的程度——普通的日常谈话几乎还离不开"手势戏"。自然，一切表现细腻的分别和复杂的关系的形容词，动词，前置词，几乎没有。宗法封建的中世纪的余孽，还紧紧的束缚着中国人的活的言语，（不但是工农群众！）这种情形之下，创造新的言语是非常重大的任务。欧洲先进的国家，在二三百年四五百年以前已经一般的完成了这个任务。就是历史上比较落后的俄国，也在一百五六十年以前就相当的结束了"教堂斯拉夫文"。他们那里，是资产阶级的文艺复兴运动和启蒙运动做了这件事。例如俄国的洛莫洛莎夫……普希金。中国的资产阶级可没有这个能力。固然，中国的欧化的绅商，例如胡适之之流，开始了这个运动。但是，这个运动的结果等于它的政治上的主人。因此，无产阶级必须继续去彻底完成这个任务，领导这个运动。翻译，的确可以帮助我们造出许多新的字眼，新的句法，丰富的字汇和细腻的精密的正确的表现。因此，我们既然进行着创造中国现代的新的言语的斗争，我们对于翻译，就不能够不要求：绝对的正确和绝对的中国白话文。这是要把新的文化的言语介绍给大众。

严几道的翻译，不用说了。他是：

译须信雅达，文必夏殷周。

其实，他是用一个"雅"字打消了"信"和"达"。最近商务还翻印"严译名著"，我不知道这是"是何居心"！这简直是拿中国的民众和青年来开玩笑。古文的文言怎么能够译得"信"，对于现在的将来的大众读者，怎么能够"达"！

现在赵景深之流，又来要求：

宁错而务顺，毋拗而仅信！

赵老爷的主张，其实是和城隍庙里演说西洋故事的，一鼻孔出气。这是自己懂得了（?）外国文，看了些书报，就随便拿起笔来乱写几句所谓通顺的中国文。这明明白白的欺侮中国读者，信口开河的来乱讲海外奇谈。第一，他的所谓"顺"，既然是宁可"错"一点儿的"顺"，那么，这当然是迁就中国的低级言语而抹杀原意的办法。这不是创造新的言语，而是努力保存中国的野蛮人的言语程度，努力阻挡它的发展。第二，既然要宁可"错"一点儿，那就是要朦蔽读者，使读者不能够知道作者的原意。所以我说：赵景深的主张是愚民政策，是垄断智识的学阀主义——一点儿也没有过分的。还有，第三，他显然是暗示的反对普罗文学（好个可怜的"特殊走狗"）！他这是反对普罗文学，暗指着普罗文学的一些理论著作的翻译和创作的翻译。这是普罗文学敌人的话。

但是，普罗文学的中文书籍之中，的确有许多翻译是不"顺"的。这是我们自己的弱点，敌人乘这个弱点来进攻。我们的胜利的道路当然不仅要迎头痛打，打击敌人的军队，而且要更加整顿自己的队伍。我们的自己批评的勇敢，常常可以解除敌人的武装。现在，所谓翻译论战的结论，我们的同志却提出了这样的结语：

"翻译绝对不容许错误。可是，有时候，依照译品内容的性质，为着保存原作精神，多少的不顺，倒可以容忍。"

这是只是个"防御的战术"。而蒲力汗诺夫说：辩证法的唯物论者应当要会"反守为攻"。第一，当然我们首先要说明：我们所认识的所谓"顺"，和赵景深等所说的不同。第二，我们所要求的是：绝对的正确和绝对的白话。所谓绝对的白话，就是朗诵起来可以懂得的。第三，我们承认：一直到现在，普罗文学的翻译还没有做到这个程度，我们要继续努力。第四，我们揭穿赵景深等自己的翻译，指出他们认为是"顺"的翻译，其实只是梁启超和胡适之交媾出来的杂种——半文不白，半死不活的言语，对于大众仍旧是不"顺"的。

这里，讲到你最近出版的《毁灭》，可以说：这是做到了"正确"，还没有做到"绝对的白话"。

翻译要用绝对的白话，并不就不能够"保存原作的精神"。固然，这是很困难，很费功夫的。但是，我们是要绝对不怕困难，努力去克服一切的困难。

一般的说起来，不但翻译，就是自己的作品也是一样，现在的文学家，哲学家，政论家，以及一切普通人，要想表现现在中国社会已经有的新的关系，新的现象，新的事物，新的观念，就差不多人人都要做"仓颉"。这就是说，要天天创造新的字眼，新的句法。实际生活的要求是这样。难道一九二五年初我们没有在上海小沙渡替群众造出"罢工"这一个字眼吗？还有"游击队"，"游击战争"，"右倾"，"左倾"，"尾巴主义"，甚至于普通的"团结"，"坚决"，"动摇"等等，等类……这些说不尽的新的字眼，渐渐的容纳到群众的口头上的言语里去了，即使还没有完全容纳，那也已经有了可以容纳的可能了。讲到新的句法，比较起来要困难一些，但是，口头上的言语里面，句法也已经有了很大的改变，很大的进步。只要拿我们自己演讲的言语和旧小说里的对白比较一下，就可以看得出来。可是，这些新的字眼和句法的创造，无意之中自然而然的要遵照着中国白话的文法公律。凡是"白话文"里面，违反这些公律的新字眼，新句法，——就是说不上口的——自然淘汰出去，不能够存在。

所以说到什么是"顺"的问题，应当说：真正的白话就是真正通顺的现代中国文，这里所说的白话，当然不限于"家务琐事"的白话，这是说：从一般人的普通谈话，直到大学教授的演讲的口头上的白话。中国人现在讲哲学，讲科学，讲艺术……显然已经有了一个口头上的白话。难道不是如此？如果这样，那么，写在纸上的说话（文字），就应当是这一种白话，不过组织得比较紧凑，比较整齐罢了。这种文字，虽然现在还有许多对于一般识字很少的群众，仍旧是看不懂的，因为这种言语，对于一般不识字的群众，也还是听不懂的——可是，第一，这种情形只限于文章的内容，而不在文字的本身，所以，第二，这种文字已经有了生命，它已经有了可以被群众容纳的可能性。它是活的言语。

所以，书面上的白话文，如果不注意中国白话的文法公律，如果不就着中国白话原来有的公律去创造新的，那就很容易走到所谓"不顺"的方面去。这是在创造新的字眼新的句法的时候，完全不顾普通群众口头上说话的习惯，而用文言做本位的结果。这样写出来的文字，本身就是死的言语。

因此，我觉得对于这个问题，我们要有勇敢的自己批评的精神，我们应当开始一个新的斗争。你以为怎么样？

我的意见是：翻译应当把原文的本意，完全正确的介绍给中国读者，使中国读者所得到的概念等于英俄日德法……读者从原文得来的概念，这样的直译，应当用中国人口头上可以讲得出来的白话来写。为着保存原作的精神，并用不着容忍"多少的不顺"。相反的，容忍着"多少的不顺"（就是不用口头上的白话），反而要多少的丧失原作的精神。

当然，在艺术的作品里，言语上的要求是更加苛刻，比普通的论文要更加来得精细。这里有各种人不同的口气，不同的字眼，不同的声调，不同的情绪……并且这并不限于对白。这里，要用穷乏的中国口头上的白话来应付，比翻译哲学，科学……的理论著作，还要来得困难。但是，这些困难只不过愈加加重我们的任务，可并不会取消我们的这个任务的。

现在，请你允许我提出《毁灭》的译文之中的几个问题。我还没有能够读完,对着原文读的只有很少几段。这里,我只把莤理契序文里引的原文来校对一下。(我顺着序文里的次序,编着号码写下去,不再引你的译文,请你自己照着号码到书上去找罢。序文的翻译有些错误,这里不谈了。)

(一)结算起来,还是因为他心上有一种——"对于新的极好的有力量的慈善的人的渴望,这种渴望是极大的,无论什么别的愿望都比不上的。"

更正确些:

结算起来,还是因为他心上——"渴望着一种新的极好的有力量的慈善的人,这个渴望是极大的,无论什么别的愿望都比不上的。"

(二)"在这种时候,绝大多数的几万万人,还不得不过着这种原始的可怜的生活,过着这种无聊得一点儿意思都没有的生活,——怎么能够谈得上什么新的极好的人呢。"

(三)"他在世界上,最爱的始终还是他自己——他爱他自己的雪白的肮脏的没有力量的手,他爱他自己的唉声叹气的声音,他爱他自己的痛苦,自己的行为——甚至于那些最可厌恶的行为。"

(四)"这算收场了,一切都回到老样子,仿佛什么也不曾有过,——华理亚想着,——又是旧的道路,仍旧是那一些纠葛——一切都要到那一个地方……可是,我的上帝,这是多么没有快乐呵!"

(五)"他自己都从没有知道过这种苦恼,这是忧愁的疲倦的,老年人似的苦恼,——他这样苦恼着的想:他已经二十七岁了,过去的每一分钟,都不能够再回过来,重新换个样子再过它一过,而以后,看来也没有什么好的……(这一段,你的译文有错误,也就特别来得"不顺"。)现在木罗式加觉得,他一生一世,用了一切力量，都只是竭力要走上那样的一条道路，他看起来是一直的明白的正当的道路，象莱奋生，巴克拉诺夫，图皤夫那样的人，他们所走的正是这样的道路；然而似乎有一个什么人在妨碍他走上这样的道路呢。而因为他无论什么时候也想不到这个仇敌就在他自己的心里面，所以，他想着他的痛苦是因为一般人的卑鄙，他就觉得特别的痛快和伤心。"

（六）"他只知道一件事——工作。所以，这样正当的人，是不能够不信任他，不能够不服从他的。"

（七）"开始的时很，他对于他生活的这方面的一些思想，很不愿意去思索，然而，渐渐的他起劲起来了，他竟写了两张纸……在这两张纸上，居然有许多这样的字眼——谁也想不到莱奋生会知道这些字眼的。"（这一段，你的译文里比俄文原文多了几句副句，也许是你引了相近的另外一句了罢？或者是你把莆理契空出的虚点填满了？）

（八）这些受尽磨难的忠实的人，对于他是亲近的，比一切其他的东西都更加亲近，甚至于比他自己还要亲近。"

（九）"……沉默的，还是潮湿的眼睛，看了一看那些打麦场上的疏远的人，——这些人，他应当很快就把他们变成功自己的亲近的人，象那十八个人一样，象那不做声的，在他后面走着的人一样。"（这里，最后一句，你的译文有错误。）

这些译文请你用日本文和德文校对一下，是否是正确的直译，可以比较得出来的。我的译文，除去按照中国白话的句法和修辞法，有些比起原文来是倒装的，或者主词，动词，宾词是重复的，此外，完完全全是直译的。

这里，举一个例：第（八）条"……甚至于比他自己还要亲近。"这句话的每一个字母都和俄文相同。同时，这在口头上说起来的时候，原文的口气和精神完全传达得

出。而你的译文："较之自己较之别人，还要亲近的人们"，是有错误的（也许是日德文的错误）。错误是在于：（一）丢掉了"甚至于"这一个字眼；（二）用了中国文言的文法，就不能够表现那句话的神气。

所有这些话，我都这样不客气的说着，仿佛自称自赞的。对于一班庸俗的人，这自然是"没有礼貌"。但是，我们是这样亲密的人，没有见面的时候就这样亲密的人。这种感觉，使我对于你说话的时候，和对自己说话一样，和自己商量一样。

再则，还有一个例子，比较重要的，不仅仅关于翻译方法的。这就是第（一）条的"新的……人"的问题。

《毁灭》的主题是新的人的产生。这里，茀理契以及法捷耶夫自己用的俄文字眼，是一个普通的"人"字的单数。不但不是人类，而且不是"人"字的复数。这意思是指着革命，国内战争……的过程之中产生着一种新式的人，一种新的"路数"（Type）——文雅的译法叫做典型，这是在全部《毁灭》里面看得出来的。现在，你的译文，写着"人类"。莱奋生渴望着一种新的……人类。这可以误会到另外一个主题。仿佛是一般的渴望着整个的社会主义的社会。而事实上，《毁灭》的"新人"，是当前的战斗的迫切的任务：在斗争过程之中去创造，去锻炼，去改造成一种新式的人物，和木罗式加，美谛克……等等不同的人物。这可是现在的人，是一些人，是做群众之中的骨干的人，而不是一般的人类，不是笼统的人类，正是群众之中的一些人，领导的人，新的整个人类的先辈。

这一点是值得特别提出来说的。当然，译文的错误，仅仅是一个字眼上的错误："人"是一个字眼，"人类"是另外一个字眼。整本的书仍旧在我们面前，你的后记也很正确的了解到《毁灭》的主题。可是翻译要精确，就应当估量每一个字眼。

《毁灭》的出版，始终是值得纪念的。我庆祝你。希望你考虑我的意见，而对于翻译问题，对于一般的言语革命问题，开始一个新的斗争。

J. K. 一九三一，十二，五。

回信

敬爱的 J. K. 同志：

　　看见你那关于翻译的信以后，使我非常高兴。从去年的翻译洪水泛滥以来，使许多人攒眉叹气，甚而至于讲冷话。我也是一个偶尔译书的人，本来应该说几句话的，然而至今没有开过口。"强聒不舍"虽然是勇壮的行为，但我所奉行的，却是"不可与言而与之言，失言"这一句古老话。况且前来的大抵是纸人纸马，说得耳熟一点，那便是"阴兵"，实在是也无从迎头痛击。就拿赵景深教授老爷来做例子罢，他一面专门攻击科学的文艺论译本之不通，指明被压迫的作家匿名之可笑，一面却又大发慈悲，说是这样的译本，恐怕大众不懂得。好象他倒天天在替大众计划方法，别的译者来搅乱了他的阵势似的。这正如俄国革命以后，欧美的富家奴去看了一看，回来就摇头皱脸，做出文章，慨叹着工农还在怎样吃苦，怎样忍饥，说得满纸凄凄惨惨。仿佛惟有他却是极希望一个筋斗，工农就都住王宫，吃大菜，躺安乐椅子享福的人。谁料还是苦，所以俄国不行了，革命不好了，阿呀阿呀了，可恶之极了。对着这样的哭丧脸，你同他说什么呢？假如觉得讨厌，我想，只要拿指头轻轻的在那纸糊架子上挖一个窟窿就可以了。

　　赵老爷评论翻译，拉了严又陵，并且替他叫屈，于是累得他在你的信里也挨了一顿骂。但由我看来，这是冤枉的，严老爷和赵老爷，在实际上，有虎狗之差。极明显的例子，是严又陵为要译书，曾经查过汉晋六朝翻译佛经的方法，赵老爷引严又陵为地下知己，却没有看这严又陵所译的书。现在严译的书都出版了，虽然没有什么意义，但他所用的工夫，却从中可以查考。据我所记得，译得最费力，也令人看起来最吃力的，是《穆勒名学》和《群己权界论》的一篇作者自序，其次就是这论，后来不知怎地又改称为《权界》，连书名也很费解了。最好懂的自然是《天演论》，桐城气息十足，连字的平仄也都留心，摇头晃脑的读起来，真是音调铿锵，使人不自觉其头晕。这一点竟感动了桐城派老头子吴汝纶，不禁说是"足与周秦诸子相上下"了。然而严又陵自己却知道这太"达"的译法是不对的，所以他不称为"翻译"，而写作"侯官严复达恉"；序列上发了一通"信达雅"之类的议论之后，结末却声明道："什法师云，'学我者病'。来者方多，慎勿以是书为口实也！"好象他在四十年前，便料到会有赵老爷来谬托知己，早已毛骨悚然一样。仅仅这一点，我就要说，严赵两大师，实有虎狗之差，不能相提并论的。

那么，他为什么要干这一手把戏呢？答案是：那时的留学生没有现在这么阔气，社会上大抵以为西洋人只会做机器——尤其是自鸣钟——留学生只会讲鬼子话，所以算不了"士"人的。因此他便来铿锵一下子，铿锵得吴汝纶也肯给他作序，这一序，别的生意也就源源而来了，于是有《名学》，有《法意》，有《原富》等等。但他后来的译本，看得"信"比"达雅"都重一些。

他的翻译，实在是汉唐译经历史的缩图。中国之译佛经，汉末质直，他没有取法。六朝真是"达"而"雅"了，他的《天演论》的模范就在此。唐则以"信"为主，粗粗一看，简直是不能懂的，这就仿佛他后来的译书。译经的简单的标本，有金陵刻经处汇印的三种译本《大乘起信论》，也是赵老爷的一个死对头。

但我想，我们的译书，还不能这样简单，首先要决定译给大众中的怎样的读者。将这些大众，粗粗的分起来：甲，有很受了教育的；乙，有略能识字的；丙，有识字无几的。而其中的丙，则在"读者"的范围之外，启发他们是图画，演讲，戏剧，电影的任务，在这里可以不论。但就是甲乙两种，也不能用同样的书籍，应该各有供给阅读的相当的书。供给乙的，还不能用翻译，至少是改作，最好还是创作，而这创作又必须并不只在配合读者的胃口，讨好了，读的多就够。至于供给甲类的读者的译本，无论什么，我是至今主张"宁信而不顺"的。自然，这所谓"不顺"，决不是说"跪下"要译作"跪在膝之上"，"天河"要译作"牛奶路"的意思，乃是

247

说，不妨不象吃茶淘饭一样几口可以咽完，却必须费牙来嚼一嚼。这里就来了一个问题：为什么不完全中国化，给读者省些力气呢？这样费解，怎样还可以称为翻译呢？我的答案是：这也是译本。这样的译本，不但在输入新的内容，也在输入新的表现法。中国的文或话，法子实在太不精密了，作文的秘诀，是在避去熟字，删掉虚字，就是好文章，讲话的时候，也时时要辞不达意，这就是话不够用，所以教员讲书，也必须借助于粉笔。这语法的不精密，就在证明思路的不精密，换一句话，就是脑筋有些胡涂。倘若永远用着糊涂话，即使读的时候，滔滔而下，但归根结蒂，所得的还是一个胡涂的影子。要医这病，我以为只好陆续吃一点苦，装进异样的句法去，古的，外省外府的，外国的，后来便可以据为己有。这并不是空想的事情。远的例子，如日本，他们的文章里，欧化的语法是极平常的了，和梁启超做《和文汉读法》时代，大不相同；近的例子，就如来信所说，一九二五年曾给群众造出过"罢工"这一个字眼，这字眼虽然未曾有过，然而大众已都懂得了。

我还以为即便为乙类读者而译的书，也应该时常加些新的字眼，新的语法在里面，但自然不宜太多，以偶尔遇见，而想一想，或问一问就能懂得为度。必须这样，群众的言语才能够丰富起来。

什么人全都懂得的书，现在是不会有的，只有佛教徒的"唵"字，据说是"人人能解"，但可惜又是"解各不同"。就是数学或化学书，里面何尝没有许多"术语"之类，为赵老爷所不懂，然而赵老爷并不提及者，太记得了严又陵之故也。说到翻译文艺，倘以甲类读者为对象，我是也主张直译的。我自己的译法，是譬如"山背后太阳落下去了"，虽然不顺，也决不改作"日落山阴"，因为原意以山为主，改了就变成太阳为主了。虽然创作，我以为作者也得加以这样的区别。一面尽量的输入，一面尽量的消化，吸收，可用的传下去了，渣滓就听他剩落在过去里。所以在现在容忍"多少的不顺"，倒并不能算"防守"，其实也还是一种的"进攻"。在现在民众口头上的话，那不错，都是"顺"的，但为民众口头上的话搜集来的话胚，其实也还是要顺的，因此我也是主张容忍"不顺"的一个。

但这情形也当然不是永远的，其中的一部分，将从"不顺"而成为"顺"，有一部分，则因为到底"不顺"而被淘汰，被踢开。这最要紧的是我们自己的批判。如来信所举的译例，我都可以承认比我译得更"达"，也可推定并且更"信"，对于译者和读者，都有很大的益处。不过这些只能使甲类的读者懂得，于乙类的读者是太艰深的。由此也可见现在必须区别了种种的读者层，有种种的译作。

　　为乙类读者译作的方法，我没有细想过，此刻说不出什么来。但就大体看来，现在也还不能和口语——各处各种的土话——合一，只能成为一种特别的白话，或限于某一地方的白话。后一种，某一地方以外的读者就看不懂了，要它分布较广，势必至于要用前一种，但因此也就仍然成为特别的白话，文言的分子也多起来。我是反对用太限于一处的方言的，例如小说中常见的"别闹""别说"等类罢，假使我没有到过北京，我一定解作"另外捣乱""另外去说"的意思，实在远不如较近文言的"不要"来得容易了然，这样的只在一处活着的口语，倘不是万不得已，也应该回避的。还有章回体小说中的笔法，即使眼熟，也不必尽是采用，例如"林冲笑道：原来，你认得。"和"原来，你认得——林冲笑着说。"这两条，后一例虽然看去有些洋气，其实我们讲话的时候倒常用，听得"耳熟"的。但中国人对于小说是看的，所以还是前一例觉得"眼熟"，在书上遇见后一例的笔法，反而好像生疏了。没有法子，现在只好采说书而去其油滑，听闲谈而去其散漫，博取民众的口语而存其比较的大家能懂的字句，成为四不象的白话。这白话得是活的，活的缘故，就因为有些是从活的民众的口头取来，有些是要从此注入活的民众里面去。

　　临末，我很感谢你信末所举的两个例子。一，我将"……甚至于比自己还要亲近"译成"较之自己较之别人，还要亲近的人们"，是直译德日两种译本的说法的。这恐怕因为他们的语法中，没有象"甚至于"这样能够简单而确切地表现这口气的字眼的缘故，转几个弯，就成为这么拙笨了。二，将"新的……人"的"人"字译成"人类"，那是我的错误，是太穿凿了之后的错误。莱奋生望见的打麦场上的人，他要造他们成为目前的战斗的人物，我是看得很清楚的，但当他默想

"新的……人"的时候，却也很使我默想了好久：（一）"人"的原文，日译本是"人间"，德译本是"Mensch"，都是单数，但有时也可作"人们"解；（二）他在目前就想有"新的极好的有力量的慈善的人"，希望似乎太奢，太空了。我于是想到他的出身，是商人的孩子，是知识分子，由此猜测他的战斗，是为了经过阶级斗争之后的无阶级社会，于是就将他所设想的目前的人，跟着我的主观的错误，搬往将来，并且成为"人们"——人类了。在你未曾指出之前，我还自以为这见解是很高明的哩，这是必须对于读者，赶紧声明改正的。

总之，今年总算将这一部纪念碑的小说，送在这里的读者们的面前了。译的时候和印的时候，颇经过了不少艰难，现在倒也退出了记忆的圈外去，但我真如你来信所说那样，就象亲生的儿子一般爱他，并且由他想到儿子的儿子。还有《铁流》，我也很喜欢。这两部小说，虽然粗制，却并非滥造，铁的人物和血的战斗，实在够使描写多愁善感的才子和千娇百媚的佳人的所谓"美文"，在这面前淡到毫无踪影。不过我也和你的意思一样，以为这只是一点小小的胜利，所以也很希望多人合力的更来绍介，至少在后三年内，有关于内战时代和建设时代的纪念碑的文学书八种至十种，此外更译几种虽然往往被称为无产者文学，然而还不免含有小资产阶级的偏见（如巴比塞）和基督教社会主义的偏见（如辛克莱）的代表作，加上了分析和严正的批评，好在那里，坏在那里，以备对比参考之用，那么，不但读者的见解，可以一天一天的分明起来，就是新的创作家，也得了正确的师范了。

鲁迅　一九三一，十二，二八（本篇最初发表于一九三二年六月
《文学月报》第一卷第一号）

【赏读：本篇最初发表时题为《论翻译》，副标题为《答 JAKA 论翻译》。JAKA 即瞿秋白。他给鲁迅的这封信曾以《论翻译》为题，发表于一九三一年十二月十一日、二十五日《十字街头》第一、二期。】